KB028125

당신의 떡볶이로부터

당신의 떡볶이로부터

1판 1쇄 발행 2020년 7월 8일
1판 2쇄 발행 2020년 7월 16일

지은이   김동식 김서령 김민섭 김설아 김의경
            정명섭 노희준 차무진 조영주 이리나

발행처   (주)수오서재
발행인   황은희 장건태
책임편집   박세연
편집   최민화 마선영
마케팅   이종문 황혜란
디자인   권미리
제작   제이오
주소   경기도 파주시 돌곶이길 170-2 (10883)
등록   2018년 10월 4일 (제406-2018-000114호)
전화   031)955-9790
팩스   031)946-9796
전자우편   info@suobooks.com
홈페이지   www.suobooks.com
ISBN   979-11-90382-21-2 (03810) 책값은 뒤표지에 있습니다.

이 도서의 국립중앙도서관 출판시도서목록(CIP)은 서지정보유통지원시스템 홈페이지
(http://seoji.nl.go.kr)와 국가자료공동목록시스템(http://www.nl.go.kr/kolisnet)에서
이용하실 수 있습니다. (CIP제어번호: CIP2020027027)

도서출판 수오서재守吾書齋는 내 마음의 중심을 지키는 책을 펴냅니다.

당신의 떡볶이로부터

떡볶이 소설집

김동식

김서령

김민섭

김설아

김의경

정명섭

노희준

차무진

조영주

이리나

수오서재

◦ 차 례 ◦

컵떡볶이의 비밀

김동식

학교 앞 분식집 아줌마는 무뚝뚝하다. 만약 친절했다면 난 객관적인 평가를 내릴 수 없었을 것이다. 그 집 떡볶이 맛은 그야말로 일품이다.

난 거의 매일 하굣길에 500원짜리 컵떡볶이를 사 먹었다. 초등학교 6학년의 하루 용돈을 전부 투자해도 아깝지 않은 게 그 집 컵떡볶이다. 학교 언덕을 내려오며 이쑤시개로 하나씩 떡볶이를 빼 먹으면, 먹고 있는데도 먹고 싶고, 하나씩 줄어드는 게 너무 아쉽다. 이걸 자기 하나만 달라고 하는 녀석은 아마 보증 서달라는 놈이랑 마찬가지일 거다. 다행히 우리끼리는 학기 초에 컵떡볶이 국제법을 만들었다. 어기는 녀석은 아무리 절친이라도 매장이니, 컵떡볶이 유저들은 온전히 한 컵을 즐길 수 있었다.

하나, 둘, 셋, 넷, 다섯, 여섯. 무뚝뚝한 아줌마가 정말 프로라고 느껴지는 점은, 늘 담아주는 떡볶이의 개수가 일정하다는 점이다. 국자로 대충 쓱쓱 퍼서 담는 것 같은데, 기가 막히게도 늘 여섯 개다. 혹시나 오늘은 하나가 더 있을까 싶어서 매일 세어보지만, 늘 여섯 개다. 그나마 떡볶이가 작은 조각의 어묵옷을 입고 있으면 난 그걸로 만족했다. 한데….

'왜 저 녀석은 일곱 개지?'

친구 치열이랑 각자 컵떡볶이를 사 먹고 하교하는 길, 무심코 숫자를 세다가 녀석의 컵에 떡볶이가 하나 더 들어 있다는 사실을 알게 되었다. 아줌마의 실수겠지? 그럼, 실수겠지. 그 무뚝뚝한 아줌마도 실수를 하는구나. 짜식 운 좋네!

나는 당연히 우연일 거라 생각하면서도 의식하지 않을 수 없었다. 다음 날부터 괜히 나도 모르게 아이들의 떡볶이를 카운트했다. 결과는 충격적이었다. 나를 제외한 모든 아이들이 일곱 개가 든 컵떡볶이를 먹고 있는 게 아닌가?

어떻게 이럴 수가! 그동안 일부러 나만 여섯 개를 담아줬다고? 이해할 수도, 용서할 수도 없다. 왜 아줌마는 나에게만 떡볶이를 여섯 개 줬지? 다른 애들은 다 일곱 개 주면서 왜 나만?

나는 당장 아줌마에게 가서 따지고 싶었지만, 그럴 수 없었다. 무서웠다. 말도 안 되는 소리 한다고 화내면 어쩌지? 그런 적 없다고 잡아떼면서 화내면 어쩌지? 아줌마가 너 같은 새끼는 다신 우리 가게 오지 말라며 화내면 내가 안 울고 배길까?

나는 차마 직접 묻진 못하고 혼자 생각해볼 수밖에 없었다. 내가 아줌마에게 뭔가 잘못했을까? 늘 인사도 꼬박꼬박 하고 실수한 기억도 없는데, 왜 나만 여섯 개일까? 혹시 내가 너무 많이 사 먹어서? VIP 고객은 이미 붙잡은 물고기라 대우가 허접한 걸까? 하나 덜 줘도 늘 사 먹으니까? 그게 아니면 혹시, 내가 아줌마의 원수를 닮았나? 그래서 나만 보면 화가 나나? 아니면 혹시, 내가 거스름돈을 더 받았는데 안 돌려줬던 적이 있었을까? 긴가민가해서 이런 식으로 복수하는 걸까? 그게 아니면? 미치겠네, 아무리 생각해도 알 수가 없다.

난 다시 한 번 치열이와 같이 컵떡볶이를 사 먹으며 아줌마의 표정을 면밀히 살폈다. 나에게만 특별히 다르지 않고, 언제나 그렇듯 똑같이 무뚝뚝한 얼굴이다.

"감사합니다~."

"감사합니다…."

치열이와 함께 컵떡볶이를 들고 언덕을 내려오는 길. 난 녀석이 먹는 타이밍에 맞춰 하나씩 먹었다. 치열이 하나, 나 하나. 치열이 둘, 나 둘. 치열이 셋, 나 셋. 치열이 넷, 나 넷. 치열이 다섯, 나 다섯. 치열이 여섯, 나 여섯. 치열이 일곱, 나….

"으아악!"

"깜짝이야! 갑자기 왜 그래?"

"왜 나만! 왜 나만 여섯 개냐고!"

나는 치열이에게 울분을 토하며 설명했지만, 녀석은 내 말을 쉽게 믿지 않았다.

"에이~ 설마. 우연이겠지. 그럴 리가 있어? 다 랜덤이야 랜덤~."

"아니라니까! 진짜 나만 여섯 개라고!"

"네가 착각하는 거겠지. 아니면 크기나 뭐가 다르든가."

"아니야! 진짜 나만 차별한다고! 내일 다시 보여줄게!"

다음 날, 나는 또 치열이와 함께 컵떡볶이를 사 먹었다. 이번엔 치열이가 보는 앞에서 하나하나 크기까지 비교해가며 꺼냈다.

"넷, 다섯, 여섯! 이것 봐! 나만 여섯 개 맞지?! 맞지?! 넌 일곱 개잖아!"

"으음. 희한하네. 진짠가?"

"그래도 못 믿어? 너 내일 또 봐!"

다음 날까지 확인한 뒤에야 치열이는 내 말을 믿어주었다.

컵떡볶이의 비밀

"와~ 진짜네. 남우 너 아줌마한테 뭔가 찍혔나 보다. 너 뭐 잘못한 거 아니야?"

"없어! 진짜 맹세코 잘못한 거 하나도 없고, 인사 안 한 적도 없고, 뭐 거스름돈 더 받은 걸 꿀꺽했다거나 한 적도 없어! 왜 나만 여섯 개인지 도무지 알 수가 없다니까? 왜 이런 줄 알겠어? 혹시 치열아, 네가 좀 물어봐 주면 안 될까?"

"뭐? 내가? 싫어! 아줌마 얼마나 무서운데. 완전 불도그 닮았잖아."

"아으으~!"

치열이의 결론은 네가 모르는 뭔가가 있을 거란 거였다. 그 뭔가를 알 수 없으니까 문제지!

전혀 원인도 모르고 당해야만 한다니 너무나 억울했다. 나는 기분이 나빠서라도 며칠간은 컵떡볶이를 사 먹지 않았다. 하지만 하굣길에 하나씩 찍어 먹는 그 맛을 도저히 잊을 수가 없었다. 다른 아이들이 하나씩 찍어 먹으며 내려가는 모습을 구경할 때면 컵떡볶이 금단현상이 오는 기분이었다. 한 입만 달라고 할 수도 없고, 도저히 참지 못하고 사 먹어 버렸다. 며칠 만에 먹으니 맛은 더욱 기가 막혔다. 물론 떡볶이는 여섯 개였지만.

나는 계속 이렇게 하나 모자란 떡볶이를 받아들이며 살아야만 하는 걸까? 인생이란 이런 것일까? 때론 손해 보는 걸 알면서도 굴복하고 넘어갈 수밖에 없는 걸까? 아니면, 용기를 내어 아줌마에게 항의해볼까? 그런다고 통할까?

고민만 깊어지던 어느 날, 치열이 녀석이 으스대며 내게 말했다.

"야, 너 이거 알면 나한테 컵떡볶이 하나는 사줘야 할걸? 대박이야."

"뭔 말이야? 너 설마 소문낸 거 아니지? 비밀 지키라고 했다! 괜히 소문나면 나 불편해!"

"아니 자식이, 이 형님이 원인을 알아냈는데 말이야!"

"뭐? 진짜? 어떻게?"

난 믿을 수 없었지만, 녀석의 말은 정말로 결정적인 정보였다.

"내가 어제 그 아줌마가 안에서 통화하는 걸 몰래 엿들었는데, 그 아줌마 딸이 6학년 1반이래! 우리랑 같은 반!"

"아!"

그제야 내 머릿속 복잡한 실타래가 풀렸다. 내가 잘못한 대상은 그 아줌마가 아니라, 그 딸이었구나!

"그게 누군데? 그 아줌마 딸이 누구야? 우리 반에 있었단 말이야?"

"거기까지는 잘 안 들렸어. 6학년 1반은 확실하고."

"누군질 알아야 할 거 아니야? 아니 근데, 그걸 왜 비밀로 한 거야? 우리 반에 여태 아무도 몰랐잖아?"

"당연히 장삿속이지. 너 같으면 말하겠어? 분식집 딸인 게 알려져 봐, 딸이 친구들 데려오면 다 공짜로 줘야 할 거 아니야? 아마 그 아줌마가 절대 말하지 말라고 했을 거야 딸한테."

"아~."

역시 그 아줌마는 보통내기가 아니었다. 무뚝뚝한 불도그 얼굴 뒤로 천년 묵은 구미호가 들어앉아 있었다.

"그럼 그게 누군지 어떻게 찾지?"

"모르지 그거야. 네가 누구한테 큰 잘못을 저질렀는지 생각해 봐."

내가 잘못을 저지른 상대? 하긴, 딸이 집에서 날 얼마나 욕했으면 떡볶이를 덜 주겠는가?

나는 나를 싫어할 만한 여자애들을 곰곰이 생각해봤지만, 쉽지 않았다. 많아도 너무 많은 게 문제였다.

"아 젠장! 맨날 여자애들한테 장난쳤는데, 걔들 다 후보잖아!"

"하긴 그렇네. 너 솔직히 여자애들한테 장난 심하잖아. 애들 다 너 싫어할걸?"

"으으."

반박할 수 없었다. 솔직히 우리 반 최고 말썽꾼 하면 나로 통하니까.

"아으~ 그럼 누구지? 홍혜화인가? 신민아? 임여우? 송서선? 길궁경?"

"혹시 장진주 아니야?"

"장진주? 아니야 장진주는 아니야."

"왜 아닌데?"

나는 순간 5학년 때의 기억이 떠올라 조금 머쓱해졌다.

"아니야 진주는⋯ 걔가 5학년 때 나 좋다고 고백했었잖아. 하여튼 걔는 아니고, 홍혜화인가? 내가 돼지라고 놀려서 그랬을까?"

"아 맞다. 너 전에 홍혜화 놀려서 울렸잖아. 그건가 보다."

"으음⋯."

누군지 알 순 없어도, 난 컵떡볶이 +1을 위해서라면 뭐든지 할 수 있었다.

다음 날, 나는 쉬는 시간에 몰래 홍혜화를 따로 불러냈다. 마지못해 따라 나온 녀석은 그다지 반가운 얼굴이 아니었다.

"뭔데?"

"혜화야. 있잖아. 전에 말이야. 음."

"아 뭐. 빨리 말해. 나 바빠."

"그게… 너한테 사과하고 싶어서 그래. 내가 전에 너한테 돼지라고 놀린 거, 진짜 미안하다."

"뭐?"

"내가 생각이 없었어. 진짜 진심이 아니었어. 너 절대 돼지 아니야. 너도 아닌 거 알잖아. 내가 그냥 웃기고 싶은 마음에, 너 성격 좋은 거 아니까 그냥 다 받아줄 거라고 생각해서 그랬던 거야. 진짜 진짜 미안해. 내가 정말 바보 같은 실수를 했어. 미안해."

녀석은 내 말을 전혀 예상하지 못했는지 당황했다.

"뭐, 아니 뭐. 됐어. 그렇게 생각한다면, 그래."

"진짜 미안해. 다신 너 안 놀리고, 진짜 내가 너한테 잘할게. 용서해줘."

"그래 뭐, 음. 알았어. 그래. 할 말 끝났으면 나 간다."

녀석은 휙 하니 돌아섰지만 나는 환하게 웃었다. 녀석의 표정을 보니 마음이 풀린 게 확실했다. 나는 얼른 녀석의 뒤를 쫓았고, 교실로 들어가기 전에 지나가는 말투로 물었다.

"아 맞다, 근데 너희 어머니 혹시 분식집 하시니?"

"아니? 우리 엄마 회사 다니는데? 왜?"

뭐라고? 이런!

"아! 아니야. 그냥 전에 본 것 같은데 내가 착각했나 봐."

"뭐야?"

"아니야 그냥. 아무튼, 정말 미안해. 용서해줘서 고마워."

나는 녀석을 앞질러 교실로 돌아갔다. 내 자리에 도착하자마자 기다리던 치열이에게 한탄했다.

"아씨 홍혜화 아니야! 걔네 엄마 회사 다닌대."

"그렇게 말했어? 근데 그거 거짓말일 수도 있잖아."

"거짓말? 그런 것치곤 너무 자연스러웠는데… 그럴까? 아이씨, 몰라!"

"아니면, 장진주 아니야? 우리 반에서 유독 걔가 너랑 얘기 잘 안 하잖아."

"장진주는 아니라니까. 걔랑은 얘기를 잘 안 하는 게 아니고, 하여튼 있어. 걔는 나한테 한 번도 화낸 적 없어. 걔 말고. 날 싫어하는 애가 도대체 누구지? 홍혜화 아니면 송서선인가? 아으~ 진짜!"

어쩔 수 없다. 나는 일단 여자애들에게 장난치던 걸 다 끊었다. 맨날 말썽 피우던 녀석이 하루아침에 달라졌다며 다들 놀랄 정도였다. 뭐 잘못 먹었냐고들 하는데, 뭐 잘 먹고 싶어서 하는 짓이다. 그러나….

"하나, 둘, 셋, 넷, 다섯, 여섯. 아으으!"

여전히 컵떡볶이는 여섯 개였다. 홍혜화는 확실히 아닌 것 같았다. 요즘 홍혜화와 난 사이가 꽤 좋았다. 처음 의도는 불순했지만, 진심으로 사과하길 잘했다는 생각이 들 정도였다. 그렇다면 누굴까?

누가 나를 그렇게 미워해서 엄마에게 일러바쳤을까?

나는 웬만한 여자애들에게 다 사과했지만, 여전히 컵떡볶이는 여섯 개였다. 그래도 그 과정에서 사과란 게 창피하거나 지는 일이 아니라, 기분 좋은 일일 수도 있단 걸 깨닫긴 했다. 진작에 사과했으면 더 좋았을 텐데.

아무튼, 난 어떻게 하면 분식집 아줌마 딸을 찾아서 잘 보일까 궁리했다. 그러다 숙제로 나온 프린트를 보고 머리가 번쩍했다. 존경하는 사람과 존경하는 이유를 적어 발표하는 숙제였는데, 그걸 보자마자 기가 막힌 묘수가 떠올랐다.

그래, 누군지 알아낼 수 없다면, 알아낼 필요가 없게 하면 되지!

나는 스스로 생각해도 정말 멋진 묘수를 실행했다. 집에 돌아가자마자 책상에 앉아 프린트의 제목을 작성했다.

'내가 가장 존경하는 사람: 학교 앞 분식집 아줌마'

바로 이거다. 발표 시간에 내가 분식집 아줌마의 칭찬을 마구 한다면, 딸의 입장에서는 어떨까? 당연히 기분이 좋지 않겠는가! 집에 가면 분명히 엄마한테 말할 게 분명했고, 그 모녀는 나를 다시 보게될 것이다. 그러면 내 컵떡볶이는 럭키 세븐이 될 수 있다!

나는 밤새도록 고민해서 최대한 칭찬하는 말들을 골라 프린트의 내용을 채웠다. 그리고 다음 날 수업 시간, 나는 가장 먼저 발표에 나서겠다며 손을 들었다. 흔치 않은 일이라 그런지 담임 선생님도 당황했다.

"김남우? 네가 웬일로 발표를 한다고 손을 들었어?"

"꼭 하고 싶어서요! 앞에 나가서 발표하면 되나요!"

"어, 어어. 그, 그래라."

난 모두가 놀랄 정도로 적극적인 태도로 교단 앞에 섰다. 분식집 딸 후보들을 한번 쏙 둘러본 뒤, 목소리를 가다듬고 프린트의 내용을 읽었다.

"내가 가장 존경하는 사람. 학교 앞 분식집 아줌마."

한데 그 순간, 아이들 사이에서 웃음이 터졌다. 아뿔싸! 평소 내 이미지라면 장난처럼 보일 수도 있구나! 이러면 안 된다. 나는 최대한 정색하고 진지하게 글을 읽었다.

"바다 분식 아주머니는 몹시 부지런하십니다. 내가 아무리 일찍 등교해도 항상 그보다 먼저 나와 계십니다. 나는 아침 알람이 몇 번을 울려도 못 일어나는데, 아주머니는 매일 새벽에 일어나 맛있는 떡볶이를 준비하십니다. 떡볶이가 얼마나 맛있는지는 여러분이 더 잘 아실 겁니다. 제 평생 바다 분식 떡볶이보다 맛있는 떡볶이는 먹어본 적이 없습니다. 청결은 또 어떻습니까? 기름때 하나 없이 깨끗하게 매일 청소를 하십니다. 여러분이라면 그럴 수 있을까요? 저는 깨끗한 떡볶이 판을 볼 때마다 제 게으름을 반성하곤 합니다."

처음에 웃던 아이들은 내 진지한 발표가 계속되자 웃음을 그쳤다.

"그리고 작년 여름을 기억하십니까? 얼마나 더웠는지 아실 겁니다. 그 더위 속에서도 아주머니는 뜨거운 불 앞에서 온종일 떡볶이를 저으셨습니다. 저라면 엄두도 못 낼 노력입니다. 겨울에는 어떻습니까? 그 추위 속에서도 아이들을 위해서 온종일 밖에 서서 떡볶이를 만드셨습니다. 늘 자기 일에 최선을 다하는 어른은 존경받아 마땅

한 어른입니다. 저도 아주머니처럼 자기 일에 진짜 책임감을 갖고 열심히 하는 성실한 사람이 되고 싶습니다. 정말 존경합니다! 바다 분식 아주머니!"

"와아아아~!"

내 힘찬 발표가 끝나자마자 박수와 함성이 터졌다. 선생님도 내 발표가 훌륭하다며 칭찬했고, 아이들도 모두 바다 분식 아줌마 최고라며 인정했다. 완벽한 성공이었다. 나는 뿌듯한 얼굴로 이 반 어딘가에 있을 누군가를 바라보며 생각했다.

집에 가서 꼭! 꼭 내 칭찬을 엄마에게 들려줘!

주말이 지나 월요일 하굣길. 나는 두근거리는 마음으로 컵떡볶이를 사러 갔다.

"컵떡볶이 하나 주세요, 아줌마."

난 두 손으로 오백 원을 건네고 조심스럽게 아줌마의 눈치를 살폈다. 평소와 똑같은 무뚝뚝한 불도그 얼굴. 전혀 표정의 변화가 없었다. 실패인가? 안 통했나? 걔가 엄마한테 말을 안 했을까?

아줌마는 평소와 똑같이 국자를 빠르게 쏙쏙 저어서 떡볶이를 컵에 휘리릭 담았다. 기대 반, 걱정 반의 얼굴로 지켜보던 나는 컵떡볶이를 건네받고 꾸벅 인사하며 돌아섰다.

"감사합니다."

표정을 알 수 없는 아줌마를 뒤로하고 언덕을 내려가는 길. 한쪽에 컵, 한쪽에 이쑤시개를 든 내 손이 떨렸다. 명량대첩을 앞둔 이순신 장군님의 심정이 이러했을까? 신에게 남은 떡볶이가 하나요… 둘이요… 셋이요… 넷이요… 다섯이요…? 여, 여섯이요…!

"이, 일곱이요!"

이럴 수가!

"여덟이요! 으아아! 여덟 개! 떡볶이가 여덟 개!!"

나는 만세를 불렀다! 여덟 개라니? 일곱 개도 아니고 여덟 개라니! 대성공이다. 내 작전이 완벽하게 대성공했다!

"난 천재야! 으하하하!"

행복했다. 이것이 바로 행복이구나! 갑자기 세상 모든 것이 아름답게 보였다. 컵떡볶이가 여덟 개니까! 이제부터 날 여덟 개의 남자라고 불러주오!

룰루랄라 집으로 돌아오니, 엄마도 내 기분을 한번에 알아보았다.

"뭐 좋은 일 있어? 얼굴이 좋다?"

"엄마 나 진짜 천재인가 봐! 떡볶이가 여덟 개야!"

"뭐? 그게 갑자기 무슨 뚱딴지같은 소리야?"

"그런 게 있어! 으하하하!"

나는 장밋빛 떡볶이 라이프를 그리며 책가방을 풀었다. 정말 기분이 좋았다. 엄마의 그 말을 듣기 전까지는.

"아참, 너 내일 아빠 생일 선물은 준비했지? 선물 산다고 용돈 모았었잖아~."

"어?"

아차! 아빠 생일! 그걸 까먹다니! 어떡하지? 용돈 다 컵떡볶이 사 먹었는데!

"너 설마 깜박했니? 너 아빠 선물 산다고 용돈도 받아갔지?"

"그, 그게….."

"너 정말! 까먹었으면 알아서 해! 국물도 없어! 아빠 진짜 실망한다 너?"

"으으…."

미치겠네, 어쩌지? 뭐로 선물을 사지? 으아악! 하늘은 왜 이 좋은 날 이런 시련을 안겨준단 말인가!

생각하자. 묘수가 있을 것이다. 컵떡볶이처럼 묘수가 분명히 있을…,

"아!"

나는 역시 천재야! 됐어! 이거면 됐어! 기가 막힌 묘수다!

"아빠 선물 내일 가져올 테니까 걱정하지 마! 아빠 분명 좋아할걸!"

"그래? 그럼 다행이고. 제대로 잘해. 아빠 실망하게 하지 말고."

"물론이지~."

나는 자신 있게 고개를 끄덕였다.

다음 날, 나는 학교 수업이 끝나자마자 교무실로 향했다.

"선생님, 전에 '존경하는 사람' 숙제 프린트 있잖아요. 그거 남은 거 있어요?"

"응? 있는데, 그건 왜?"

"그건 말이죠…."

나는 씩 웃었다.

✳

"너 진짜 아빠 선물 준비한 거 맞아? 아빠 퇴근 시간 다 됐어."

엄마는 걱정스럽게 말했지만, 나는 당당했다.

"걱정하지 말래도~."

"뭔데?"

"비밀이야. 나중에 아빠 오면 봐."

아빠가 퇴근하고 들어왔을 때, 엄마와 나는 현관에서 폭죽을 터 트렸다.

"생일 축~하합니다!"

아빠는 이미 알고 있는 듯했지만 좋아했다. 케이크에 촛불도 끄 고, 이윽고 선물을 전달할 타이밍이 왔다. 나는 책가방에 고이 모셔 둔 선물을 꺼냈다.

"아빠 내 선물!"

"음?"

"내가 가장 존경하는 사람, 우리 아빠!"

내가 프린트의 첫 문장을 읽자마자 엄마는 어이없어했다.

"너 설마 그게 선물이야?"

하지만 아빠는 크게 웃으면서 좋아했다.

"아니 왜 난 좋은데. 아들이 직접 읽어주는 거지?"

"그럼 물론이지!"

나는 헤헤 웃으며 내용을 읽었다.

"내가 세상에서 가장 존경하는 우리 아빠는 몹시 부지런하십니다. 내가 아무리 일찍 일어나도 항상 그보다 먼저 일어나 계십니다. 나는 아침 알람에도 절대 못 일어나는데, 아빠는 새벽부터 일어나서 출근 준비를 하십니다. 또 우리 아빠는 몹시 청결합니다. 매일 양치질을 열심히 하는 아빠를 볼 때마다 제 게으름을 반성하곤 합니다."

사실, 내용은 다소 자가복제적인 면이 있다.

"그리고 작년 여름을 기억하십니까? 얼마나 더웠는지 아실 겁니다. 그 더위 속에서도 우리 아빠는 힘들게 일을 하셨습니다. 겨울은 또….."

모든 내용을 읽은 나는 마지막을 우렁차게 읽으며 아빠에게 프린트를 건넸다.

"나도 아빠처럼 자기 일에 진짜 책임감을 갖고 열심히 하는 성실한 사람이 되고 싶습니다! 정말 존경합니다! 우리 아빠!"

"으하하하!"

아빠는 박수까지 치며 좋아했다. 나는 추가로 프린트 한쪽에 있는 선생님 사인을 가리키며 말했다.

"아빠 나 저번 수업 시간에 발표 1등 했었어."

"오~ 그래?"

"어머 네가 발표 1등 했다고? 어디 좀 보자."

엄마도 선생님의 사인을 확인하더니 내 선물을 인정하는 모양새였다. 난 양심에 좀 찔렸지만, 거짓말은 아니다. 이 내용으로 발표 1등 한 건 아니지만, 어쨌든 발표 1등 한 건 사실이니까.

아빠는 프린트를 코팅해야겠다며 웃었다.

"아빠가 평생 받은 생일 선물 중 최고다! 우리 아들 최고야!"

"최고는 아빠지! 세상에서 가장 존경하는 우리 아빠!"

이번에도 내 묘수는 대성공이었다. 역시 사람은 머리를 써야 한다. 처음 나만 떡볶이가 여섯 개란 걸 알았을 땐 그저 억울했지만, 해결하려고 노력하는 과정에서 많은 교훈을 얻었다. 그 결과 지금 난 컵떡볶이가 여덟 개였고, 우리 반 여자애들에게 인기가 늘었고, 아빠의 생일 선물도 훌륭하게 해냈다. 이런 게 바로 전화위복이란 걸까?

아빠는 기분이 좋은지 용돈 만 원까지 주었다. 너무 행복했다. 이 돈으로 할 일은 정해져 있다.

다음 날 하굣길, 난 큰맘 먹고 치열이에게 컵떡볶이 하나를 샀다. 전에 얻은 정보값을 기분 좋게 줘야지.

둘이 함께 언덕을 내려오는 길, 난 일부러 으스대며 말했다.

"자~ 하나씩 동시에 먹는 거다. 먼저 하나!"

난 싱글벙글 웃으며 이쑤시개로 떡볶이를 찍어 먹었다. 한데, 이럴 수가!

"셋… 어? 넷… 어어? 다섯, 여섯?! 이게 뭐야! 왜 또 여섯 개야!"

"그래? 나는 일곱 갠데. 넌 왜 그러냐 맨날?"

"아아아악!"

나는 절규했다. 도대체 왜? 왜 다시 여섯 개지? 왜 또 나만 여섯 개냐고!!

＊

어젯밤. 바다 분식 사장님은 집에 돌아온 딸에게 물었다.

"너희 반 그 사고뭉치는 오늘 어땠냐?"

"엄마 말도 마! 오늘 내가 얼마나 황당했는지 알아? 걔가 글쎄~."

그녀는 황당한 얼굴로 김남우에 대한 말을 쏟아냈다. 분식집 딸
이자, 6학년 1반 담임 선생님인 그녀는 참 말이 많은 편이었다.

부산 영도의 봉래산에 '신선동'이란 동네가 있다는 건 참 그럴듯합니다. 어릴 적에는 몰랐지만, 산과 신선은 무척 어울리네요. 저는 그 산동네를 벗어난 적이 없었기 때문에 지금도 선명하게 떠올릴 수 있습니다. 꼬불꼬불한 산동네 골목길들의 공통점은 '경사'입니다. 거짓말 좀 보태서, 영도라는 섬을 벗어나기 전까지는 평지가 나오질 않는다고 봐도 됩니다.

비탈길에 기울어진 구멍가게를 상상해보시면 재미있을 겁니다. 가게 앞 목욕탕 의자에 아이들이 일렬로 앉으면, 모두 조금씩은 옆으로 기울어져 있는 겁니다. 쪽자(달고나) 한번 구워 먹고 일어나면 허리가 아프죠. 아마 그래서 컵떡볶이를 파셨나 봅니다. 앉아서 허리 아프게 먹지 말고 걸어가면서 먹으라고 말입니다.

본문에는 가격이 상향 조정되었지만, 그때 당시 컵떡볶이는 300원이었습니다. 솔직히 말하자면, 그때는 그게 비싸다고 생각했습니다. 돈이 없던 저는 늘 옆에서 '나 하나만'을 외치는 포지션이었죠. 그 시절 제

기억에 강렬히 남아 있는 친구의 말이 있습니다.

"일곱 개 들어 있으면 하나 줄게."

친구의 심정을 이해합니다. 안 준다고 하기에는 치사하단 말을 들을 것 같고, 주기에는 자기도 하나씩 아껴 먹는 떡볶이니까 말입니다. 나름 대로 본인의 만족할 만한 선을 정해서 타협한 거겠죠. 하지만 옆에서 지켜보는 전 속이 타들어 갔습니다. 녀석이 이쑤시개로 하나씩 빼먹을 때마다 컵 안을 보여달라고 하는 제 모습이 그려지실까요? 조금 추하지만, 그랬던 제 모습이 기억 속에 있습니다. "야! 안 보이게 먹지 마라!"라든가 "한 번에 두 개 먹은 거 아니지?" 같은….

다행히 컵떡볶이는 일곱 개였고, 녀석은 약속을 지켰습니다. 다만, 여섯 개인 날에는 저도 깔끔하게 포기했습니다. 여기서 그래도 하나만 달라고 떼를 쓰면, 그나마 하나씩 주던 것도 못 받을 거란 걸 그 시절에도 직감했던 것 같습니다. 제가 할 수 있는 건, 친구가 떡볶이를 사 먹을 때 아주머니가 많이 담아주기를 기도하는 것뿐이었습니다. '제발 일곱 개! 제발 일곱 개!' 하고 말입니다. 하하하.

컵떡볶이의 비밀

어느 떡볶이 청년의 순정에 대하여

김서령

연정시 종합터미널 앞에서 마을버스 17번을 타면 돼요. 세 정류장밖에 안 돼요. 맞아요, 연정시장 정류장. 육교 옆 한주은행 연정시장지점이 바로 내가 4년을 일한 곳이에요. 그전엔 중앙로지점이었고요. 거기선 2년. 중앙로지점에 비한다면야 연정시장이 훨씬 재미있죠. 시끌시끌하긴 해도 국물이 정말 끝내주는 순대국밥집도 있고요, 옛날식 통닭집도 있는데 그 집 기름 냄새를 그냥 통과하기가 얼마나 어려운지 아세요? 그래서 퇴근길엔 아예 저 멀리 돌아서 가기도 해요. 자칫하다간 밤에 통닭 한 마리를 다 해치우는 일이 생긴다니까요. 한주은행 유니폼이 좀 그렇잖아요. 어찌나 허리를 졸라매는 스타일인지 어지간히 날씬한 여자가 아니면 아휴, 보기가 좋지 않아요. 온종일 앉아서 일하는 사람에게 그따위 유니폼을 지급하다니 회사가 진짜 제정신인가 모르겠어요. 어찌 됐든 유니폼 때문에라도 옛날식 통닭집은 해로워요. 허리 살 둥둥 쩌 오르는 거, 그거 싫어요. 오죽하면 빨리 나이를 먹고 싶더라니까요. 빨리 나이 들어서 과장이 되고 싶었어요. 과장부터는 유니폼을 입지 않아도 되거든요. 우리 연정시장지점 과장님 만나보셨죠? 그분, 진짜 옷 잘 입어요. 아이가 둘이라 몇 번이나 퇴직을 고민했던 분이에요. 초등학생 큰애가 아이스하키 선수거든요. 재능이 있대요. 아이스하키라는 게 부모 손이 엄청 간대요. 돈도 들고요. 그래서 엄마 시간을 빼서 아이를 밀어줄 건지, 엄마 연봉으로 아이를 밀어줄 건지 매일매일 고민했어요. 결국 은행에 남았죠. 친정 부모님한테 아이 운동 수발을 맡기고 매달 돈을 드린대요.

"150만 원 엄마 드리고 남은 돈으로 나는 피부과 다니고 옷 사

입을 거야. 그러니까 나 볼 때마다 어머, 피부 너무 좋아졌다! 어머, 과장님 그 옷 너무 잘 어울려요! 맨날 말해줘. 나 그 말 듣고 싶어서 은행 다니는 거니까."

시부모님이 과장님을 볼 때마다 잔소리를 하나 봐요. 그깟 돈 몇 푼 번다고 남편이랑 애들 팽개치고 은행 다니냐고. 돈 좀 버는 아들 이라 유세를 떠는 거죠. 세상에 우리 과장님 연봉이 얼만데 그런 소 릴 하는지 몰라요. 과장님은 그게 그렇게 듣기 싫대요. 그래서 더 기 를 쓰고 은행에 다니는 걸 거예요. 남은 월급으로 피부과 다니고 옷 사 입는다는 말이 어디 진짜겠어요? 성질나니까 하는 소리지. 그래 서 우린 과장님 마주칠 때마다 큰 소리로 말해줘요.

"과장님! 연정시에서 과장님만큼 피부 좋고 옷 잘 입는 여자는 아마 없을 거예요!"

신입사원 연수 때에 과장님을 처음 만났어요.

세 시간쯤 강의를 듣고… 강의 제목이 뭐였더라, '은행원으로서 의 나'였나, 하여튼 뭐 시답잖은 거였어요. 연정시에서 근무한다기 에 졸졸 따라가서 내가 먼저 몇 마디 말을 걸었어요. 연정시에 관심 이 있었거든요. 보통 은행원들은 연고지로 발령을 내주는 편인데 나 는 고향이 부산이에요.

"무슨 소리야? 엄마 밥 먹으면서 회사 다니면 얼마나 좋아?"

그렇게 말하는 사람들이 많았지만 굳이 엄마 밥 얻어먹자고 그 먼 데까지 뭐 하러 가요? 다 큰 딸 아침저녁 챙겨주는 일이 엄마라고 어디 쉽겠어요? 게다가 대학을 서울로 오면서부터 부산을 떠나서 친구들도 죄다 서울에 있는걸요. 연정시는 지하철로 서울까지 40분이고 구시가지와 신시가지가 섞여 있어 쇼핑도 어렵잖고, 무엇보다도 서울에 비한다면야 집값이 싸잖아요. 내가 6년을 산 원룸도 별로 안 비싸요. 구시가지 쪽이거든요. 주중엔 근무하고 주말엔 서울에서 친구들 만나 노닥노닥, 그래서 애초 연정시를 마음에 점찍어 두고 있었어요.

"와, 젊은 분이 연정시에 오고 싶다니까 내가 다 설레네요. 발령받으면 꼭 연락해요. 내가 맛집이랑 괜찮은 사우나랑 다 알려줄게요. 심심할 때면 나랑 소맥도 좀 말고요."

유쾌한 분이었어요. 나랑 열 살쯤, 아니 그보다 몇 살쯤 더 차이가 나는데 나중에 중앙로지점에서 만났을 때 정말 요이땅, 하고 시작하는 사람처럼 내게 뭐든 다 퍼주기 시작했어요. 6년을 산 그 원룸도 과장님이 구해줬어요. 중학교 동창 아버님의 건물이라나. 월세도 5만 원 깎아줬고 친정에서 배추김치, 열무김치, 명란젓까지 가져다가 냉장고를 채워줬어요. 소맥도 자주 말았죠. 과장님 덕분에 연정시의 맛있는 술집은 다 돌았어요. 나도 참 잘 웃고 말도 잘하는 편인데 과장님은 못 따라가요. 누구든 친구 먹고 누구든 이모 먹고 누구든 삼촌 먹는 그런 사람 있잖아요. 과장님네 친정 부모도 그런 분들이셨어요. 주말엔 종종 놀러 가서 밥도 얻어먹었는데요, 그럴 때마다 어머님이 말씀하셨어요.

"아이고, 이뻐라. 시집만 안 가면 딱이겠다!"

희한하죠? 보통 어르신들은 빨리 시집가야지, 시집가야지 하시는데 절대로 가지 말래요.

어느 떡볶이 청년의 순정에 대하여

"내가 저를 어떻게 키웠는데, 겨우 이렇게 시골에 처박혀서 애 둘 키우며 아등바등… 아이고, 보기만 해도 속이 터져. 요즘 같은 세상 저 좋을 대로 편하게 살지, 뭐 하러 모지리처럼."

그러니까 명문대를 나온 똑똑하고 야무진 외동딸이 그냥저냥 나이 들어가는 것이 싫으셨던 거예요. 지금이야 어찌어찌 버티고는 있지만 어느 날 덜컥 퇴직이라도 하게 되면 옆집 앞집 뒷집의 딸들처럼 평범한 아줌마가 되어버릴까 봐 애면글면하셨던 거죠. 그래서 과장님이랑 둘이 소맥을 말다가도 우리는 건배사를 이렇게 했어요.

"오늘 밤도 애들 봐주시는 어머니를 위하여!"

그러고 나면 과장님은 웃지만, 한숨을 쉬었어요. "참 치사한 인생이야. 소맥 한잔에도 엄마의 희생이 필요하다니까." 하면서 말예요. 그러면 나도 미안해서 공연히 웃어 보였어요.

과장님이 연정시장지점으로 옮겨갈 때 나도 기어이 따라갔어요. 중앙로지점이 있던 신시가지와는 분위기부터가 달랐는데 나는 시장 쪽이 훨씬 좋았어요. 아침에 출근할 때면 풀냄새가 나요. 보셨죠? 지점 바로 앞까지 할머니들이 보따리를 풀어놓잖아요. 열무, 시금치, 더덕, 머위, 두릅까지요. 말도 마세요. 푸른 것들이 뒤섞인 냄새가 얼마나 고운지. 과장님네 친정뿐 아니라 시댁 음식까지, 과장님네 가족들이 잘 안 먹는 멸치호두볶음이나 깻잎김치 같은 건 모조리 다 내 냉장고에 들어와서 반찬을 만들 일이 없었기에 망정이지, 아니라면 습관처럼 그 푸른 것들을 사들였을지 몰라요. 사지 않는 대신 인사만 납죽납죽하는 아침이 그렇게 좋았어요, 나는.

아이가 전지훈련을 떠난다거나 하는 주말에는 과장님과 근교로 바람을 쐬러 가기도 했어요. 그래요, 그날, 기억나요. 해안도로를 따라 달려볼 요량으로 일단 커피를 사기로 했죠. 스타벅스 드라이브스루에서 두 잔을 사서 나오는데 웬걸, 갑자기 배가 살살 아픈 거예요. 과장님이 바닷가 민둥언덕을 가리켰어요.

"노상 방뇨할 공간이 이리 많네, 뭐."

"노상 방뇨가 아니라 노상 방변이 될 것 같은데요. 저 좀 어떻게 해주세요, 과장님."

낯을 잔뜩 찌푸린 나를 위해 과장님은 바닷가 커다란 카페 앞에 차를 댔어요.

"다녀와."

"커피도 안 마시는데 남의 카페 화장실만 갔다 오라고요?"

"정 미안하면 주인한테 눈이나 한번 찡긋해주고."

그러면서 과장님은 살짝 윙크했는데, 그 가느다란 눈이 참 예쁘고 우스웠어요. 묵직한 카페 문을 열고 들어갔는데 정말이지 손님이 하나도 없더라고요. 중년의 남자 주인이 쳐다보았지만 재빠르게 화장실 위치를 파악하고 뛰었죠. 나오는 길에도 주인 남자가 쳐다보는데, 그 짧은 순간에도 머릿속에 막 여러 가지 생각들이 스쳐가는 거예요. 이렇게 외진 카페에는 나같이 반갑잖은 사람들도 많이 드나들 거야, 그러니 괜찮아, 빨리 달아나는 것이 나아, 그러면서 몸을 틀려는데 세상에 내 손에 스타벅스 컵이 들려 있는 게 그제야 보이지 뭐예요. 아니, 그 급한 와중에 화장실로 뛰면서 커피는 왜 들고 온 거래요, 정말. 순전히 스타벅스 컵 때문에 무안해져서 뻘쭘히 섰다가 과

장님의 농담이 떠오른 거예요. 정 미안하면 눈이나 한번 찡긋해주라
는. 그래요, 그냥 장난스러워진 거죠. 과장님 흉내를 내며 눈을 찡긋,
해줬어요. 그러고는 냅다 달아났죠.

차에 올라타서는 과장님에게 떠들었어요.

"저 진짜 찡긋, 하고 왔어요! 진짜로요!"

"미쳤구나!"

서둘러 차를 출발시키며 우리는 정신 나간 여자들처럼 웃었어
요. 생각해보면 그게 또 뭐가 그리 우습다고. 여하튼 내가 하려던 말
은… 과장님과 지냈던 연정시에서의 내 생애가 몹시 즐거웠다는 거
예요. 내가 무럭무럭 자라 한주은행 연정시장지점 한수정 대리가 되
기까지의 날들 말예요.

"94번 손님, 3번 창구로 오십시오."

기계음이 울린 뒤 내가 다시 한번 94번 손님! 을 불렀고 그 남자,
날개떡볶이 사장 철규 씨가 내 앞으로 다가왔어요.

"한 대리님, 요즘 왜 안 오세요?"

그는 커다란 가방을 창구에 털썩 올려놓으며 싱글싱글 말을 걸
었어요. 오후 3시 반. 시계를 보지 않아도 털썩, 큰 가죽가방이 창구
에 얹어지면 나는 시간을 알 수 있어요. 그런 가방은 대체 어디서 사
는 걸까요? 아, 물론 로고는 박혀 있죠. 루이비통. 하지만 로고가 박
혀 있다고 그 가방이 루이비통 매장에서 나왔다고 볼 수 있는 건 아
니잖아요. 철규 씨는 가방의 지퍼를 열어요. 뻑뻑한 지퍼는 단박에
열린 적이 없어요. 몇 번이나 삐꺽삐꺽 소리를 내며 멈춰요. 그래도

끝까지 지퍼를 밀면, 천 원짜리 다발들이 쏟아져요. 동전까지도요.

"우리 매운어묵 새로 출시했는데 완전 매워. 완전 끝내줘요. 과장님이랑 오세요. 오늘 저녁 콜?"

"그럴까요? 안 그래도 떡볶이 며칠 못 먹었더니 막 두통이 생기려고 해요."

나도 웃어요. 나는 잘 웃는 사람이거든요. 나한테 해코지도 하지 않는데 괜히 새침하게 구는 건 사람에 대한 예의가 아니라고 생각도 하고요, 게다가 철규 씨는 우리 한주은행 연정시장지점의 주요 고객이니까요. 물론 조금 역해요. 사람한테 역하다는 말을 쓰려니 미안하기는 한데, 팔목에 찬 수갑만큼이나 거대한 금팔찌만 빼도 좀 괜찮을 것 같아요. 늘어난 티셔츠 네크라인 사이로 번쩍번쩍하는 금목걸이는 또 어떻고요.

연정시장 날개떡볶이는 유명해요. 아침 여섯 시면 문을 여는데 일곱 시쯤만 되어도 줄이 어마어마하게 길어요. 출근길 사람들이 떡볶이 1인분씩 먹고 가고 김밥도 포장해서 가고, 꽃게 둥둥 뜬 꼬치어묵은 하나도 안 비리고 담백해요. 인정해요, 그 집 맛있어요. 스물여섯 살 날개떡볶이 사장 철규 씨는 어머니한테서 떡볶이집을 물려받았다고 하는데 이전엔 별 볼 일 없는 분식집이었다나 봐요. 풍을 맞아 자리보전한 어머니 대신 앞치마 동여매고 장사를 시작했는데 1년도 안 되어서 연정시장의 명물이 되었어요. 대단한 청년이죠. 그전엔… 몰라요, 무얼 하던 사람인지. 아무튼 3년가량 돈을 막 쓸어 담았대요.

덩치도 좋아요. 그냥 길 가다 마주쳤다면 어느 피트니스 클럽 트레이너라 생각했을지도 몰라요. 인상은 순해요. 1년 전쯤부터 우리 지점에 오기 시작했고 올 때마다 으레 금팔찌와 금목걸이를 번쩍거리면서 창구에다 루이비통 가죽가방을 털썩 내려놓았어요. 뻑뻑한 지퍼를 열고 천 원짜리와 동전들까지 싹싹 긁어내면, 네… 철규 씨는 분명 돈이 많았어요. 카드 매출 빼고 현금만 그 정도니 매일 오후 3시 반이면 그의 예금잔고는 가죽가방의 부피만큼 꾸준히 늘어났어요.

"아, 진짜 한 대리님!"

천 원짜리 다발을 계수기에 넣고 세는 동안 철규 씨는 창구 앞에 서서 느물거렸어요.

"도대체 언제쯤이면 제 맘을 알아줄 건데요? 나 확 은행 옮겨버린다? 잔고 다 빼서 딴 데 갈 거예요?"

뭐라는 거야, 싶기도 했지만 농지거리 앞에서 파르르 떠는 것도 편치는 않아서 나는 웃었어요. 그러면 꼭 부장님이 한마디 거들었죠.

"우리 한 대리 시집가는 날엔 그럼 국수 대신 떡볶이 먹는 건가? 히야, 그것도 괜찮네. 이봐, 철규 씨. 한 대리 빨리 좀 데려가. 얼마 안 있으면 서른이라고. 그전에 쇼부 쳐야지."

"한 대리님 대박. 그 돈 다 언제 써요?"

"내가 날개떡볶이 팔아준 게 얼만데 철규 사장님은 맨날 한 대리님만 찾더라."

지점 사람들이 말을 보탰지만 그 누구도 나를 놀리려고 한 말은 아니었어요. 그저… 인사말 같은 거죠. 안 그래요? 다들 그렇게 사회생활하는 거잖아요?

철규 씨 때문에 딱히 불쾌했다거나 한 적은 없었어요. 싫었죠,

싫었어요. 하지만 그럴 수도 있다고 생각했어요. 돈이 많아요. 잘 벌려요. 그걸 누구한테 자랑하겠어요? 매일매일 돈 가방 들고 와서 은행원 앞에서 잘난 척하는 거, 그게 뭐 그리 대수겠어요. 잘난 척하는 김에 농지거리 좀 섞는 거라고 생각했던 거예요. 그 정도는 참아줄 수 있었어요. 그리고 솔직히, 은행원에게 농지거리 섞는 사람이 어디 철규 씨뿐이던가요?

날개떡볶이엔 자주 들렀어요. 은행 바로 앞이에요. 은행원들은 점심시간을 서로 쪼개 써야 하니까 후다닥 먹고 들어오거든요. 줄이 길어도 철규 씨가 주방 안쪽 빈 곳에다 자리를 마련해주곤 했어요. 떡볶이에 뜨거운 우동 한 그릇 훌훌 비우고 카드를 내밀면 안 받은 날도 많아요.

"내가 한 대리님한테 이거 받아 뭐 하려고요? 얼마나 부자 되라고요? 그냥 시집이나 와요. 안 되면 데이트라도 해주든가."

그런 말을 할 때면 카운터 뒤로 쭉 뺀 엉덩이를 어찌나 흔들흔들 거리는지 꼴사납기 짝이 없었어요. 가끔은 과장님이 눈을 흘기기도 했죠.

"김 사장님, 작작 해. 한 대리도 성질나면 무섭다?"

"아니, 사나이 순정을 왜 이리 몰라줘요? 나 참, 돌겠네."

철규 씨가 투덜거리면 서빙을 하는 아주머니들이 우우 설레발을 쳤어요.

"우리 사장님이랑 살면 평생 공주 대접받을 텐데 은행 아가씨가 너무 튕기네!"

이해가 안 된다고요? 왜 야멸차게 잘라내지 못했냐고요? 잘라낼

게 뭐가 있어요? 아무 사이도 아닌데. 그냥 추저분하게 굴던 사람일
뿐이에요. 고객이랑 얼굴 붉혀서 좋을 일이 뭐가 있다고요. 아니에
요. 고객이 돈을 많이 가져온다 해서 내가 무슨 커미션을 받는 거, 그
런 거 없어요. 은행이 무슨 보험회사고 내가 보험 세일즈맨인가요?
지점 실적이야 높아지겠지만 그렇다고 내 월급 올라가는 거 아니에
요. 그런데 왜 그랬냐고요? 아니, 우리 회사잖아요. 내가 다니고 있
는 은행이 잘되는 거, 기쁜 일이잖아요⋯ 안 그래요?

　일요일, 과장님이랑 아이들, 그리고 과장님네 친정어머니까지
함께 사우나엘 간 적이 있어요. 과장님은 사우나 갈 때마다 친정어머
니와 꼭 동행하는데 그게 세신 마사지 때문에 그래요. 탕에서 몸을
조금 불린 후에 과장님은 어머님을 세신 이모에게 덥석 맡겨버리는
데, 안 한다고 안 한다고, 딸이 월요일부터 금요일까지 뼈 빠지게 일
해 벌어온 돈을 왜 몸뚱이에 처바르냐며 야단이 나요.
　"아유, 엄마. 그냥 3만 원짜리 미니 마사지야. 그냥 누워 있어. 때
나 좀 밀고 내려와!"
　세신 이모가 옴팡지게 때수건을 말아 쥐고 다리부터 밀기 시작
해도 계속 욕을 퍼부으세요. 내가 내 몸뚱어리 때도 못 미는 할망구
인 줄 아냐, 너는 돈이 썩어 빠졌냐 등등.
　물론 조금 지나면 조용해지세요. 나른하잖아요, 세신이란 게. 3만
원 아니죠. 그거 7만 원짜리 아로마 마사지예요. 그렇게 녹작지근하
게 몸을 푼 어머님은 집에 도착할 때가 되면 그러세요.
　"니들 둘은 어디 가서 맥주나 한잔해라. 나는 애들 데리고 옥수

수나 쪄 먹을란다."

그날도 마찬가지여서 어머님과 아이들을 친정집에 내려준 뒤 우리는 저물녘 바닷가를 산책했어요. 백사장에 앉아 나는 맥주를 두 캔 마셨고 빈 캔을 와그작거리며 종알종알 떠들었죠. 별 의미도 없는 소리를요. 과장님도 그랬어요. 차 때문에 맥주는 못 마시고 이런저런… 그때였어요. 번쩍. 어두운 등 뒤에서 무언가 번쩍. 등 뒤에서부터 귓가를 스치며 노랗게 번쩍이는 그것의 정체를 깨닫기도 전에 나는 소스라쳤는데, 이해하시겠어요? 엄청난 불쾌감이었어요. 내 생애를 다 뒤덮고도 남을 만큼 거대한 불쾌감이 몰려왔던 거예요. 이유는 나도 모르겠어요. 스물아홉 해 내 몸을 내가 가지고 살아왔는데, 그래서 내 몸이고 내 마음이고 내가 제일 잘 아는데, 내 몸과 내 마음이 동시에 불쾌하다고 소리를 지르고 있었어요. 일종의 예감, 같은 것이었을까요? 그랬다면 나는 그때 미리 달아났어야 하는 걸까요?

노랗게 번쩍인 건 철규 씨의 금팔찌였어요. 친구와 바람을 쐬러 나왔다가 우리를 봤다더군요. 나도 모르게 미친 새끼… 중얼거렸는데 그 사람은 내 말을 못 들었을 거예요. 소리를 내진 않았거든요.

마음은 곧 가라앉았어요. 사실 철규 씨가 나를 놀래려고 소리를 빽 질렀던 것도 아니고 내 등에 손을 댄 것도 아니니까요. 설명할 수 없는 불쾌감이야 그 답은 나 스스로 찾아야 할 일이니. 그날 철규 씨가 맥주를 샀어요. 바닷가 언덕의 카페에서였죠. 노상 방변의 일촉즉발 상황에서 내가 눈을 찡긋, 하고 만 그 카페 주인이 맥주와 마른 안주를 내어왔고 재미도 없는 농담들이 몇 번 오가던 끝에 내가 입을 열었어요.

어느 떡볶이 청년의 순정에 대하여

"과장님, 저 소개팅할까 봐요."

예정된 소개팅 따위는 없었어요. 그런데도 내가 그런 말을 한 건 아마도 그 금팔찌와 금목걸이, 루이비통 가죽가방을 이제 멀찍이 떨어뜨려 놓고 싶어서였는지도 몰라요. 심통을 부리거나 더 허세를 부리거나 할 줄 알았던 철규 씨가 뜻밖에도 얼굴이 심하게 빨개졌어요. 그러는 바람에 모두가 민망해져서 다음 말을 이어가지 못했어요. 어영부영 맥주잔을 비우다가 대리기사를 불러 집으로 돌아왔죠. 쓸데없는 소릴 한 건가, 몇 번 생각했지만 곧 잊었어요. 이제 더는 귀찮게 하지 않겠지, 하고 말았어요.

금요일이었으니 꼭 닷새가 지난 날이었네요.

그 주에도 변함없이 철규 씨는 오후 3시 반에 루이비통을 들고 창구로 왔고 조금씩 느물대다 돌아갔어요. 금요일에도 그랬고요. 시장통을 지나면서 옛날식 통닭을 한 마리 살까 생각했지만 기특하게도 참아냈고 맥주를 마시며 밀린 미드나 봐야지 마음먹은 참이었어요. 구시가지 주택가는 어두워요. 어두운 길이 그리 길지는 않아서 발걸음을 서두르면 7분이면 다다라요. 그 7분 동안 등 뒤에서 노란 빛이 세 번 번쩍였어요. 처음은 돌아보고 싶지 않았고 두 번째는 멈추어 서서 돌아보았어요. 저 골목 끝에 노란 팔찌를 찬 것이 틀림없는, 그가 서 있었고요. 서서 생각했어요. 아니, 입속으로 중얼거렸어요. 미친 새끼, 꺼져. 알아듣기를 바랐어요. 다시 몸을 돌려 집을 향해 걸었는데 또 번쩍. 그때부터 뛰었어요.

그는 원룸 로비 비번을 누르고 있는 내 등 뒤에 섰어요. 그리고 나직이 물었어요.

"나한테 왜 그랬어요?"

나는 돌아보지 않고 말했어요.

"뭘요?"

"미친 새끼라고 했잖아요."

철규 씨는 그 말을 언제 들었을까요? 백사장에서? 아니면 골목 끝에서? 나는 대답하지 않았어요. 그러자 그가 재차 물었어요.

"왜 그랬냐고 묻잖아요. 왜 미친 새끼라고 그랬어요? 내가 뭘 어쨌는데요?"

"미안해요."

나도 모르게 미안하다고 했어요. 하지만, 나 아닌 누구라도 그랬을 거예요. 미안하다고, 잘못했다고 말하고 싶을걸요, 그가 그렇게 등 뒤에 서 있으면.

그가 대답하지 않아서 나도 가만히 서 있었어요. 그러다 고개를 돌려 그를 바라보았어요.

"철규 씨, 저 지금 집에 들어가야 해요. 할 일도 많고요. 할 말이 있다면… 음, 은행으로 오세요."

그가 너무 바짝 붙어서 있었기 때문에 나는 숨도 쉬지 못할 것 같았어요.

"철규 씨, 저 들어가야 해요. 아, 정말… 다음부터 제 얼굴 어떻게 보려고 이러세요?"

나는 호탕한 척 웃어 보였어요. 이렇게 바짝 붙어서서 나를 겁먹게 한 것쯤 다 잊어주겠다, 없었던 일로 할 테니 이제 그만 돌아가라,

그런 의미였어요. 내 웃음에 그의 표정이 살짝 풀어지는 듯해서 나는 빠르게 비밀번호를 눌렀어요. 그러면서도 계속 하하하, 웃었어요. 아무렇지도 않아, 나는 무섭지 않아.

아마도 날개떡볶이에서 일을 하다 나왔을 철규 씨는 맨발에 슬리퍼 바람이었어요. 11월은 맨발로 다닐 계절이 아닌데, 그는 청바지에 티셔츠를 입고 루이비통 가방을 안고 있었어요. 그 가방을 안은 채로 저를 따라 건물 안으로 들어왔어요.

"저기요, 철규 씨. 다음에 얘기하자니까요."

그는 듣지 않았고 눈동자를 어디에다 두고 온 사람처럼 텅 빈 눈을 하고 나를 쳐다보기만 했어요. 내 방은 1층, 여섯 걸음만 가도 되는 곳이었지만 발을 뗄 수가 없었어요.

"한 대리님을 사랑한 거 말고, 제가 잘못한 일이 뭐가 있어요?"

달아나도 안 되고, 웃어 보여도 안 되는 그 순간이 오자 나도 모르게 비명이 터지더라고요. 있는 힘껏 소리를 질렀어요.

"야, 이 미친 새끼야! 그게 잘못한 거야! 왜 네 마음대로 나를 사랑하고 말고 해? 너 돌았니? 나한테 왜 이래, 이 미친 새끼야!"

그가 언뜻 한 발자국 뒤로 물러서는 것 같았는데, 그래서 나는 몸을 홱 돌려 뛰기 시작했는데… 더는 안 붙잡을 줄 알았는데.

손만 뻗으면 내 방 손잡이였어요. 그것만 잡으면 될 줄 알았는데, 등 뒤에서 노랗게 번쩍이는 빛이 느껴졌어요. 노란빛은 빠르게 움직였고 백사장에서 느꼈던 그 불쾌감이 온몸을 빠르게 휘감았어요. 돌아서서 무릎이라도 꿇을까 했는데 이미 늦은 일이었어요. 그는 루이비통 가방에서 망치를 꺼냈고 그 망치로 내 정수리를 내리쳤어요.

백사장에서 미친 새끼라고 한 일, 카페에서 소개팅 이야기를 꺼낸 일, 원룸 복도에서 악을 쓴 일, 모두를 후회할 수도 있었겠지만, 아니 그전에 연정시장지점으로 옮겨온 일부터 모조리 후회할 수도 있었겠지만 나에게는 그럴 만한 시간이 없었어요. 나는 그때 죽었거든요.

알아요, 사람들이 얼마나 슬퍼했는지. 우리 과장님은 세 번이나 실신했어요. 지점장님도 부지점장님도 강 계장도, 옛날식 통닭집 아줌마도 많이 울었어요. 내가 다 봤어요. 가족 이야기는⋯ 하고 싶지도 않아요. 우리 엄마는 부산에서 연정시의 영안실까지 오는 동안 일곱 번이나 토했어요. 네 시간이면 오는 거리를 일곱 시간 넘게 걸렸다니까요. 원룸에서의 모든 장면은 CCTV에 고스란히 찍혔고 철규 씨는 달아났지만 하루도 안 되어 붙잡혔어요. 그는 경찰서 바닥에 얼굴을 파묻은 채 짐승처럼 울기만 했어요. 잘못했습니다, 잘못했습니다⋯ 그는 계속 울었어요.

1심에서 징역 6년이 선고되었을 때 나는 과장님을 쳐다보았어요. 황달이 든 것도 아닌데 순식간에 과장님의 눈알이 노래졌어요. 나를 죽였는데 고작 징역 6년이라는 사실에 내가 놀랐듯 아마 과장님도 놀라서 그랬을 거예요. 흡, 하는 소리가 여기저기서 튀어나왔지만 곧 조용해졌고 부지점장님이 끊어질 듯한 목소리로 "육⋯ 녀, 언?" 했지만 누군가 부지점장님의 어깨를 안고 자리에서 일어나며 속삭였어요.

"아무 말도 마세요. 누가 들어요. 저 새끼 출소해도 서른둘이에요. 조심하셔야 해요."

그 말을 한 사람이 누구인지 모르겠어요. 기억이 안 나요. 부지점장님을 붙안은 걸 보면 강 계장이었을까요. 욕설을 씹어뱉을 것 같았던 부지점장님의 입술이 닫혔어요. 모두가 부지점장님처럼 입을 굳게 다물고 재판정을 빠져나갔어요. 과장님만 노래진 눈으로 오래오래 앉아 있었죠.

그런데요, 참 이상해요. 사랑은 두 사람이 같이하는 거 아녜요? 혼자 하는 거… 그런 것도 사랑이라 쳐주나요? 내가 철규 씨를 사랑한 적 없는데 내가 죽은 일을 두고 사람들은 왜 자꾸 사랑 타령을 하는 걸까요?

1심이 시작되기 전부터 기자들은 연정시장을 들쑤시고 다녔어요. 옛날식 통닭집 아줌마가 "아주 철규가 지치지도 않고 한 대리를 쫓아다녔지." 이야기하면 순대국밥집 아줌마가 "한 대리가 얼마나 이뻐? 그렇게 싹싹한 아가씨가 어디 흔한가?" 말했어요. "나 같아도 며느리 삼고 싶더만." 철물점 아저씨가 말하면 "철규 혼이 다 빠졌던 게야, 그렇게 샐샐 웃어대는데 정신 못 차리고 뎀빌 만하지." 하고 이불집 사장님이 말을 받았어요. 기자들이 다녀가고 나면 경찰들이 와서 "정말 그랬어요?" 묻는 식이었어요.

"젊은 아가씨가 뭐 하러 연고도 없는 연정시에 와서 이런 변을 당하나, 쯧쯧."

과일가게 아줌마의 별 뜻 없는 그 말에 바지런한 기자 몇이 부산으로 뛰어갔고 엄마는 한동안 기자들에게 시달렸어요. 엄마가 재혼을 해서 내가 불행한 적은 없었어요. 엄마는 현관문을 꽁꽁 닫아걸고 아무도 만나지 않았어요. 재가한 엄마에게 폐를 끼치지 않으려 부산을 피해 연정시로 간 딸의 비극적 죽음이 매일매일 신문에 실리는데, 우리 엄마의 숨이 어느 순간 툭 끊어지지 않은 게 놀랍지 않으세요? 맙소사, 나 곱게 자랐어요. 새아버지 등쌀에 모질게 고생하며 큰 적 없다고요. 엄마의 오른 손목에는 붉고 푸른 멍이 들었어요. 그게요, 가슴을 너무 쳐서 그런 거예요. 기자들이 초인종을 눌러대는 동안 엄마는 바다가 한 줌 보이는 서른 평 아파트 발코니에 쪼그리고 앉아 매일 가슴을 쳤어요.

1심이 끝나고 바로 그다음 날, 과장님은 은행에서 울음을 터뜨렸어요. 인터넷 기사의 제목 때문이었어요. 은행에 손님들이 있어서 과장님은 책상 밑으로 기어들어 가 손바닥으로 입을 막고 끅끅 울면서 기사를 읽었어요. 제목은 '어느 떡볶이 청년의 순정이 불러온 참극'이었어요. 나는 과장님 곁에 가만히 앉아 그녀의 손안에서 바들바들 떨리고 있는 휴대전화를 함께 들여다보았어요.

어쩌면 그 기사가 틀리지 않은 건지도 몰라요. 나도 이제 와 뭐가 맞고 뭐가 틀린 건지 헷갈리거든요. 어릴 적부터 말썽 한번 피워본 적 없는 공고 출신 철규 씨는 병든 어머니로부터 보잘것없는 분식집을 물려받아 3년 만에 연정시장 최고의 떡볶이집으로 키워낼 만큼 성실하고 능력 있는 청년이었고 어느 은행원에게 반해버린 거예요.

매일 오후 3시 반이면 은행에 입금하러 가 그녀를 만났고 사랑을 고백했어요.

"아, 여자 쪽에서도 싫다 하진 않았지. 싫었으면 맨날 떡볶이 먹으러 왔겠어? 줄도 안 섰어. 여기가 얼마나 손님이 많은데. 그 박작박작한 속에서도 줄 안 서고 그냥 들어와서 아무 데나 앉았지. 돈도 안 냈어. 김 사장이 공짜로 내줬지."

그 인터뷰는 아마도 날개떡볶이 연변 아줌마였겠죠.

"바닷가에서도 데이트 종종 하던데요? 언제지? 여하튼 밤에 본적 있어. 백사장에서."

그날 밤 우리를 본 사람이 누구인지는 모르겠어요. 또 누군가는 이런 말도 했더라고요.

"그냥 김 사장이랑 살지, 뭘 그리 쟀나 몰라. 엄마도 재가해서 몸 기댈 데도 없다며? 돈 많지, 성실하지, 심성 곱지. 김 사장이랑 연정에서 자리 잡고 살면 좋았겠고만, 거참."

"남자들이 다 그렇잖아. 마음 줄 거 다 줬는데 그리 안 받아주니 회까닥 돈 거야. 딱해라, 딱해. 젊은 놈이. 그 늙은 어매는 어쩌누?"

경찰들은 모든 CCTV를 살폈어요. 은행에서 나는 철규 씨에게 내내 웃었고 심지어 원룸 건물 앞, 망치가 든 루이비통 가방을 감싸 안고 나에게 바짝 붙어 섰던 그날 밤에도 CCTV 속 나는 웃던걸요. 나는 온 힘을 다해 그가 원룸 건물로 들어오지 못하도록 막았어야 했는데. 웃다니.

애초 철규 씨에게는 살인죄가 적용되지 않았어요. 상해치사였어요. 살인과 상해치사가 어떻게 다른 건지 나도 이번에야 알았는데 순

간적으로 격분해 우발적인 범행을 저지르면 살인이 아니라 상해치
사래요. 그런 말… 나는 처음 들었어요.

과장님은 경찰을 붙들고 몇 번이나 악을 썼어요. 가방에 망치가
들어 있었다고, 죽이려고 작정하고 나를 따라간 거라고. 하지만 루
이비통 가방 안에는 못도, 드라이버도, 본드도 들어 있었어요. 집에
선반이 망가져 수리를 해야 했기 때문에 챙겨 가던 길이었대요. 내
정수리를 내리치려고 망치를 챙긴 게 아니라 선반을 고치기 위해서
였다고.

그 인터뷰는 분명 바닷가 언덕 위 카페 사장이에요.

"솔직히 말해 한 대리가 철규를 살살 약 올린 건 맞죠. 철규 순
진하거든요. 그날도 그랬다니까요. 뭐, 딴 남자를 만날 거라나? 나
참, 그러면 철규랑 딱 끝내던가. 빤하지 않아요? 철규가 돈도 많고
반만하고 괜찮긴 한데, 고졸이거든. 지는 그래도 대학 나왔거든. 순
순히 만나주기엔 지도 자존심이 있다 그거지. 개뿔, 그런 여자애들
있잖아요. 재수 없어. 그리고 걔요… 좀 웃긴 애예요. 나한테도 슬슬
꼬리를… 아아, 죽은 애한테 이런 말까지 하는 건 좀 그렇지만… 진
짜 얼척없는 일이긴 한데, 나한테 윙크를 하더라니깐? 찡긋, 하면
서? 하마터면 나도 걔한테 물릴 뻔한 거지. 왜, 내가 돈이 좀 있어 보
였나 보지? 우리 카페가 좀 크니까? 이거 다 빚더미인데. 손님도 없고.
웃긴 년."

내가 죽은 후 철규 씨가 당황해서 쩔쩔매는 모습은 CCTV에 고
스란히 남았어요. 달아났던 철규 씨는 하루가 지난 후 파출소 앞 골
목에서 붙잡혔어요. 그는 자수하러 가던 길이었다고 진술했어요. 하

어느 떡볶이 청년의 순정에 대하여

지만 그의 아반떼가 파출소 앞 골목에 세워져 있었다는 사실까지는 기자나 경찰이나 모두 몰랐나 봐요.

부지점장님이 다가와 책상 밑에서 과장님을 끌어냈어요. 살자, 살자… 너도 살고 우리도 좀 살자, 박 과장아…. 끌려 나가면서 과장님이 끅끅거렸어요.

"순정이래잖아요. 순정이래요. 얻다 대고 떡볶이 청년의 순정이래… 다들 미친 거야."

철규 씨는 1심이 끝나고 곧바로 항소했어요. 상해치사로 징역 6년은 가혹하다는 이유였어요. 과장님네 친정어머니는 매일 은행에 찾아왔어요. 과장님 책상 앞으로 가 나지막하게 말했어요.

"네가 재판정 가서 증언이니 뭐니 하면 나는 내 모가지 내가 따버릴 거야. 죽어버릴 거야. 그 새끼가 너랑 네 식구들 다 알아. 6년 살고 나와서 너 죽이고 네 새끼 건드리면 어떡해. 나는 그 꼴 못 봐. 그전에 죽어버릴 거야."

이해해요. 우리 엄마도 합의를 본걸요. 딸을 망치로 때려죽인 사람과 합의를 보는 것, 세상 모두에게 손가락질을 받겠지만 엄마는 그렇게 했어요. 엄마에게는 딸이 하나 더 있고 새아버지에게도 딸이 있거든요. 하나를 잃어본 사람이 하나를 더 잃을까 두려운 마음, 그걸 내가 왜 몰라요. 은행 앞 육교 밑에서 열무를 파는 할머니는 아무도 못 듣는데 종종 중얼거려요.

"죽은 애가 불쌍해도 산 사람은 또 살아야지. 그 새끼도 젊디젊은데."

내가 듣는 걸 몰라서 그러는 거예요. 그러니 그것도 나는 이해해요.

　항소심에서 철규 씨는 징역 3년에 집행유예 5년을 선고받았어요. 판결문은 대충 이랬어요. 피고인의 죄질이 좋지 않으나 피해자가 다른 남자를 만나겠다고 한 사실을 확인하고자 다그치는 과정에서 격노해 벌어진 우발적 범행이었고… 피고인이 피해자를 진심으로 사랑했음을 알 수 있다… 초범인 데다 평소 피해자에게 폭력적인 모습을 보이지도 않았다… 자수를 결심했으며 깊이 반성하고 있고 유가족과 원만히 합의했으니 이제 사회로 돌아가 노모를 봉양할 기회를 준다…. 사람들은 천천히 재판정을 빠져나갔어요. 나만 남았어요.

　떡볶이에서는요, 골목 냄새가 나요.

　골목 냄새가 뭐냐면, 담이 낮은 집들이 쭉 늘어섰고 고무줄놀이도 겨우 할 만큼 좁은 골목들이 막 엉켜 있는데요, 초입에 붉은 포장을 친 떡볶이집이 있거든요. 합판을 몇 장 겹쳐 만든 긴 의자에 올라앉아 다리를 대롱거리며 백 원짜리 동전 몇 닢을 아줌마에게 건네면 비닐을 씌운 멜라민 접시에 빨간 떡볶이를 가득 담아줘요. 이쑤시개로 밀떡 하나 집어 입에 넣으면 참 달콤도 하지. 종이컵에 부어주는 어묵 국물 후후 불어 마시면 등 뒤로 저녁 바람이 스쳐요. 노을 묻은 저녁 바람 아시죠? 주홍색 바람. 원피스 등 자락으로 파고들기도 한다니까요. 박쥐가 낮게 날기도 했어요. 쌔앵, 하고 빠르게 나는데 저러다 공중의 전깃줄에 걸리면 어쩌나 싶기도 했어요. 녀석들, 절대 안 걸려요. 그렇게 떡볶이를 집어 먹다 보면 엄마가 왔어요. 실은 내가 엄마 퇴근 시간을 알아서 거기서 기다린 거거든요. 공인중개사였던 엄마는 포장마차에 앉은 나를 보면 활짝 웃으면서도 눈을 흘겼어요. 저녁 먹어야 하는데 또 떡볶이를! 하는 거였죠. 겨드랑이에 낀 핸드백을 야무지게 고쳐 쥐고 엄마는 나를 반짝 안아서 의자에서 내려줬어요. 나 혼자 깡총 내려와도 되지만 그냥 엄마만 보면 아기가 되고 싶은 그런 마음, 그런 거 있잖아요. 엄마 가슴에 푹신, 안기면 볼펜 냄새 같은 게 났는데요, 떡볶이의 달큼한 냄새, 주홍색 바람의 싸한 냄새, 박쥐가 털고 간 냄새, 합판 의자에서 풍기는 나무 냄새, 그런 것들이 모두 모여 골목 냄새가 되어요.

날개떡볶이의 떡볶이에는 박쥐나 주홍색 바람, 볼펜 냄새 같은 것이 섞일 리 없었지만 나는 그걸 먹을 때마다 골목 냄새를 떠올렸어요. 그래서 그냥 좋았어요. 하지만 웃지 말걸. 그러지 말걸.

재판정의 저 육중한 문을 열고 나가야 하는데, 그러면 과장님이 노란 눈으로 서 있을 것 같아서 발이 떨어지지 않아요. 엄마는 여기 오지 않았어요. 우리 엄마는 당분간⋯ 어디에도 나가지 않을 거예요. 엄마 성격, 내가 다 알아요. 지금쯤 푹신, 안기던 어린 내가 떠올라 나를 안아줬던 그 가슴팍을 모질게 또 때리고 있을지 몰라요. 그러다 손목 다 나갈 텐데.

피곤한데, 좀 자고 싶은데 누울 데가 없어요. 포근하고 가벼운 이불 속으로 파고들고 싶은데. 나는 이제⋯ 어디로 가야 할까요?

작가의 말

  초고를 완성하고 기사 검색을 하기 시작했다. 실제로 이런 사건이 일어났을 때 형량이 어느 정도인가 알아보기 위해서였다. 나는 형량 부분만 비워둔 상태였다. 몇 건을 검색한 뒤 나는 멍해지고 말았는데, 이게 뭐야… 사람을 죽이고도 고작 이거라고? 나는 멀쩡히 내 눈앞에 보이는 기사들을 의심할 수밖에 없었다. 소설 속 철규 씨가 제대로 벌을 받으려면, 적어도 사람을 두 명은 죽여야 하고, 한수정 대리를 죽이기 전 매일매일 때렸어야 하고, 집 선반은 망가지지 않았어야 했고, 병든 노모는 아예 없어야 했다. 한수정 대리는 절대로 웃지 말았어야 하고, 악다구니를 쓰며 망치를 든 철규 씨에게 맨몸으로 덤벼들어야 했다. 수정이를 어쩌나. 나의 한수정 대리를 어쩌면 좋나. 재판정을 빠져나오는 한수정 대리를 도대체 어떻게 그려내야 하나. 나는 울화를 가라앉히느라 일주일을 허비하고 말았다.

완성된 소설을 출판사에 보내고 한참이 지난 후 N번방 사건이 드러났다. 범죄자들이 받을 형량이 터무니없이 낮을 거란 짐작에 많은 이들이 분노했다. 나는 자꾸만 한수정 대리가 떠올랐다. 소설 속에서 내가 하고 싶은 말을 하느라 포근한 이불 속에 결국 눕혀주지도 못한 나의 가여운 주인공. 어디로 가야 할지 몰라 노란 눈을 하고 선 그녀를 그냥 두다니. 내가 왜 소설을 쓰고 있는지, 이런 소설을 계속 써야만 하는지 한동안 우울에 시달렸다. 이런 괘씸한 직업 같으니라고. 내가 보듬어주지 못한 수정이를 독자 여러분들이 대신 안아주셨으면 한다. 나는 이렇게나 무능하고 무책임한 작가다.

어느 떡볶이 청년의 순정에 대하여

당신과 김말이를 중심으로

김민섭

대학원 박사과정생 2기 K는 오전 10시 6장의 발제문을 들고 계단을 두세 개씩 오르며 7층의 강의실로 간다. 그는 합동연구실에서 밤새 발제문을 썼다. '《무정》판본 비교 연구 : 매일신보 연재본과 단행본을 중심으로'라는 것이었다. 밤새 모니터를 들여다 본 그는 오전 7시쯤 이메일 보관함에 '무정ㅅㅂ.hwp' 파일을 보내두고는 학과사무실로 갔다. 소파에 누워서 되는 대로 눈을 감자마자, 학부조교 B가 "아니 형님, 또 여기에서 주무신 거예요?"라며 그를 흔들어 깨웠다. K가 눈을 감은 채로 시간을 묻자 B는 8시 30분이라고, 자신이 정시에 출근했음을 굳이 덧붙였다. 그는 그럭저럭 성실하지만 자신의 성실함을 성실하게 어필하는 성격이기도 했다. 이제 5분이 지나면 통근버스에서 내린 시간강사 선배들이 와서 원두커피를 마시며 이것저것 시답잖은 말들과 함께 교수들의 근황도 조심스레 물을 것이다.

B는 멍한 눈으로 커피포트를 바라보는 K를 보며 "와, 저는 절대 대학원에 안 갈 거예요. 형님을 보면 도저히 못 하겠어요." 하고 얼굴을 찡그리며 웃었다. K보다 6학번 아래인 학과 후배 B는 그와 다르게 넉살이 좋고 쾌활했다. K는 뭐라 답하는 대신 학과사무실의 세면대에서 세수를 하고 시원한 물을 한 잔 마시고는 정신을 차렸다. 학과장의 ID로 학사관리시스템에 접속해 그날의 공문을 확인하는 동안, 선배 시간강사 두 사람이 들어왔다. 그들은 K에게 "학과장님 아직 출근 안 하셨지?" 하고 속삭이듯 묻고는 B가 내려둔 원두커피를 자신들의 텀블러에 채웠다. "우리 K가 내린 커피가 제일 맛있어, 내가 그래서 꼭 사무실에 들르잖아.", "나는 K가 걸어다니는 걸 본

일이 없어. 왜 맨날 뛰어다녀, 좀 걸어." 하고 K의 어깨를 툭툭 친 둘은 이내 소파에 앉아 다음 학기에 퇴임하는 S교수의 후임으로 누가 들어올 것인가, 아마도 G일 것이다 누구일 것이다, 하는 소리를 작게 나누기 시작했다. 누구도 드러내놓고 말하지는 않지만 학과의 최대 이슈다. K는 당연히 평판이 좋은 G가 될 것이라고 짐작하고 있었다. 연구 성과나 실력으로도 그렇고 그는 이른바 성골이나 순혈이라고 할 만한 자대생 출신의 30대 후반 남성이었다. K 역시 자대생 출신의 20대 후반 남성이지만, 아직 과정도 수료하지 않은 그로서는 아득히 먼 일이기도 했다. 그러나 그가 교수가 된다면 자신도 언젠가 될 수 있을 것이라는 희망이 조금은 커질 것이어서 내심 응원하고 있었다.

K가 발제문을 마저 정리하고 출력한 시간은 2교시 대학원 강의를 1분 정도 남겨둔 때였다. 5개는 B에게 되는 대로 스테이플러로 찍어달라고 했지만 지도교수에게 보일 1개는 바쁜 와중에도 정갈하게 종이를 모으고 수평을 제대로 맞추어 직접 찍고는, "B야 잘 부탁해, 무슨 일 있으면 문자 보내." 하고 3층 학과사무실에서 나왔다.

K는 웬만해서는 엘리베이터를 타지 않는다. 이 시간의 엘리베이터는 2교시 수업에 들어가려는 학과 후배들로 항상 가득하다. 뛰어가는 게 차라리 빠른 이유도 있지만, 후줄근한 모습으로 화사한 그들과 만나고 싶지 않다. 친한 후배들이 거의 다 졸업하고 이제는 서로 얼굴만 아는 그들에게 형, 오빠, 선배님, 하는 어색한 호칭을 듣는 것도 민망하다. 학부생뿐 아니라 교수들과도 별로 만나고 싶지가

않다. 7층까지 올라가는 동안 그들이 논문의 진척에 대해 묻는다든지 아니면 "아, 잠깐 내 연구실로 와주면 좋겠는데, 컴퓨터가 느려져서 말야."라고 할지도 모른다. K는 자신의 노트북을 고쳐달라는 교수에게 하루만 시간을 달라며 동네의 컴퓨터 가게에 가서 "이거 오늘 중으로 무조건 고쳐주셔야 합니다." 하고는 자신의 돈을 들여 고친 일도 있었다. 차라리 그때 못 고친다고 했으면 좋았을지도 모른다. 이후에 컴퓨터를 잘 고친다는 소문이 돌아서 교수들이 그를 부르기 시작했고, "하루만 시간을 주십시오." 하고 몇 번이나 더 말하게 되었던 것이다. 그래서 K는 어차피 계단을 오르내리는 일이 유일한 운동이니 건강을 위해서라도 그렇게 하기로 자기 합리화 과정을 거쳤다.

강의실 문 앞에 도착한 K는 서너 번 크게 숨을 골랐다. 2분 정도 지각이지만 지도교수는 언제나처럼 10분쯤 늦게 커피를 한 잔 들고 나타날 것이다. 문을 열고 들어간 그에게 석사과정생 후배 셋이 오빠 안녕하세요, 하고 인사를 건넨다. 지도교수와 박사과정생 선배 L이 아직 자리에 없다. 오늘의 발제자는 K와 L과 석사과정생 후배 Y다. L은 아마도 이제 막 학과사무실에 도착해서 발제지를 출력하고 있을 것이다. K는 발제지를 나누어주고 자신의 자리에 놓인 Y의 발제지를 들고 빠르게 읽어나간다. 한눈에 봐도 자신의 것보다 페이지 수가 많다. 후배가 발제지를 잘 만들어 오면 무언가 밀려나는 기분에 두렵고, 잘 만들어 오지 못하면 자신이 제대로 이끌지 못했다는 시선을 받을 것이 두렵다. 이러나저러나 복잡한 기분이 되고 마는 것이다.

발제 준비를 잘해 온 것 같다고 적당히 놀라운 표정과 함께 말을 건네자 K의 발제지를 읽던 Y는 발제는 오빠가 더 잘하지 않느냐고 코를 살짝 찡그리며 답했다. 이 짧은 문답에는 서로를 향한 경계와 질시와 칭찬과 존경이 모두 섞여 있는 듯하다. 그때 L이 가쁜 숨을 몰아쉬면서 강의실 안으로 들어왔다. 그도 계단을 서너 개씩 뛰어오르며 여기까지 왔을 것이다. 그의 발제지는 셋 중 가장 두껍다. 발제지를 훑던 K는 그것이 별로 쓸데없는 자료를 인용해 양을 부풀린 것임을 금방 알아챈다. '형, 이러면 종이가 아깝잖아요.' 하고 말하고 싶었으나 "뭐 이렇게 열심히 했어요." 하고 '어우' 하는 감탄사를 함께 넣으며 그를 바라본다. 대신 Y가 "아니 오빠, 이거 오늘 중으로 발표할 수 있겠어요? 우리 점심 먹을 시간 좀 만들어줘요." 하고 장난스레 말했고, L은 "야 걱정 마, 오늘 내 발제 10분이면 딱 끝난다. 내가 진짜 중요한 거만 할 거니까." 하고 받았다.

L의 숨이 진정될 즈음에, 지도교수가 한 손에 커피를 들고 강의실로 들어왔다. 그는 안녕하세요, 하는 인사에 응 그래, 하고 사람 좋게 답하고서는 3개의 발제문이 놓인 자신의 자리에 앉았다. "그래, 오늘은 누구 차례지?" 하는 그의 말에, Y를 시작으로 발제가 시작된다.

"경성학교 영어 교사 이형식은 오후 두시 사년급 영어 시간을 마치고 내려쪼이는 유월 볕에 땀을 흘리면서 안동 김장로의 집으로 간다. 첫 문장에서부터 띄어쓰기와 표기법을 다르게 한 부분이…."

K도 자신이 찾은 두 판본의 다른 부분들을 정리해서 발제했고, 10분이면 끝난다던 L은 30분을 넘겨 가면서 "이런 판본비교 연구는 원전에 대한 가치를 존중하는 가운데 당시 텍스트 유통과 향유의 경

로를 파악할 수 있다는 점에서 매우 의미가 있다고 봅니다."라는, 아마 자신도 그 의미를 모를 만한 말을 장황하게 늘어놓고서는 발제를 끝냈다. 옆에서 웃음을 참기 어려웠던 K는 원전, 가치, 존중, 유통, 향유, 경로, 파악과 같은 단어들을 곱씹으면서 그를 반드시 놀려주겠다고 다짐했다. 과정생들의 발제가 끝나고 지도교수는 궁금한 것이 있었는지를 묻는다. K는 딱히 궁금한 것도 없고 사실 가장 두려운 것은 질문한 내용에 대해 지도교수가 모르고 있다면 그만한 실례도 없는 것이어서, L처럼 '없습니다.' 하는 눈빛으로 적당한 데를 응시하고 있었다.

"그래, 그럼 다음 발제는 이상협의 《무궁화》로 하고 발제자는…."

L의 감사합니다, 하는 말과 함께 모두 감사합니다, 하고 일어선 시간이 11시 50분이었다. 커리큘럼에는 10시부터 1시까지 대학원 수업으로 되어 있지만 대개는 10시 10분에 시작해서 쉬는 시간 없이 12시면 끝난다. 어차피 1시까지 수업을 하고 나면 모두 밥도 먹지 못하고 조교 근무라든가 다음 강의라든가 하는 일정을 시작해야 했다. K는 석사과정생 때부터 계속된 이 문화 역시 자신을 위한 배려일 것이라는 자기 합리화를 거쳤다.

L이 석사과정생들에게 "같이 점심 먹을까?" 하고 묻지만 그들은 "다음에요, 오빠." 하고는 사라지고 말았다. K의 눈에는 그렇게 거절당하며 매번 묻는 L도 대단하고 매번 다음이라 답하는 그들도 대단해 보인다. K는 후배들에게 같이 밥을 먹자는 이야기를 해본 일

당신과 김말이를 중심으로

이 한 번도 없다. K와 L은 함께 강의동 바깥으로 나와 늘 가는 소나무 옆 벤치에 가서 앉는다. L이 담배를 꺼내 물고 한 대 피우는 동안, K는 "지금 이 벤치는 당신의 흡연에 대한 가치를 존중하는 가운데 그 유통과 향유의 경로를 파악할 수 있다는 점에서 의미가 있다고 봅니다." 하며 그를 바라보았고, L은 그를 손가락으로 가리키며 "야!" 하고 외치더니, 곧 으허허허, 하는 시원한 웃음을 토해냈다. 그가 조금 붉어진 얼굴로 "야, 그거 좀 그랬냐?" 하고 물어서 K는 "아냐, 교수님은 좋아했을 거야." 하는 그가 원하는 답을 해주고는 크흐흐흐, 하고 조용히 웃었다.

K는 담배를 피우지 않지만 L이 담배를 피울 때면 항상 따라와서 그 옆에 앉아 있었다. 연구실에서 발제문이나 논문을 쓰다가 그렇게 밖으로 나와 대화하는 그 시간이 그나마 숨을 틔워주었다. 그러다 보면 선배 F가 어느새 '어, 나도 담배가 피우고 싶었는데 참 우연이구나.' 하는 표정으로 옆에 있는 것이다. 얼마 전 박사학위를 받은 F는 학과의 돌아가는 사정에 대해서 잘 알았다. 그래서 그의 옆에 있다 보면 이번에 누가 프로젝트를 함께하게 될 것 같다느니, 누구의 소문이 요즘 좋지 않으니 어울리지 않게 행실을 잘해야 할 것이라느니, 하는 정보들을 얻을 수 있었다. K의 7년 선배이기도 한 그는 말하자면 기업의 중간관리직 같은 역할이었다.

L이 점심으로 무엇을 먹을지 물어 와서, K는 늘 그렇듯 학식이라고 답했다. 학생식당의 점심은 일반식 2,300원, 특식 3,000원이었다. 교직원 식당으로 가면 5,000원, 학교 바깥으로 가면 6,000원, 시내로 가면 8,000원으로 값이 올랐다. K는 밥을 먹는 데 시간

이나 돈을 쓰고 싶지 않았다. 학자금 대출금을 내는 것도 버거운 삶이었다. 사정이 다르지 않은 L도 언제나처럼 그거 좋은 생각이라며 동의해서 두 사람이 막 학생식당으로 가려고 하는 그때, "어, 나도 담배가 피우고 싶었는데…." 하고 F가 나타났다. L은 그에게 담배 하나를 꺼내서 불을 붙여주고는 자신도 한 대를 더 꺼내서 피우기 시작했다. K는 그에게 인사를 하고, 다시 벤치에 앉았다.

담배 연기가 자욱하게 퍼지는 가운데, F는 "점심들 먹어야지, 너네는 뭐 먹고 싶냐?" 하고 물었다. K는 그 순간 오늘의 점심에 지불할 시간과 비용을 3배 정도 올려 잡았다. 그가 시내로 나가자고 할 것이 뻔했기 때문이다. L이 그의 눈치를 보며 "아, 그게, 학식을 먹으러 갈까 하고 있었는데 괜찮으세요?" 하고 묻자, 그는 "학식?" 하고 못마땅한 표정을 짓다가, 그건 좀 아닌 것 같으니 다른 먹고 싶은 것을 말해보라고 했다. L이 "그러면 학교 앞 백반은 어떠세요?" 하고 다시 묻자, 그는 그것도 별로 당기지 않는다면서 먹고 싶은 다른 게 없느냐고 다시 물었다.

K는 그가 먹고 싶은 것을 맞힐 때까지 계속될 이 스무고개가 언제나 마음에 들지 않았다. 답답해진 K가 "형은 드시고 싶은 게 있으세요?" 하고 묻자 F는 그제야 "나는 오늘 매운 게 좀 당기는데… 김치찌개 같은 게 어떨까." 하고 둘을 바라보았다. K는 맵고 뜨거운 것을 잘 먹지 못한다. 언젠가 그와 같이 갔던 김치찌개 맛집에서도 그랬다. 용암처럼 끓어오르던 묵은지 김치찌개의 매운맛을 기억해내고는 자신도 모르게 한숨을 쉬고 말았다. 그것을 감지한 F가 "너는 뭐 다른 게 먹고 싶은 모양이네?" 하고 물어서, K는 "아뇨 저 김치

찌개 엄청 좋아합니다. 저번에도 잘 먹었잖아요." 하고 답했고, 모두 L의 차를 타고 시내로 나갔다.

✳

　세 사람은 시내의 떡볶이집에 앉아서 메뉴판을 보는 중이다. 김치찌개를 먹으러 가던 중에 F가 갑자기 "야 여기 새로 생긴 떡볶이집이 맛있다는데 이럴 때 한번 가봐야지?" 하고 제안했기 때문이다. 김치찌개보다는 떡볶이가 나았던 K가 적극적으로 찬성했고 L은 "그럼요, 기대되네요." 하고 F의 변덕만큼이나 빠르게 내비게이션에 상호를 입력했다.

　K는 순한맛 떡볶이가 먹고 싶었다. 그에게 순한맛은 매운맛, 매운맛은 아주 매운맛, 아주 매운맛은 사람이 먹지 못할 맛이었다. 그래서 떡볶이를 먹으러 가도 튀김과 순대만 주문해서 떡볶이 국물에 묻혀달라고 해서 먹었다. 그때 따라 들어온 떡볶이 몇 개면 그에게는 충분했던 것이다. 그러나 지금 K에게는 떡볶이의 매운맛을 조절하거나 튀김이나 순대를 추가할 만한 자격이 없었다. F가 "여기, 매운맛으로 3인분 주세요." 하는 것을 애잔한 마음으로 바라볼 뿐이다. 그러다가 그는 용기를 내어 "튀김도 1인분만 시켜볼까요?" 하고 물었다. F가 고민하는 눈치를 보이자 L이 "형, 여기 튀김도 잘할 것 같은데 한번 먹어보죠." 하고 거들었고, 5개의 튀김을 고를 수 있게 되었다.

K는 투박해 보이는 L이 몹시 섬세한 인간이라는 것을 알고 있다. "튀김을 (나를 위해) 먹고 싶어요." 하는 것과 "튀김도 잘할 것 같으니 (우리를 위해) 먹어볼까요." 하는 것은 완전히 다른 언어다. F는 고추튀김과 고구마튀김을 골랐다. 고추와 고구마라니, K가 가장 싫어하는 야채와 야채 비슷해 보이는 무엇이었다. L이 오징어튀김과 새우튀김을 골랐고, K는 김말이튀김을 골랐다.

떡볶이를 한 입 맛본 K는 그렇게 맵지 않은 것 같아 의외로 맛집인가 하고 두어 개를 더 먹다가 물 한 컵을 다 비우고 말았다. 아무래도 물로 배를 채우게 될 것 같았다. 5개의 튀김이 나오자 F는 김말이튀김의 반쪽을 먼저 집어 들었다. '와, 세상에, 저런⋯.' 하고 부글부글 화가 치밀어 오른 K는 나머지 반쪽마저 빼앗기고 싶지 않아서 그것을 얼른 입에 넣었다. 김말이의 느끼한 당면이 물컹하게 씹히면서 고통스러운 매운맛이 그럭저럭 가셨다. 평소에 떡볶이를 먹으러 가면 그는 자기 몫의 김말이만 5개를 주문하곤 했다. 그런 그에게 김말이 0.5개는 가혹한 일이었다. 이 매운맛 떡볶이는 더 먹지 못할 것이고 오늘의 점심 식사비는 N분의 1로 나누어 계산할 테니까, 결국 5천 원을 내고 김말이 반쪽을 먹은 셈이었다. 그는 김말이 반쪽을 천천히 오래 씹어 먹었다.

＊

L의 차를 타고 학과사무실로 돌아온 K는 학부조교 B에게 별일

당신과 김말이를 중심으로

없었다는 말을 듣고는 다시 연구실로 갔다. 그는 노트북을 열고 '《무궁화》 판본 비교 연구 : 매일신보 연재본과 단행본을 중심으로'라는 제목을 쓰고, 다음 주의 발제 준비를 시작했다. 모니터에는 〈매일신보〉의 원본 사진을 띄워두었고 책상에는 《무궁화》 단행본 복사본을 펼쳐두었다. 이제 두 판본을 함께 읽어나가며 달라진 점을 찾아야 한다. 말하자면 다른글자찾기 같은 것이다. 그러나 이미 발간된 지 100년이 넘은 신문과 책의 사진을 찍어 다시 복사한 것의 화질이 좋을 리가 없다. 글자들은 뭉개져 있기도 하고 아주 희미하기도 했다. 그나마 지금처럼 한글소설이 연구대상이 되면 다행이지만 국한문혼용소설을 보려면 반드시 돋보기가 필요했다. 다들 비슷한 1차 자료를 보고 있는 이 대학원에서 눈이 멀쩡한 사람은 별로 없었다. 누군가는 1년 동안 6편의 소논문을 학술지에 게재해서 모두의 귀감이 되기도 했지만, 그 대가로 눈에 주사를 맞으러 다닌다고 했다. 그들이 가장 많이 소진하고 있는 것은 무엇보다도 자신의 시력이었다.

K가 한자에 조예가 깊다든가 한자검정 2급 이상의 실력이 된다면 그 희미하거나 뭉개진 글자들을 보고 그럭저럭 음을 맞힐 수 있었을 것이다. 그러나 그는 《마법천자문》으로 공부한 자신의 조카와 겨루어야 할 수준이었다. 그는 제대로 한자를 배운 세대가 아니었다. 그가 신문을 읽을 나이가 되자 가로쓰기의 한글신문이 주류가 되었고 공교육에서도 한문교과를 제대로 가르치지 않게 되었다. 물론 이것은 전적으로 K의 문제였다. 그보다는 한자를 많이 아는 L이나 고전문학을 전공하는 후배들에게 물어보면 그들은 한 번 보는 것만으로도 그 음을 높은 확률로 맞혔다. 부수를 보면 된다고들 하는데 그

감이라는 것은 하루아침에 완성될 게 아니었다. 그가 고전소설이 아닌 현대소설 전공을 선택한 데는 한자를 공부하지 않아도 될 것이라는 기대감도 분명히 있었다. 그러나 현대소설 연구자도 영어보다는 일본어, 일본어보다는 한자를 많이 알아야 살아남을 수 있었다. K는 모르는 한자가 나올 때마다 온라인 한자사전에서 닮은 한자를 그려서 그 음을 찾았다. 마우스로 그림판에 그림 그리듯이 한 획 한 획 정성스럽게 따라 그려야 했다. 한두 번에 찾아지면 다행이지만 서너 번, 가끔은 열 번이 넘게 다른 모양의 글자가 나왔다. 그때마다 K는 마우스를 던져버리고 싶은 마음이 부글부글 끓었다.

한참 몇 군데의 다른 글자를 찾던 K는 혼자서 연구동 바깥으로 나왔다. 한글 자료여서 눈만 크게 뜨고 있으면 그만이었고 눈에 주사를 맞으러 가는 영웅담을 만들어낼 만큼의 작업량도 아니었지만, 다른 종류의 자괴감이 찾아왔기 때문이었다. 그는 얼마 전부터 J의 그 목소리가 귀에 맴돌기 시작했다.

K는 석사과정생 시절에 잠시 연애를 했다. 그의 여자친구 J는 학과사무실의 학부조교로 일하던 4학년 학부생이었다. 시간이나 돈이 없어도, 취업 준비에 바빠도, 사람은 사람을 사랑할 시간만큼은 어떻게든 만들어낼 수 있는 법이다. 주말이면 K는 연구실에 나가는 대신 집에서 발제문이나 논문을 썼고 J도 그의 집으로 와서 취업에 필요한 자기소개서를 썼다. K가 석사학위 논문을 쓸 즈음에 J는 몇 군데 공기업의 면접 결과를 기다리고 있었다. 먼저 석사가 된 K가 석사학위 논문을 전해주었을 때 J는 자신의 일처럼 기뻐해주었다. 그

날 둘은 J가 사는 간장순살 파닭치킨과 함께 작은 파티를 벌였다. 논문을 살펴본 J는 "정말 고생했다, 오빠가 뭘 썼는지는 하나도 모르겠지만 잘 썼겠지." 하고 말했다. 사실 K도 자신이 무엇을 썼는지 잘 몰랐다. 그는 그것을 '잘 썼다'는 의미로 받아들였고, 다른 날보다 많은 맥주를 마시고 취하면서 반드시 교수가 될 수 있을 것이라는 꿈에도 취했다.

박사과정생이 된 첫 학기의 어느 날에, K는 집에서 발제 준비를 하고 있었다. 취준생 신분으로 졸업을 한 J도 함께였다. K는 그날도 다른 글자를 찾기 위해 끙끙대다가 고등학생 때 하던 '크레이지 아케이드'라는 게임을 떠올렸다. 두 개의 거의 같은 그림에서 정해진 시간 내에 다섯 군데의 서로 다른 부분을 찾으면 되는 것이었다. 나중에 그는 눈을 사시로 만들어 두 그림을 가운데 시선에 겹쳐지게 하면 그 다른 부분이 희미하게 빛난다는 것을 알았다. 그래서 그는 이 글자들도 그렇게 빛나는 부분을 찾을 수 있으면 참 좋겠다고, 그런 쓸데없는 상상을 하고 있었다.

그때 J가 그에게 다가와 조심스럽게, "오빠, 그런데 이건 왜 하는 거야?" 하고 물었던 것이다. K가 그게 무슨 말이냐고 되묻자 J는 "이걸 하는 게 도대체 어떤 의미가 있는 건지 옆에서 봐도 잘 모르겠어. 그러니까 이걸 찾는 게 이 사회에 도움이 되는 일인 거야?" 하고 다시 물었다. 그래서 K는 이것이 얼마나 중요한 일인지 말해주려고 했으나, 왠지 아무런 말도 나오지 않아서, 입을 벌리고 J를 한참 쳐다보는 꼴이 되고 말았다. "이건 원전에 대한 가치를 존중하는 가운데 당시 텍스트 유통과 향유의 경로를 파악할 수 있다는 점에서 매우 의미가 있는 일이야."라고 답을 할 수는 있었겠으나, 그게 이 사회에 어떠한 의미가 있을지 K도 알 수가 없었다. "무척 의미가 있는 일이라고 본다."라는 문장이 "저는 사실 이게 뭔지 잘 모르겠습니다."라는 의미라는 것을, 그는 대학원에서 잘 알게 되었다. 그 의미에 답할 수 있게 될 때 그는 비로소 교수가 되거나 교수가 되지 않거나 할 것이었다. 대답을 해야 할 시간이 지나고 서로 민망해지자 J는 "물어봐서 미안해, 나는 오빠가 하는 일이 의미가 있을 거라고 믿어….." 하고는 문제집을 풀던 자리로 돌아갔다.

며칠 후 J는 어느 공기업에 인턴으로 취직이 되었고, 두 사람이 작은 축하 파티를 벌인 다음 날 지방으로 갔고, 조금씩 멀어지다가 헤어졌다. K는 그날의 축하 파티가 별로 기쁘지 않았다. 그 공기업은 사회에 의미를 주는, 말하자면 사회적기업 같은 곳이었는데, J는 이제 자신과는 다른 사회인이 되는 것이었다. 그와 헤어진 이후에도 "이게 이 사회에 도움이 되는 일인 거야?"라는 그의 목소리는 그와는 달리 멀어지지 않고 더욱 가까워졌다. K가 연구실 책상에서 무엇을 하든 계속 곁에 있게 된 것이다.

✳

K가 박사과정 3기에 진입했을 무렵 학과가 큰 규모의 정부사업에 선정되었다는 소식이 들려왔다. 그렇지 않아도 F가 담배를 피우면서 "이거 너네랑 같이 할 거야, 다들 기대하고 있어." 하는 말을

해서, K도 L도 그 발표를 기다리고 있던 참이었다. F는 몇 명의 박사 수료생과 과정생이 모인 자리에서 자신이 이 연구의 중간책임자가 되었으며 우선은 학부에 스터디 그룹을 몇 개 만들어 전에 없던 전폭적인 지원을 할 것이라고 말했다. 그 결과 K는 매주 1회 학부생 7명으로 구성된 '100년 전의 문화사 살피기'라는 스터디 그룹을 지도하게 되었다. 그 대가로 월 40만 원의 강사료에 더해 월 1회 10만 원 내외의 회식비 지원이라는, 그간 없었던 전폭적인 지원도 받게 되었다.

첫 수업에서 K는 처음으로 '교수님'이라는 호칭을 들었다. 그동안 길에서 마주치면 오빠, 형, 선배님이라고만 불리던 그였다. 언젠가 대형 강의의 조교를 할 때 누군가가 교수님이라고 해서 "저는 교수가 아니라 조교입니다." 하고 정정해준 일이 있었지만, 이번에는 그것을 있는 그대로 받아들이기로 했다. 강의실에서 후배들에게 무언가를 가르치고 있었으니까, 별로 틀린 말도 아니었던 것이다. 그날 K는 오랜만에 간장순살 파닭치킨을 먹었다. J는 없었지만, 그에게는 그래도 될 만한 날이었다. 교수라는 호칭에 고양되기도 했지만 한 달에 40만 원이라는 돈이 들어온다는 것이 기뻤다. 학자금 대출 이자를 감당하고도 꽤 많이 남을 것이었다. 그것은 K뿐 아니라 그 프로젝트에 참여하는 모든 이들이 공유하고 있는 기쁨이었다.

주 1회의 수업만 있는 것은 아니었다. 매주 한 번씩 회의를 했다. F는 학부생들의 반응이 어땠는지, 수업 준비를 잘하고 있는지, 무엇을 개선하면 좋을지, 하는 것을 매번 물어왔다. K가 받는 40만 원의 지원금에는 이 회의 참석비까지 모두 포함되어 있는 셈이었다. 세 번

째 회의에서 F는 다음 수업이 끝나고 반드시 회식을 하고 영수증을 제출하라고 말했다. 치킨이나 피자 같은 것이라면 무엇이든 좋지만 주류는 절대로 안 된다고, 나중에 감사에서 프로젝트 지원이 중단될 수도 있으니 주의해야 한다는 말도 덧붙였다. 치킨을 싫어하는 대학생은 없다고 굳게 믿는 K는 시내의 프랜차이즈 치킨을 배달해서 먹겠다고 했다. F는 그렇게 하라고 했고 L은 자신도 치킨을 주문해야겠다고 거들었다.

그 주의 수업이 끝난 후, K가 주문한 간장순살 파닭치킨이 강의실로 배달되었다. 7마리, 정확히 10만 원에서 500원이 모자란 만큼이었다. 여학생 넷과 남학생 셋, 그리고 K까지 8명이서 먹기에는 애초에 많은 양이었다. K는 "응, 그럴 줄 알고 시켰어요. 여기 자취하는 학생 손 들어보세요." 하고, 손을 든 학생들에게 치킨을 나누어주었다. 그러면서 그는 자신이 F라든가 다른 선배들과는 다르다고, 그들을 이해할 수 있는 교수가 될 수 있을 것이라고 그에 한껏 취하고 말았다.

그러나 K의 취함은 그리 오래 가지 않았다. 영수증을 제출한 지 얼마 지나지 않아 F의 호출을 받은 것이다. 그 프랜차이즈 치킨점이 주류를 함께 판매하고 있는 곳이기 때문에 영수증을 처리할 수 없다고 했다. F는 K에게 "야, 내가 이래서 몇 번이나 말했잖아. 술은 안 된다고! 왜 그렇게 신중하지 못해!" 하고 나직하면서도 높은 목소리로 말했다. K는 그런 식이면 주류를 판매하지 않는 식당이나 치킨집이 얼마나 되겠느냐고, 그러면 무엇을 먹었어야 하는 것이냐고 묻고 싶었지만, 그는 대학원에서 자신의 언어를 숨기는 법을 주로 배워

왔다. 그건 말을 할 때뿐만 아니라 논문을 쓸 때도 그랬다. K가 고개를 숙이고 연신 죄송하다는 말을 전하자 F는 "됐다, 내가 너한테 맡긴 게 잘못이다. 교수님들과 상의해보고 연락 줄게." 하고 말했고, K는 연구실에서 나왔다. 아무래도 F는 그의 후배들이 가장 두려워할 만한 언어를 잘 알고 있었다. 자신의 선에서 끝내는 것이 아니라 '교수님들'과 상의해보겠다고 한 것이다. 작고 폐쇄적인 조직일수록 그 안에서의 평판이 절대적일 수밖에 없었다. K는 차가워진 몸과 마음으로 강의동 바깥의 벤치에 나가서 걸터앉았다. 그러고는 한참을 앉아 있었다.

다음 날, F는 K에게 전화해서 다음과 같이 말했다. "내가 교수님하고 이야기해봤는데, 이건 어떻게 해도 영수증 처리가 안 돼, 그런데 그 치킨을 먹은 건 너랑 네 학생들이잖아. 그러니까 그냥 너희가 N분의 1을 하든가 만 원씩 걷든가 해서 그 치킨값을 내. 나는 이걸 어떻게 해야 하나 했는데 역시 교수님이 명쾌한 답을 주셨다." K는 그에 대해 알겠습니다, 하고 답하면 그만이었겠으나, 그때는 그만 "어떻게 학생들에게 돈을 받아요… 저도 선생님인데요. 그 돈 그냥 제가 낼게요." 하고 답하고 말았다. F는 그러한 반응을 예상하지 못했는지 잠시 침묵하다가 연구실로 오라는 말을 남기고 전화를 끊었다.

K는 다시 F의 연구실을 찾았다. 그를 본 F는 "야, 대체 뭐가 불만이야. 치킨을 먹은 애들한테 그냥 만 원씩 달라고 하면 되는 일 아니야. 네가 그걸 내는 것도 문제가 될 수 있다는 걸 왜 몰라." 하고, 자신의 자리에 앉아 손가락질하며 말했다. K는 그에게 "선배, 애들한테 만 원은 큰돈이에요. 그리고 저도 걔들한테는 선생님인데 어떻

게 돈을 받아요. 선배는 그렇게 말할 수 있어요?" 하고 물었다. K는 죄송하다는 말을 하지 않기로 했다. 그는 지금 자신이 가진 최대치의 용기를 내고 있는 중이었다. 어쩌면 교수라는 호칭에 잔뜩 고양된, 그도 모르는 누군가가 대신 말하고 있는지도 몰랐다. F는 픽 웃으면서 "야, 그게 뭐라고 그 말을 못 하냐?" 하고는, "아까 교수님이 같이 계셨는데 네 말 듣고 웃으시더라. 네가 원하는 대로 결제를 하게 하고 그 금액만큼 너한테 필요한 물건을 사주래. 그래서 내가 고민해 봤는데 대충 그 금액으로 외장하드 괜찮은 거 하나 사줄게. 애들한테 돈 받는 건 네가 돈이 많아서 그런지 모르겠지만 알아서 해." 하고 말했다.

K는 8기가 USB를 몇 년째 쓰고 있었다. 언젠가 지도교수가 모두에게 선물로 준 것이었다. '무정ㅅㅂ.hwp'를 비롯해 그가 만들어 낸 파일 무엇 하나도 메가 단위를 넘지 않았으니까, 굳이 기가나 테라 단위의 외장하드를 자신의 돈을 주고 살 일도 없었다. 그것이라도 받겠다고 하면 되었겠지만 K는 다시 한 번 "저 외장하드 필요 없어요. 안 받아도 괜찮습니다." 하는 말을 덧붙였다. F는 그런 그를 보며 그럼 대체 뭘 어떻게 해달라는 것이냐며 자리에서 일어나 소리를 질렀고, K는 나가보겠습니다, 하고는 연구실에서 나왔다.

벤치에 앉은 K는 아주 매운 떡볶이를 고추튀김과 함께 꾸역꾸역 먹고 있는, 그런 심정이 되었다. 외장하드는 그에게 고추튀김처럼 영원히 주문하지 않을, 그의 삶의 메뉴에 없는 물건이었다. 그가 원한 메뉴는 '함께 책임질 사람'이었다. 이것은 자신이 홀로 책임질 일이 아니었고 학부생들이 함께 책임질 일도 아니었다. 그렇다고 중간 관리자나 최종관리자가 책임질 일 역시 아니고, 사업단이 책임져야 할 일이었던 것이다. 자신이 회식을 하겠다고 한 것도 아니고 치킨이나 피자 같은 것을 먹으라고 해서 누구나 아는 프랜차이즈 치킨을 주문했을 뿐이었다. L은 학생들과 피자를 먹었다고 했다. 그가 하루 일찍 수업을 했더라면 F와 만나야 했을 사람은 자신이 아니라 L이었을 것이다.

K는 이번만큼은 "저는 순한맛 떡볶이를, 그리고 김말이 5개를 먹고 싶습니다." 하고 말하고 싶었다. 그게 안 된다면 학생들에게라도 이러저러한 일이 있었다고, "저는 김말이를 좋아하는 사람입니다." 하고 말하겠다고 마음먹었다.

그러나 K에게는 누구에게도 자신의 메뉴를 말할 만한 여유가 주어지지 않았다. 몇 시간 만에 지도교수에게 호출을 받았던 것이다. 그의 연구실에는 이미 F가 와서 앉아 있었다. 지도교수는 K에게 이야기를 다 들었다며, 이런 큰 사업일수록 작은 것을 잘 챙겨야 한다고, 앞으로는 주의해야 한다고 말했다. 그의 목소리는 언제나처럼 나긋하고 인자했다. K는 그에게 네 알겠습니다, 네 죄송합니다, 네 알겠습니다, 네 죄송합니다, 하고 고개를 숙이고는 답했다. 지도교수는 계속 말을 이어나갔다. 이번 일은 자신이 책임지겠다면서 준비되어 있던 하얀 봉투를 F에게 주었다. 거기에는 5만 원권 두 장이 들어 있었다. K는 절반을 자신이 부담하겠다고 말하고 싶었으나, 다시 한 번 네 알겠습니다, 네 죄송합니다, 하고는 F와 함께 그의 연구실에서 나왔다. F는 봉투를 흔들어 보이며 "너는 진짜 좋은 지도교수님 만난 거다. 저런 아버님 같은 분이 또 계시겠냐?" 하고 말했고, K는 "네, 죄송합니다." 하고는 그와도 헤어졌다. 자신의 자리로 돌아가는 길에 K는 평소처럼 뛰지 않았다. 누구를 만날까 별로 경계하지도 않고, 붕 뜬 채로, 마치 유령이 된 것처럼 지면에 발이 닿는 느낌도 없이 자신의 연구실까지 부유하며 걸었다.

✳

박사 3기, 그 학기가 마무리되어 갈 무렵, K도 일상으로 다시 돌아왔다. 그는 여전히 자신 앞에 놓인 매운 떡볶이를 먹으며 학과사무실과 강의실과 연구실을 왕복했다. 그날 저녁에도 K는 연구실에 있었다. 그때 선배 G로부터 문자가 도착했다. "이 문자를 받은 모든 학형들, 오늘 8시에 시내 ○○ 카페에서 봅시다." 하는 것이었다. 평판으로는 이미 교수 대우를 받고 있는 그가 K와 같은 과정생에게 연락하는 일은 별로 없었다. K는 임용이 결정된 그가 후배들과 함께 축하 파티를 여는 모양이라고 생각했다. 연구실 옆자리에 있던 L도 같은 문자를 받았는지 K에게 핸드폰을 들어 보였고, 둘은 고개를 함께 끄덕인 뒤에 짐을 싸서 밖으로 나갔다.

카페에는 G와 F, 그리고 선후배 몇이 앉아 있었다. K는 그들에게 인사를 하고 중간의 적당한 어느 자리에 앉았다. 8시가 되자 10명이 조금 넘는 대학원 과정생과 수료생들이 모였다. 신입생들이나 타

지역의 시간강사들을 빼고 올 수 있는 거의 모든 사람들이 온 셈이었다. G는 그들을 둘러보며 "오늘 와주어서 고맙다." 하고는, 곧 이어서 가라앉은 목소리로 "나는 오늘 대학원에서 나갈 생각이다." 하고 말했다. F가 옆에서 티가 나게 고개를 끄덕였고, 그 둘을 제외한 모두가 자세를 고쳐 앉으며 G를 바라보았다. K도 네, 인지 에, 인지 모를 외마디 소리와 함께 그를 바라보았다.

"나는 여기에서 15년 넘게 공부했다. 그런데 더 이상은 버틸 수가 없게 됐다. 이번이 내가 교수가 될 수 있는 마지막 기회였을 텐데, 잘 안됐다. 무엇보다도 내가 존경하던 선생님들, 아니 내가 선생이라고 부르던 사람들에 대한 배신감이 커서 나는 나가기로 했다. 이제 무엇을 해서 먹고살 수 있을지는 모르겠지만 굶지야 않겠지. 그 전에 너희들에게 말은 하는 것이 마지막 예의인 것 같아서 다들 바쁠 텐데 이렇게 불렀다. 그동안 고마웠다."

모두가 숨을 죽이고 그의 말을 들었다. 아무도 무어라 입을 열지 않았고 침묵이 계속됐다. 그러다가 수료생 누군가가 "형은 교수가 되는 게 아니었나요. 지도교수님이 밀어주고 계셨잖아요." 하고 물었다. G는 허탈하게 웃으며 "누구, 그 양반, 아니, 그 양반들, 그래 그렇게 다들 알고는 있지. 이건 누구에게도 이야기하지 않은 거지만 나가는 마당에 내가 뭐라고 숨기겠어…." 하고는 누구도 믿을 수 없는 말들을 쏟아냈다. 교수들을 찾아가 무릎 꿇어야 했던, 자신을 미워하는 이유라도 말해달라고 했던, 누구에게 해본 일이 없는 비싼 선물을 들고 집 앞까지 찾아갔던, 그러나 인간이 덜 된 사람이 교수가 되어서는 안 된다는 말을 공개적으로 들었던, 그래서 결국 이번

학기에는 교수를 선발하지 않을 것이라는 내용이었다. 학교 측에서 그러면 학과에 TO가 하나 사라지게 되는데 괜찮겠느냐고 물었지만 학과 교수들은 만장일치로 그렇게 결의했다고 했다. 안 그래도 정교수가 부족해 시간강사들로 전공수업의 절반 이상을 구성하고 있고 그에 따라 타대학보다 커리큘럼도 많이 부실한 상태였다. 정교수 TO를 그대로 포기할 만큼의 어떤 사정이 있어서는 안 되는 것이었다.

G는 모두를 바라보며 "혹시 마지막으로 나에게 할 말이 있는 사람이 있을까?" 하고 물었다. K는 자신의 차례가 되었을 때 그에게 "당신을 믿고 계속 공부한 후배들은 어떻게 하나요." 하고 물었고, G는 그런 그에게 "K가 처음으로 나에게 마음에 있는 말을 해주는구나, 고맙다. 그런데 나는 그런 대단한 사람이 아니야. 되고 싶었지만…." 하는 것으로, 아마도 마지막 말을 대신했다.

K는 자리에서 일어서는 G의 뒷모습을 보면서, 결국 그 역시 매운맛과 순한맛을, 그러니까 자신의 삶의 메뉴를 선택하며 살아온 사람이 아니라는 것을 알았다. 자신을 바라보며 "아니 세상에 이게 무슨 일이야." 하고 어쩌지 못하는 L도, 모두 진정하라고 한 손을 들고 있는 F도, 자리에 앉아 웅성대고 있는 모두가 그랬을 것이다. 누군가는 김말이튀김이나 오징어튀김 정도를 간신히 끼워 넣을 수 있는 삶까지 간신히 올라섰는지도 모르겠다. 그러나 그 역시 이미 맵기의 정도가 정해진 떡볶이 국물에 그것을 뒤섞어 내어놓으며, '그냥 먹어, 이게 지도교수가 정한 이곳의 메뉴야.' 하는 심정이 되었을 것이 분명했다.

K는 갑자기 J가 보고 싶어졌다. 그는 J가 무엇을 좋아하는지 잘 기억해낼 수가 없었다. 함께 떡볶이를 먹을 때면 언제나 순한맛에 김말이튀김 5개를 주문했다. K가 처음 "여기 떡볶이 순한맛 1인분하고 튀김 2인분 주세요." 하고 주문했던, 어떤 튀김을 섞어주느냐는 질문에 "김말이를 중심으로요!" 하고 답했던 그때, J는 K의 어깨를 때리고는 자신의 어깨를 들썩이며 한참을 웃었다. 그리고 곧 "저 살면서 뭘 중심으로 달라고 주문하는 사람은 처음 봤어요." 하고 말했다. K가 쓴 발제문과 논문에는 언제나 '─을 중심으로'라는 부제가 붙어 있었다. 그만큼 그는 무언가를 중심으로 해야 한다는 언어에 익숙했다. 그러나 거기에 'K를 중심으로'라든가 'J를 중심으로'라는 언어는 없었다. 그는 자신의 삶을 지도해온 매운맛 떡볶이와 거기에 비벼진 5개의 고추튀김을 중심으로 한 삶을 살아왔다. "매운맛 떡볶이 연구 : 고추튀김을 중심으로"가 그의 인생의 제목이었고 부제였던 것이다. 그는 J에게 묻고 싶어졌다. 나와 함께 있을 때 너의 인생은 매운맛이었느냐고 순한맛이었느냐고. 그는 F에게도 묻고 싶어졌다. 당신은 무슨 맛을 좋아하느냐고, 당신의 인생은 매운맛이냐고 순한맛이냐고. F가 무어라 답하든 그는 다시 한 번 물을 준비가 되어 있었다. 그것은 지도교수의 입맛인가요 당신의 입맛인가요, 아니면 모르나요.

G가 떠난 자리에서 F는 G의 말을 무엇도 믿을 수 없다고, 자신은 오랫동안 함께해온 아버지와 같은 선생님들을 믿는다고, 나약한 사람의 말에 흔들리지 말고 다들 하던 대로 하면 된다고 말하고 있었다. K는 그와 그들을 뒤로하고 자리에서 일어났다. "야, 너 어디

가." 하는 목소리가 들려왔지만, K는 지금 자신의 메뉴가 '여기에서 일어난다'라는 것임을 잘 알고 있었다. 그래서 그는 자신의 가방을 들고 일어나 카페에서 나왔다. 그의 뒤를 따라 몇 명의 대학원생들이 더 나왔는지, 그는 알지 못했다. 뒤를 돌아보지 않고 자신이 가고 싶은 곳으로 갔기 때문이다.

＊

K가 없는 대학원은 겉으로는 그다지 달라진 것 없이 새로운 학기를 맞이했다. S교수가 퇴임한 자리에는 그 누구도 오지 않았고 그렇게 학과의 TO는 사라졌다. 대신 프로젝트의 예산으로 비정규트랙 교수 두 명을 선발했다. 그들이 한 학기 18학점씩의 강의를 맡으면서 학과 교수들의 부담은 오히려 줄었다.

K는 자신의 모든 것과 작별했던 그날 밤에 아무도 없는 합동연구실에 들어가 자신의 자리를 정리했다. 그의 10년을 담는 데에는 7개의 박스가 필요했다. 그러고도 남은 책은 분리수거함 옆에 두었고 누군가 볼 것 같은 책은 아무나 가져가라는 메모와 함께 연구실 앞에 쌓아두었다.

그 대학원에서 누가 남았고 누가 떠났는지 K는 알지 못한다. 그는 여전히 외장하드가 필요하지 않은 삶이다. USB에 담긴 '무정ㅅㅂ.hwp' 파일을 지우고 새로운 글을 쓰다가, 그는 다음과 같이 저장한다. '당신과 김말이를 중심으로.doc'

이 소설은 저의 자전적 서사이면서 제가 아는 모든 대학원생들의 자전적 서사입니다. 제가 경험하고 들은 것에 더해, 언젠가 '대학원생 연구 환경 실태조사'에 책임자로 참여하면서 들은 그들의 목소리를 함께 각색했습니다. 여기에 등장하는 F도 G도 누구도 제가 모르는 가공의 인물이고, 배경이 되는 대학원 역시 완전한 가공의 공간입니다. 그러나 어디에나 있을 법한 이들입니다. 누구나 K처럼 대학원생이 됩니다. 그러다가 L처럼 수료를 앞두게 되고, 누군가는 F처럼 교수 비슷한 무엇이 되고, 극히 드문 누군가는 G처럼 정교수가 될 기회를 얻기도 합니다.

대학의 연구자들이 많이 쓰는 언어가 있습니다. 예컨대, 사실 예컨대 라는 것도 제가 공부한 대학원에서 많이 쓰는 일종의 '밈meme' 같은 것이기도 했는데, '정치하다'라든가 '길항하다'라든가 '전유하다'라든가, 대부분의 사람들이 평생 별로 쓸 일이 없는 표현들을 많이 사용합니다.

그 언어들이 모인 논문과 발제문의 제목을 정하는 데도 어떤 약속들이 있습니다. "1910년대 한국 근대문학 연구"라는 거창한 제목을 붙이고는 거기에 반드시 "이광수의《무정》매일신보 판본을 중심으로"라든가 하는 부제를 덧붙이는 것입니다. 저도 수십 번이나 무언가를 중심으로 한 글쓰기를 써냈습니다.

그러나 지금에 와서 돌이켜보면 별로, 어쩌면 단 한 번도, 대학원에서 저를 중심으로 한 삶을 살았던 기억은 없습니다. 나는 무엇을 선택해야 가장 행복할 것인가, 어떠한 선택이 나에게 가장 어울릴 것인가, 하는 고민이 없는, 마치 모든 게 정해진 메뉴판 같은 나날들이었습니다.

《나는 지방대 시간강사다》에서 K와 같은 대학원생을 대학을 부유하는 '유령'으로 규정했는데, 그건 꽤나 정확한 표현이었던 것 같습니다. 이 소설은 K가 어떻게 유령으로 변해가는가, 그에게 유령이 되기를 강요하는 것은 누구인가, 하는 이야기입니다. 그에 더해 독자들이 하나의 물음표를 더할 수 있었으면 합니다. "나는 나의 메뉴판을 가진 삶을 살아가고 있는가?" 하는 것입니다. 대학원뿐 아니라 모든 공간에서 우리는 개인이 아닌 타인을 중심으로 한 삶을 살아가고, 혹은 타인에게 그 공간의 욕망을 중심으로 살아갈 것을 강요합니다. 항상 스스로를 경계하지 않으면 무디어지고 어느새 유령이 되고 맙니다. 유령은 자신이 유령이라는 사실을 모르기 때문에, 유령입니다. 먼 데 있는 타인의 투명해진 몸은 잘 보이지만 자신의 몸은 잘 보이지 않습니다. 독자들이 자신의 몸과 주변을 한번 더 돌아볼 수 있다면 좋겠습니다.

대학에서 나온 K는 논문이 아닌 새로운 글을 쓰기로 마음먹습니다. 그가 보인 두 가지의 작은 변화는 그에게는 큰 용기가 필요한 일이었습니다. 이 글을 읽어주신 것으로 K는 많은 위로를 얻을 것이고, 계속 글을 쓸 수 있게 될 것입니다. 고맙습니다.

언젠가 떡볶이를 먹으러 가서 "튀김은 김말이를 중심으로 1인분 주세요."라고 했던 그 부끄러운 기억이 없다면 이 소설은 쓰지 않았을 것입니다. 완전한 자전적 경험은 사실 그것이 유일하겠습니다. 이 일화를 들은 연구자들은 모두 어떻게 그럴 수가 있느냐며 저를 비웃었으나 석사논문을 쓸 때였다고 하니 모두가 숙연해졌던 기억이 납니다. 그때는 누구나 그럴 수 있습니다. 그러한 기억을 기록으로 남길 수 있게 되어 기쁩니다.

사실 저는 떡볶이를 별로 좋아하지 않습니다. 원래 매운 음식을 잘 먹지 못합니다. 그러나 김말이를 중심으로 한 튀김과 함께라면 정말로 좋아하는 음식이 됩니다. 순한맛 떡볶이 소스에 바삭한 김말이를 이리저리 굴려서 어디에나 있는 긴 이쑤시개 같은 것으로 가운데를 잘 찍어 먹는 상상을 하면 행복해집니다. 반드시 김말이는 5개 이상이어야 하고, 거기에 서너 개쯤 밀떡 몇 개가 섞여 들어오면 더욱 행복하겠습니다.

덧붙이자면, 사실 소설가가 되고 싶었습니다. 그러나 아주 오랫동안 남이 쓴 소설만 읽었습니다. 그러다가 대학에서 나와 김동식 작가의 소설집 《회색 인간》(2017)을 기획한 인연으로 이 소설집의 집 한 칸을 얻었습니다. 몸에 맞는 집인지 잘 모르겠습니다. 다만 제가 잠시라도 살았던 어느 집보다도 지내기 민망한 동시에 행복합니다. 어쩌면 이 소설이 저의 '석사논문'과 같은 존재가 될지도 모르겠습니다.

쫄깃쫄깃 탱탱의 모험

김설아

김이 펄펄 끓어오르는 철판에 내동댕이쳐졌다. 방금 전까지 머무르던 시원한 물속과는 완전 딴판이었다. 모, 몸이 또다시 익고 있어! 온통 매캐한 냄새가 나는 곳이었다. 물이 용암처럼 사방에서 부글부글 끓어오르고 있는 데다 질척거리기까지 해서 빠져나갈 수가 없다. 아직 채 잠기지 않은 입에서 고함 소리가 절로 터져 나왔다.

"앗 뜨뜨뜨!"

여기저기서 곡소리가 들렸다. 누가 알았겠는가. 비록 외국 태생이고 공장 출신이기는 하지만 나도 엄연히 같은 성분으로 반죽되고 김이 날 정도로 높은 온도에서 뽑아져서 동지들과 함께 가지런히 비닐에 담겨 트럭을 타고 여기까지 왔다. 세상에 나오자마자 뜨겁고 새빨간 물에 담가질 신세가 될 줄은 상상도 못 했다는 말이다. 처음 만난 세계가 이따위라니. 절망감에 가득 차 있을 때 누군가가 웃는 소리가 들렸다.

"킬킬킬, 어리석은 놈들. 현실을 봐라."

웃어? 누구지? 몸이 달아오르는 와중에도 소리의 근원지를 찾아 열심히 고개를 돌려보았다. 하지만 들리는 것은 사방 가득한 절규요, 보이는 것은 익사해가는 동료들뿐. 이대로 죽는 건가. 현실을 보라는 건 이런 건가, 하고 있을 때 뭔가가 투다다다 철판 안으로 떨어졌다. 조금 비린내가 나는 네모나고 노르스름한 녀석들이었다. 녀석들도 아우성을 쳤다. 나는 내 곁에 바투 떨어진 녀석 하나를 붙들고 물었다.

"넌 뭐냐?"

녀석은 가라앉지 않으려 네모진 몸을 펄럭이면서 외쳤다.

"몰라! 넌 누군데?"

나? 나도 내 이름은 몰랐다. 내가 언제 어디서 어떻게 수확되고 이동해서 탈곡되고 빻아지고 하얗게 가루가 되어 포대에 담기고 반죽이 되고 뽑혀 나왔었는지는 알지만 아무도 내 이름을 불러준 적은 없었다. 그때 어디선가 목소리가 났다. 아까 킬킬킬 웃었던 목소리와는 또 조금 달랐다.

"쫄깃쫄깃 탱탱할 때가 그리울 거다. 아직은 모르겠지. 먹히거나 버려지지 않고서는 끝나지 않는다는 것을."

쫄깃쫄깃 탱탱? 그게 내 이름인가? 어쨌든 귀에 착 감기니까 나는 서둘러 이름으로 댔다.

"쪼, 쫄깃쫄깃 탱탱이다, 왜? 넌 네 이름도 몰라?"

녀석은 그저 빨간 물에서 사투를 벌일 뿐이었다. 그도 그럴 게 녀석은 나보다 불리해 보였다. 내가 가느다랗기는 해도 두께가 있다. 어? 하는 순간 등을 대고 누워도 시뻘건 물속에 푹 잠기지는 않는다는 걸 깨달았다. 반면 녀석은 너무 얇았다. 네모나고 얇아. 녀석은 완전히 잠겨버린 듯 대답이 없었다. 나는 녀석을 걷어차며 외쳤다.

"야, 네모네모! 정신 차려!"

녀석은 어푸, 하며 겨우 위로 떠오르더니 떠다니던 초록색 물체를 걷어내며 말했다.

"이건 뭐지? 묘한 냄새가 나네. 그건 그렇고 네모네모라니. 그 이름 마음에 들어. 내 이름으로 할래."

"좋을 대로."

그렇게 나 쫄깃쫄깃 탱탱과 네모네모는 친구가 되었… 던 건 아

82

니고 한데 겹쳐져 몸을 피했다. 커다란 나무 같은 것이 물살을 가로지르며 우리를 덮쳐왔기 때문이었다. 끓어오르던 빨간 물이 파도가 되어 우리에게 끼얹어졌다. 끼얏! 하고 비명을 지를 수밖에 없었는데 또다시 다른 목소리가 들렸다. 대체 목소리가 나는 곳이 몇이나 있는 거야?

"주걱이라는 거다. 병신들."

겨우 다시 숨을 쉴 수 있게 된 나는 네모네모에게 말했다.

"어디선가 자꾸 목소리가 들려. 넌 안 들려?"

네모네모가 말했다.

"나도 아까 먹히거나 버려진다던가 뭐 그런 말을 들은 것 같아. 근데 그거 무슨 뜻이지? 설마 우리보고 한 말…?"

"여기 누가 더 있는데?"

나와 네모네모는 잠시 할 말을 잃었다. 그때 어디선가 딸랑, 하는 소리가 들리더니 커다란 목소리가 사방에 울려 퍼졌다.

"사장님, 떡볶이 1인분 포장이요!"

네! 하는 우렁찬 대답과 동시에 아까의 그 거대한 주걱이 또 우리를 덮쳤다. 이번에는 빨간 파도는 없었지만 절규하던 동지들이 열 명 넘게 주걱 위로 딸려 올라갔다. 더 이상 뜨겁지 않겠네? 부러워하며 쳐다보는데 어떤 거대한 손 위에 올라가 있는 흰 접시 위로 동지들이 떨어지는 것이 보였다. 네모네모의 친구들도 몇 명 딸려 올라갔다. 네모네모가 말했다.

"탱탱, 쟤네들 어디 가?"

나도 모른다. 떡볶이라는 말밖에 못 들었다. 우리가, 동지들과 네모네모들의 이름이 그건가? 그때 어디서 목소리가 들렸다. 아까 킬킬 웃던 음흉한 그 목소리가 또다시.

"킬킬킬, 바보 같은 놈들. 가긴 어딜 가? 먹히러 가는 거지."

자꾸 어디서 소리가 나는 거지? 나는 아예 몸을 일으켜 헤엄쳐서 철판 가장자리까지 갔다. 어디서 소리가 나는지 알고 싶어서였다.

가장자리에 서서 몸을 펴자 안에 있을 때와 새삼 다른 세상이 눈에 들어왔다. 바로 곁에 뜨거운 김을 내뿜고 있는 양철 욕조 같은 것이 보였다. 거기에는 나무에 꿰인 길고 네모난 것들이 나란히 누워 있었는데 그건 아무래도… 어느새 곁에 다가온 네모네모가 말했다.

"저거 뭐야? 저거, 저거, 저거 대체 뭐야!"

네모가 비명을 지르는 게 당연했다. 그건 아무리 봐도 네모를 길게 늘인 것들이었다. 네모를 길게 늘여 꼬치에 꿰어놓은 것들. 네모가 비명을 지르는 동안에 내 눈에 띈 것은 흰 연기를 내뿜는 은색 솥이었다. 비닐이 덮인 솥에 뭔가 거무스름한 것이 돌돌 말려 있었다. 그리고 솥 아래, 한눈에 띄지 않는 선반 틈새에서 날 보고 있는 시선이 느껴졌다. 응? 저건 대체? 모습을 드러낸 것은 한눈에 이해가 되지 않는 형체였다. 나와 비슷하지만 훨씬 허여멀걸고 말라붙어 곳곳에 초록빛을 띤 형체 하나, 네모네모와 비슷하지만 여러 군데가 찢어진 형체 하나, 그리고 거뭇하고 뭔가 수많은 것들이 튀어나와 있는 형체 하나까지 모두 셋이었다. 세 개의 목소리, 세 개의 형체. 이로써 소리가 난 곳이 어디였는지 이해가 되었다. 나와 비슷하게 생긴 형체 1이 말했다.

"킬킬킬. 이제 봤나? 봐라, 이게 살아남는 법이야."

형체 2가 말했다.

"아직도 살아 있군. 곧 알게 될 거다. 먹히거나 버려지거나 그 뒤로는 그저 우리처럼."

형체 3이 말했다.

"숨어서 썩어가는 거지. 죽을 때까지, 병신들."

소름 끼치는 목소리들이었다. 어떻게 된 걸까. 저들은 대체 뭘까. 봐도 아직 뭐가 뭔지 모르겠다. 나는 네모를 쿡쿡 찌르며 말했다.

"저거 봐. 우리도 저렇게 되는 거야? 응? 저것들 대체 뭐야?"

네모는 아직도 충격과 경악에 빠져 정신을 못 차리고 있다.

"꿰어질 거야! 콱! 기다란 꼬치에 콱! 으아악!"

정신을 못 차리고 아예 빨간 물속에서 뒹굴고 있다. 나는 네모를 붙들고 흔들었다.

"정신 차려, 네모 자식아! 지금 이럴 때가 아니야. 우리, 우리 딱 기다리고 있다가 다시 그 큰 주걱이 오면 얼른 매달리… 야! 네모야! 네모야아!"

네모는 마구 몸부림을 치더니 철판에서 뛰어내렸다. 네모가 뛰어내리기 전까지 나는 얼마나 높은 곳에 있는지 몰랐다. 그러나 바닥에 떨어진 네모를 보니 확실히 알겠다. 우리는 꽤 높은 곳에 있었다. 네모는 하얀 타일 바닥에 빨간 물을 사방에 튀기며 처참하게 떨어졌다.

형체들이 웃었다.

"킬킬킬, 첫 번째 탈주병 탄생!"

"인간한테 먹히진 않겠네, 다른 것들한테 먹힐지도. 버려져서 먹히겠지."

"몸부림쳐봐야 뭐하나? 짬통인데. 병신."

떨어진 네모에게 갈색 신발이 뚜벅뚜벅 다가가더니 조용히 말했다.

"아, 뭐야. 짜증나네."

갈색 신발을 신은 생명체는 비닐로 된 장갑을 끼고 네모를 집더니 저 멀리 구석에 놓인 커다랗고 파란 통의 뚜껑을 열고 휙 던져 넣었다. 그러고는 바닥을 하얀 걸레 같은 것으로 닦고는 마찬가지로 같은 통에 던져 넣었다. 네모는 사라져버렸다. 철판 속은 처음보다 조금은 조용해졌다. 이제 뜨거움도 매운맛도 점차 익숙해지고 있었다. 그래도 여기서 벗어나고 싶었다. 시원한 공기를 마음껏 들이켜고 싶었다.

그때 아까처럼 딸랑, 하는 소리가 들리더니 커다란 목소리가 이어졌다.

"여기요, 떡볶이랑 순대 1인분씩 포장이요!"

때가 왔다. 나는 심호흡을 했다. 형체 3인방처럼 이상하게 변하고 싶지도 않았고, 네모처럼 도망치려다 파란 짬통에 들어가고 싶지도 않았다. 그 커다란 주걱에 올라타는 수밖에 없었다. 하얀 접시에 담겨야 여기서 나갈 수 있다! 멍청한 네모 녀석. 나는 여기서 나갈 거야. 자, 이제 주걱이 왔다! 나는 주걱의 흐름을 따라 있는 힘을 다해 헤엄쳤다. 주걱에 휩쓸린 동지들 중 하나가 떨어져 내린 틈을 타 나도 마지막으로 올라탔다. 이야, 성공이다! 나는 크게 하하하 웃었다. 그 바람에 떨어질 뻔했는데, 다행히 밑에 하얀 접시가 있어서 접시 위로 떨어졌다. 내 위로 동지들이 후드득 떨어졌지만 뭐 이런 일은 처음도 아니라서 견딜 만했다. 접시가 꽉 차자 뭔가 찌직 하는 소리가 나더니 숨이 꽉 막혔다. 동지들과 네모네모들이 소곤거렸다.

"뭐야? 왜 이렇게 갑갑하지?"

"숨 막혀!"

"젠장, 망했다! 그냥 철판에 있을걸…."

나와 마찬가지로 의도적으로 올라탄 동지도 있는 모양이었다. 나도 그 비슷한 생각을 하기는 했지만 말을 삼켰다. 말을 하면 정말 그렇게 되어버릴 것 같아서였다. 그저 숨을 아끼는 수밖에 없었다. 상자는 공중에 달랑달랑 들린 채 움직였다. 우리는 어디론가 가고 있었다. 짬통이 아니고 어딘가 구석에 처박히지도 않았다. 어딘가에 담아서 들고 가는 걸 보면 분명 종착지가 있을 터였다. 그곳이 어딜까. 최대한 설레는 마음으로 기다렸다. 기다리고 또 기다리다가, 마침내 팡! 하고 밀봉된 비닐이 열렸다.

✳

처음으로 보았던 세상, 끓어오르는 철판이 들어 있던 곳과는 공기도 색깔도 달랐다. 이곳 공기는 서늘하다. 내가 누워 있는 접시 안이 따뜻하게 느껴질 지경이었다. 색깔도 아까처럼 환한 불빛 아래가 아니라 어둑어둑했다. 간간이 보라, 분홍, 노랑, 초록으로 빛나는 불빛들이 빛났다가 사라졌다. 여기가 어딘지 뭐하는 곳인지 전혀 알 수 없었다. 탁, 하고 옆에 하얀 접시가 또 놓였다. 아까 뭐라고 했더라,

순… 찌익 하고 포장이 열리는 소리가 나고 구수한 구린내 같은 것이 났다. 검고 안에 뭐가 잔뜩 든. 형체 3처럼 생긴 것들. 하지만 터지지도 않고 온전해 보였고 동지들과 네모네모와 마찬가지로 잔뜩 당황한 것 같았다.

"순대도 사왔으니까 다들 먹자!"

맞다. 순대. 근데 먹는다는 건 뭐지? 나는 바닥에 깔려 있어서 위가 잘 안 보였다. 그런데 내 바로 위에 있던 동지 하나가 휙 하고 위로 올라가 사라졌다. 시야가 확 트였다. 동지는 어디로 간 거지? 약간 고개를 들자, 커다란 형체가 입을 벌리고 있는 것이 보였다. 까만 머리에 피부가 가무잡잡하고 군데군데 수염이 난 형체였다. 사람, 사람이었다. 사람은 익숙했다. 늘 사람들이 나를 돌봐주었다. 이 지경이 되고 보니 돌봐준 건지 어쩐지는 모르겠지만 어쨌거나 늘 주변에 사람이 있었다. 내 주변에 있던 사람은 금발도 있고 까만 머리도 있었다. 생각해보니 아까도 떡볶이 어쩌고 하던 것도 다 사람 목소리였다. 왜 몰랐지? 너무 당황해서 그랬던가. 그런데 이 사람은 내 동지를 입안에 넣고 우물우물거리고 있다. 그때 나는 직감으로 깨달았다. 먹는다는 것의 의미를.

입안으로 들어가 으깨진다는 것, 혹은 갈아진다는 것이구나. 방금 전 사람의 입안에서 반짝이던 수많은 하얀 톱날 같은 것을 보았기 때문이었다. 거기에 들어간다면 아마 고통에 몸부림치다가 정신을 잃을 수밖에 없을 것이다. 으깨진 다음에 가는 곳은 어딜까? 수염 난 입은 동지를 내뱉지 않았다. 내뱉기는커녕 입 아래 부분이 크게 움직이는 것이 보였다. 꿀꺽, 하는 소리도 난 것 같았다. 잘 들은 게 맞는다면 말이다. 나는 입 아래 부분을 보았다. 평평한 곳이 있다. 저 안에 들어가는 것이구나. 저 안은 나오는 곳도 들어가는 곳도 없어 보인다. 즉, 들어가면 끝이다. 다시는 밖으로 나올 수 없다. 사라진다. 곧바로 먹자, 의 의미가 무섭게 확 다가왔다. 먹히면 끝이다!

나는 부들부들 떨며 수염과 다른 사람들이 보지 않는 틈을 타 몸을 일으켜 아래를 보았다. 철판에서 보던 것보다 더 높은 곳에 있다. 떨어진다면, 바닥에 빨간 물을 튕기며 떨어져 있으면 네모네모처럼 결국 짬통으로 들어가려나. 어떤 게 나으려나. 짬통? 저 안? 모르겠어, 절대 모르겠다고! 형체 1, 2, 3이 한데 엉켜 나를 비웃는 소리가 사방에 빙빙 울리는 것 같아 어지러웠다.

'킬킬킬, 먹히거나 버려지거나 둘 중 하나겠지. 세 번째는 썩는 거다, 병신아.'

꺼억 하는 커다란 소리와 함께 수염이 말했다.

"아, 배부르다. 이거 버릴까?"

그래, 응 하는 목소리들이 들려왔다. 나는 정신이 혼미한 가운데 이제 끝났다고 생각하고 내 차례가 오기만을 기다리고 있었다. 버려진다는 건 예상했던 결과가 아닌데? 이제 흰 접시에 남은 동지들은 나를 빼고 셋뿐. 저쪽 접시에도 그쯤 남았다. 수염은 접시 두 개를 겹치더니 걸어가서 뚜껑을 열고 접시를 툭 던져 넣었다. 뚜껑이 닫혔다. 조용해졌다. 더 어둡다. 그리고 지독한 냄새가 났다. 뭔가 썩는 냄새. 탄내. 어둡지만 우리의 붉은 몸은 희끄무레하게나마 보였다. 다행인 건 우리가 아래가 아닌 위라는 점이었다. 나는 동지들에게 말을 걸었다.

"이봐, 다들 깨어 있어?"

응, 응 하는 대답이 들려왔다. 동지 중 하나는 이쑤시개가 꽂혀 있었다. 다른 하나는 초록색 모자를 쓰고 있었다. 끝으로 반 토막 난 동지. 그리고 나. 초록모자가 말했다.

"우리, 버려진 건가?"

이쑤시개가 말했다.

"그런 듯."

반 토막이 말했다.

"끝인가?"

내가 말했다.

"모르지."

초록모자가 말했다.

"끝이 아니면?"

내가 말했다.

"전혀 모르겠어. 다시 어디론가 갈지도. 어쨌거나 계속 이 쓰레기통에서 썩어가지는 않을 거 아냐?"

반 토막이 말했다.

"썩는다는 게 뭔데?"

나는 아까 보았던 형체 세 개를 떠올렸지만 도통 말로 표현할 방법이 없었다. 그래서 그냥 이렇게만 말했다.

"보기 싫어지는 거. 끔찍한 소리만 하는 거."

동지들이 으, 하는 소리를 냈다. 이쑤시개가 말했다.

"좋지 않네."

다들 침묵했다. 그 후로도 한동안 조용했다. 우리는 기다렸다. 어디론가 가거나 지금 이 상황에서 뭐든 변하기를. 그러다 조금씩 묘한 냄새가 나기 시작했다. 처음에는 시큼한 게 비닐봉지에 담겼을 때 나던 알코올 냄새 같았는데 점점 더 지독해졌다. 한동안 침묵하던 중에 내가 처음으로 말했다.

"무슨 냄새지?"

아무도 대답이 없었다. 동지들과 나는 서로를 보았다. 희끄무레한 몸만 보일 뿐 딱히 몸 색깔이 변했다거나 묘한 냄새가 난다거나 하는 동지는 없었다. 냄새는 아주 가까운 곳 어딘가에서 나고 있었다. 초록모자가 말했다.

"어디야?"

"여기다, 시발."

뭔가 등 부분을 쾅 하고 차는 것이 느껴졌다. 아래였다. 놀라 서로를 쳐다보는데 다시 한번 쾅쾅 치는 것이 느껴졌다.

"거긴 좋냐? 어? 냄새나는 궁둥이들 좀 치우지 그러냐?"

순대들인가. 접시가 들썩이는 것과 동시에 썩는 냄새도 같이 올라왔다. 반 토막이 속삭였다.

"쟤넨 우리보다 더 빨리 썩나 보다."

그때 뚜껑이 확 열렸다. 빛과 함께 음악소리도 들렸다. 무슨 음악인지는 모르겠는데 날카롭고 시끄러웠다. 어떤 사람이 우리를 들어올렸는데 비닐이었다. 우리는 분홍색 비닐에 담겨 있었던 것이다. 순대들의 비명 소리가 들렸다. 아파! 다 터졌어! 악! 그런 소리들이었다. 그 사람은 비닐봉지 윗부분을 리본처럼 묶었는데 잘 묶이지는 않았다. 때문에 사람이 던지듯이 봉지를 버렸을 때, 입구가 열려 동지들과 내가 튀어나왔다. 덩달아 순대들도 튀어나왔다. 우리는 검은 길바닥에 던져졌다. 동지들과 나는 썩지는 않았지만 진작 빨간 물도 다 말라붙어 움직이지 못했다. 순대들은 굴러다니며 욕을 해댔다. 밖은 춥고 푸르렀다. 가끔 불빛도 보이고 소리도 들렸다. 결국, 이렇게 된 건가. 버려지고 또 버려지고.

그때 어디선가 킁킁거리는 소리를 내며 뭔가가 다다다다 나타났다. 또 뭐지. 사람은 아닌 것 같다. 그것이 다가와 킁킁거리며 냄새를 맡았다. 그것의 긴 혀가 나를 핥았다. 축축하고 기분이 나빴다. 머, 먹으려는 건가. 이제 사람도 아닌 이것에게 먹히는가. 그런 생각을 하던 찰나, 그것은 이쑤시개를 쑤욱 뽑아내더니 동지를 콱 하고 물었다. 이쑤시개는 억 소리도 못 하고 입안으로 사라져버렸다. 그것은 씹는 것 같지도 않았다. 그냥 삼켜버렸다. 눈 깜짝할 새 반 토막도 사라져버리고 초록모자까지도 먹혀버렸다. 이제 나만 남았다! 나는 몸을 움직이려 해보았지만 무리였다. 하도 말라붙어서 조금만 움직여도 검은 땅에 쏠리고 온몸이 쑤셨다. 갈기갈기 찢어져도 도망쳐야 할 판이었지만, 그 도망의 끝이 어딘지도 알 수 없어서 그저 무기력하게 누워 있었다. 그리고 그것이 콱 하고 나도 물어 삼켰다.

따뜻했다. 비로소 따뜻했다. 뜨거울 정도의 따뜻함이었지만 부글부글 끓어오르는 철판 같은 기분 나쁜 뜨거움은 아니었다. 입속에 들어가면 끝장이라고 생각했는데, 이것은 다행히 사람처럼 잘근잘근 씹어 먹는 습성은 없는 모양이었다. 오히려 꿀떡 삼킨 편이라 입에서 금방 안으로 들어갔다. 자아, 안에는 무엇이 있을까. 구불구불

따뜻하고 붉은 빛을 띤 안으로 들어갔더니 몸이 조금씩 녹으며 풀처럼 끈끈해지는 것이 느껴졌다. 단단하게 뭉쳐지고 한동안 말랐던 몸이 풀어졌다. 흐물흐물해진 몸이 어디론가 흘러간다. 끈적거리는 액체들이 한 차례, 두 차례 폭포수처럼 쏟아져서 내 몸을 녹이고, 또 녹이고 아주 작게 또 작게 쪼갠다.

나는 마침내 다 녹아 여기저기로 흩어졌다. 나는 흩어지는 나 자신들에게 작별을 고했다. 그러고도 남은 것들, 어디에도 필요 없는 나의 조각들이 한데 모여 어디론가 나가기를, 뭔가가 열리기를 기다리고 있었다. 뭐지? 뭔가가 열리는 것이 보였다. 뿌지직! 소리와 함께 조각난 내가 다른 것들과 한데 섞여 고약한 냄새를 풍기며 바닥에 떨어졌다. 이런, 그것에게 먹히기 전처럼 검은 바닥이다. 사람들의 발이 다가온다. 누가 외치는 소리가 들린다.

"힉! 개똥이다!"

개똥? 이제 나를 그렇게 부르는구나. 한때 쫄깃쫄깃 탱탱, 혹은 떡볶이라고 불리던 나는 이제 개똥이 되었다. 그것의 속에 있다가 잡스런 것들과 섞여 나오니 개똥이 되었구나. 이제 나는 아무에게도 필요 없는 건가? 사람들의 목소리와 표정만 봐도 알 수 있을 것 같다. 형체 1, 2, 3 들이 썩어가면서까지 버려지지 않으려고 먹히지 않으려고 했던 것도 이제야 충분히 이해가 갔다. 이렇게 냄새나고 질척거리는 개똥이 될 바에야 차라리 썩는 게 나을지도.

　　　　　　　　　　　　　쫄깃쫄깃 탱탱의 모험

✳

　지독한 자기혐오에 빠져 있는데 어디선가 쏙싹쏙싹 소리가 났다. 녹색의 부숭부숭하고 까칠까칠한 털이 달린 막대기를 든 사람이 다가오는데 옷이 눈이 부셨다. 뭐지? 누구지? 하고 채 궁금해하기도 전에 그 사람은 나와 내 주변에 있던 것들을 녹색 털 막대기로 싹싹 긁어모았다. 아주 능숙한 솜씨로 별로 힘도 들이지 않고 허리도 숙이지 않고 거의 손목만을 써서 아주 잘 긁어모았다. 내 주변에 있던 것은 종이와 비닐 나부랭이들, 담배꽁초 같은 것들이었다. 그것들은 말이 없었다. 나도 조용히 있었다. 말을 하려고 해도 이제 말을 할 수가 없었다. 그저 보고 듣고 느낄 뿐이었다. 깡통 속에 담겨 있던 나는 우르르 종이와 비닐과 꽁초와 함께 커다란 비닐에 다시 담겼다. 우리 위로 많은 것들이 쌓여갔다. 땅바닥에 흩어져 있던 것들. 사람들이 길바닥에 버리고 간 것들. 이제 더 이상 가지고 다닐 필요가 없는 것들이었다.

　비닐 안이 꽉 차고 나는 아래로, 아래로 눌렸다. 더 이상 눌릴 수 없을 것 같을 때 바스락 소리와 함께 비닐이 꽉 당겨지고 허공으로 던져졌다. 팍 하는 소리와 함께 떨어진 상태로 보아 그런 비닐들이 많은 곳에 던져진 것 같았다. 곧 끼익 소리와 함께 움직이기 시작했다. 어디로 가는 걸까. 나는 말을 하지 못했다. 점점 잘 들리지도 않았다. 내 몸은 점차 말라가면서 부스러지기 시작했다. 안 그래도 조각나고 작아진 몸이 점점 더 작아지며 흩어져갔다. 이렇게 사라져가는 건가. 나는 이렇게 끝나는 건가. 그런 생각들을 하고 있을 때 움직임이 멈췄다. 아래를 받치고 있던 것들이 우르르 빠져나갔고 내가 들어 있던 비닐도 마찬가지였다. 나도 그 안에 든 채로 함께 굴러떨어졌다. 철퍼덕. 그리고 더 이상 움직이지 않았다. 나는 그대로 가만히 침묵했다. 이제 끝인가 보다. 버려졌고, 먹혔고, 끝났다. 말라붙고 흩어질 대로 흩어졌다. 더 이상은 가망이 없지 아마? 그렇게 생각한 게 마지막이었다.

다시 정신을 차린 것은 환한 빛. 빛이 비쳐서. 뭔가가 콕콕 소리를 내며 내 앞의 비닐 벽을 쪼고 있다. 날카로운 부리가 삐죽 안으로 들어왔다. 그 충격으로 비닐이 확 찢어지면서 파편이 된 내가 몇 개 굴러 나왔다. 휴, 여긴 대체 뭐람? 온통 비닐과 종이와 뭔지도 알 수 없는 부서지고 망가진 것들로 가득하다. 냄새도 지독하다. 망가지고 버려진 것들의 산. 여기에 계속 있어야 하는 건가? 아니면 나갈 수 있는 건가? 그때 여전히 봉투를 뒤지고 있는 부리의 주인이 보였다. 내 파편들은 그것의 털 아래쪽으로 들어가 자리를 잡았다. 여기서 움직이는 건 너뿐이다. 네가 우릴 데리고 나가주렴. 그런 희망을 걸고서는 숨죽인 채로 꼭 매달렸다.

한참 더미를 뒤진 부리는 팍 하고 조금씩 파닥이던 털을 넓게 펼쳤다. 뭐지, 뭔지 몰라도 뭔가 멋있다. 그런 생각을 하는데 부리가 위로 날아올랐다. 털을 펄럭이며 위로 솟구쳤다. 단단히 붙잡아야 했다. 방심하던 파편 한두 개는 떨어져 내린 것 같았다. 그래도 아직 몇 개가 남아 있었다. 우리는 털을 더욱 꼭 잡았다. 어쨌든 허공에서 떨어져 내리고 싶지는 않으니까. 가뜩이나 부스러지기 쉬운 몸이라 이 높이에서 떨어지면 산산조각이 나고 말 테니까.

부리가 한참이나 날아 다다른 곳은 전처럼 불빛이 번쩍거리는 곳도, 시커먼 바닥이 있는 곳도 아니었다. 이곳에는 흙이 있었다. 부리는 뭘 또 후벼 파려고 왔는지 털썩 내려앉았다. 지친 내 파편들도 한동안 눈치를 보다가 흙으로 뛰어들었다. 흙 위에 떨어지자 보기보다 포근하고 기분이 좋았다. 왠지 아주 예전에 여기에 살았던 것처럼 그리운 느낌을 주었다. 정말 언젠가 살았던 적이 있지 않나. 기억이 날 것 같기도 하고. 마음이 놓이자 노곤해졌다. 어느새 사위가 푸르러지더니 해가 떠올랐다. 잠깐 졸고 있는데 누군가 외치는 소리에 번쩍 정신이 났다.

"이 놈의 까치 새끼! 당장 꺼져!"

미처 올라타기도 전에 부리는, 아니 까치는 얼른 날아가버렸다. 이제 속수무책이었다. 이 흙 속에 머무는 수밖에. 다행히 지금까지 머물렀던 곳들 중 가장 마음이 편했다. 까치를 쫓아낸 것은 자세가 구부정한 사람이었다. 그 사람은 둥그렇게 휜 쇠붙이 같은 것을 들고 흙을 파고 그러모으기 시작했다. 앉지도 서지도 못하는, 더욱더 구부정해진 자세는 흙 속에 앉아서 뭉개거나 밟으면 안 되는 뭔가가 있다고 말해주는 것 같았다. 보는 내가 왠지 더 불편해지는 자세였지만 그 사람은 열심이었다.

이제 내 파편들은 아예 흙 속에 안착했다. 흙 속에는 많은 친구들이 살고 있었지만 일일이 설명하기가 힘들고 이제 나도 그들도 대화라고 부를 수 있는 소통이 힘든 상황이니 서로의 존재를 느꼈다는 것쯤으로 알아두면 되겠다. 나는 흙 속에서 햇빛도 받고 바람도 쐬고 가끔은 비도 맞으며 시간을 보냈다. 흙에는 비닐이 덮였다. 사람은 거기에 규칙적으로 구멍을 내서 뭔가를 뿌렸다. 또 해와 바람과 비가 다녀가자 거기서 초록색 싹이 났다. 푸릇푸릇한 싹들이 제법 길어지고 커지자 사람은 사이사이에 막대기를 세우고 줄을 엮었다. 길게 자란 풀들이 쓰러지지 않게 하려는 것 같았다. 매일 풀들은 자라났고, 사람은 풀들 사이를 돌아다니면서 곁가지들을 제거해주었다. 사람을 닮은 구부정한 초록색의 조그마한 열매도 부지런히 따냈다. 향기가 나지 않는 하얀 꽃이 피자 노르스름한 벌레들이 어디선가 나타났고, 사람은 그것도 열심히 잡아냈다. 가루 같은 것도 부지런히 뿌리고, 작은 잎에 난 조그만 벌레들도 잡아내고, 제멋대로 생겨난 풀들도 뽑아내고, 날아다니는 것들도 열심히 잡았다. 비가 오는 날에는 물이 고일까 봐 빼내는 데도 열심이었다.

날씨가 점점 더워지면서 높이 자란 풀들에서 난 구부정한 열매가 빨갛게 익어기기 시작했다. 어느 날 말하는 소리가 들렸다. 묵묵히 일만 하던 사람이 실로 오랜만에 한 말이었다.

"홍고추 딸 때가 왔구먼. 빨리빨리 따줘야지."

혼잣말이긴 했지만 그 말을 통해서 나는 빨간 열매가 홍고추라는 것을 깨달았다. 사람은 다음 날부터 더욱 구부정한 자세로 몸을 쑥 뺀 채 홍고추를 따기 시작했다. 중간중간에 아이고 허리야, 아이고 무릎이야 하는 추임새를 넣는 것도 잊지 않았다. 누가 들으라고 하는 소리는 아닌 것 같았고 그저 그런 소리를 자주 냈다. 흙 속에 들어온 이후로 나는 이제 말을 하는 건 힘들지만 듣고 이해하는 건 훨씬 더 잘하게 됐다. 왠지 모르겠는데 모든 걸 이해할 수 있을 것 같은 기분이다. 예를 들어 저 사람이 홍고추를 따는 건 다음 고추들 때문이란 걸 알겠다. 이번 걸 빨리 따주어야 다른 초록색 고추들이 또 빨갛게 익어간다는 걸. 또 뭔가가 다가오고 있기 때문에 사람의 행동이 점점 빨라지고 있다는 걸. 그게 뭘까? 뭐가 오고 있는 건지는 전혀 모르겠다. 재미있는 건 빨간 고추에서 언젠가 맡았던 알싸하고 매캐한 냄새가 난다는 건데, 어디서였는지 기억이 날 듯 말 듯 하다.

사람은 다 딴 고추를 비닐들에 담아서는 창고로 옮겼다. 멀리서 봐도 창고 문이 훤하게 열려 있어서 안이 들여다보이는데 커다란 기계들이 있었다. 저 안으로 들어간 고추들에게 무슨 일이 일어나는지는 모르겠다. 하지만 사람이 이제까지 저 고추를 따기 위해서 들인 시간과 수고를 보아서는 좋은 일이 일어나고 있는 게 분명했다.

잠깐 자고 일어났더니 후덥지근하고 하늘은 회색인 게 곧 비가 내릴 것 같았다. 직접 비를 맞으며 살아가다 보니 이제 공기 냄새만 맡아도, 하늘 색깔만 봐도 햇빛이 쨍쨍할지 비가 내릴지 알겠다. 하늘이 보통 어두운 게 아니었다. 밤인가 했는데 그건 아니었다. 저 멀리 보이는 건물에 불이 켜져 있었다. 창고 문도 꼭꼭 닫혀 있다. 회색 하늘에 금이 가듯 불빛이 번쩍거렸다. 곧이어 우르릉 쾅 하고 무시무시한 소리가 났다. 이런 건 처음 봤다. 곧 하늘에서 후드득 물방울이 쏟아지기 시작했다. 비가 오는 날은 떠내려가지 않기 위해 조심해야 한다. 나는 이제 제법 깊은 곳에 묻혀 있어서 그런 걱정은 안 한다. 웬만한 비에는 떠내려가지 않을 것이다. 사람이 물이 빠지는 길도 잘 만들어놨기 때문이다. 나는 쏟아지는 비를 맞으며 가지에 매달린 녹색 고추들이 안전했으면 하는 생각을 했다. 어느새 사람이 일을 하면서 늘 하는 생각이 내게도 스며든 모양이었다.

✳

비는 계속 왔다. 그칠 기색이 없었다. 지금까지의 비는 어느 정도 시간이 지나면 그쳤다. 이번에는 아니었다. 점점 땅이 드러나기 시작했다. 이제 내가 있는 곳도 좀 있으면 쓸려 내려갈 것 같다. 제발 비가 그만 왔으면! 하지만 내 소망을 듣지 못한 하늘에서는 아직도 무섭게 비가 쏟아져 내린다. 마침내 나는 천천히 쓸려 내려가기 시작한다. 이제 나는 어디로 갈까. 더 작아지게 되면 나는 내가 나였다는 것을 기억이나 하게 될까. 그저 한 줌의 흙처럼, 한 줄기의 비처럼 땅과 물속에 흩어져 세계 속에 녹아버릴지도.

쫄깃쫄깃 탱탱의 모험은 이제 여기까지인지도 모르겠다. 내 이야기를 듣고 있었다면 모두에게 인사를 전한다. 안녕.

제게 있어 떡볶이란 별식입니다. 가끔 먹는 음식이라는 뜻이죠. 이유는 몇 가지가 있겠습니다. 매운 것을 먹으면 속이 아프다, 떡을 먹으면 잘 체한다, 등등. 그런 제약에도 불구하고 스트레스를 많이 받을 때면 가끔 즐기곤 합니다. 열심히 했는데도 막다른 골목에 몰린 것 같거나 아예 힘 자체가 나지 않을 때, 시쳇말로 화력지원이 절실할 때 저는 매운 것을 먹습니다. 매운 것이라고 하면 종류는 많지만 떡볶이만큼 대중적이고 호불호가 없는 음식도 드물지요. 시판되는 형식도 다양해서 각종 토핑이 들어간 호화로운 즉석 떡볶이부터 컵떡볶이까지. 주머니와 위장의 사정대로 골라먹을 수 있는 점도 매력적입니다. 게다가 떡은 밀 혹은 쌀로 만들어지고, 어묵은 단백질, 파는 채소고, 육수까지 골고루 들어가 있으니 하나만으로도 주식을 대신하기에 부담이 없지요. 입맛이 없거나 혹은 배가 많이 고프지 않지만 뭔가 맛있는 걸 먹고 싶을 때 친구나 동료, 가족에게 "떡볶이나 먹을까?" 하고 제안하는 것도 흔한 풍경일 겁니다.

그래서 어쩌면, 떡볶이가 되어본다면, 떡볶이가 되어 세상을 살아본다면, 삶이나 세상의 이치에 대해 고찰해볼 수 있지 않을까 하는 생각이 단초가 되어 즉석으로 끓여본 것이 바로 이 글입니다… 는 약간 거창한 해석이고요. 처음에는 친구의 옷에 묻은 떡볶이 자국을 보고 문득 아이디어가 떠올랐어요. 떡볶이는 어떤 경로를 통해 친구의 하얀 옷에 자국을 남기고 만 것일까? 하는 궁금증에서 시작되었습니다. 그리하여 아예 떡볶이 자체가 되어 전지적 떡볶이 시점으로 철판에서부터 시작했습니다. 떡볶이가 무슨 언어구사를 이렇게 잘해? 하는 의구심이 들지만 일단 쓰고 나니 분식집의 떡볶이도 심상찮게 보입니다. 아, 네가 그런 식으로 살아서 내게 이렇게 화력지원을 해주는구나 하고 애틋한 마음마저 듭니다. 가끔 땅바닥에 떨어지는 녀석들에게도 심심한 조의를 표하게 됩니다.

부디 다채롭고 맛깔나는 떡볶이 파티에 누가 되지 않기를 바라며, 떡볶이를 좋아하시는 분이라면 포크에 찍힌 떡볶이가 무슨 생각을 할까? 하고 한 번쯤 상상해보는 재미로 읽어주시면 감사하겠습니다. 물론 상상 없이 그냥 맛있게 즐기셔도 충분하지만요.

유라TV

김의경

환자복을 입은 효나는 가까이 다가가 들여다봐야 했을 정도로 낯설었다. 광대뼈가 불거져 보일 정도로 살이 빠졌고 눈이 쑥 들어갔다. 안색은 창백했고 입술은 각질이 올라와 갑각류 등처럼 거칠어 보였다. 손목에는 붕대가 감겨 있었다. 두 번째였다. 효나가 스스로 손목을 그은 것이. 수현은 아무 말 없이 연신 효나의 얼굴을 쓰다듬었다.

잠에서 깨어난 효나는 우리에게 나가라고 소리를 질렀다. 우리가 나가지 않자 협탁 위에 놓인 물건들을 던지기 시작했다. 나는 수현을 끌고 밖으로 나왔다. 나는 수현의 등을 어루만지며 말했다.

"좀 진정되면 들어가자."

수현은 병실 앞 벤치에 앉아 소리 내 울었다. 나라도 이성을 잃지 않으려 했는데 눈물이 흘러나왔다. 효나는 나에게도 딸 같은 아이였다. 효나가 네 살 때부터 수현과 함께 아이들을 키웠고 명절도 함께 보냈다. 우리는 가족이나 다름없었다. 진짜 가족에게는 할 수 없는 이야기를 터놓고 의논했다. 이번 일도 수현은 자신의 오빠에겐 말하지 못한 모양이었다. 수현에겐 일곱 살 터울의 오빠가 있었다. 수현에겐 유일한 혈육이었다. 이혼했다는 이유로 5년간 동생의 전화를 받지 않은 보수적인 남자에게 조카가 만나던 남자가 조카의 동영상을 인터넷에 퍼프려서 조카가 자살 시도를 두 번이나 했다는 것을 어떻게 말하겠는가. 동영상을 삭제해야 했고, 그것에는 큰 비용이 들기 때문에 나는 넋이 빠진 수현을 도와 이런저런 일들을 했다.

경찰서에 가서 고소장을 접수하고 여성단체에 도움을 청하고 효나와 대화를 하는 것. 어느 것 하나 쉽지 않았다. 효나가 잘못한 것이 아닌데도 나는 경찰과 마주하는 것이, 여성단체 활동가를 만나는 것이 겹나고 껄끄러웠다. 게다가 그것은 수치심을 동반했다. 그들이 왠지 나를 책망하는 것 같았다. 여성단체 활동가는 우리 편임을 몇 번이나 강조했지만 나는 그녀를 만나는 자리에서마저 움츠러들었다. 효나가 그런 남자를 만나는 것과 두 번이나 자살시도를 하는 것을 막지 못했다는 죄책감 때문이었다. 성범죄를 당한 것인데도 마치 아이를 소아성애자에게 넘겨준 엄마가 된 것 같아 무기력하고 창피했다. 그 이유는 내게 효나가 여전히 어린아이처럼 느껴지기 때문이기도 하겠지만 그 남자가 효나와 나이 차가 많이 나기 때문이기도 할 것이다.

효나는 방에 틀어박혀 우리와 말을 섞으려 하지 않아서 그 영상이 빠른 속도로 번지는 것을 막지 못했다. 아니, 언제 알았느냐는 중요하지 않을지도 모른다. 인터넷에 한번 올라가면 빛보다 빠른 속도로 퍼진다고 하지 않는가.

그럼에도 나는 정신 줄을 부여잡고 효나를 추궁해서 그 동영상의 이름을 알아냈다. 뭐라고? 두 번이나 물었다. 그런 기이한 제목을 달고 효나의 동영상이 퍼지고 있다니. 수현은 그 영상을 보지 않았다고 했다. 경찰도 수현에게 그 영상을 보지 말라고 했다고 한다. 수현이 말했다. 무서워서 못 보겠어. 무서워. 나는 수현에게 말했다. 내가 볼게. 넌 보지 마.

그 영상을 찾는 건 어렵지 않았다. 잘 알려진 P2P사이트에 들어가 검색어를 입력하자 그 제목을 단 영상이 여러 개 떠올랐다. 분명히 영상을 지우고 있다고 했는데. 아무리 지워도 누군가 다시 올리기 때문에 시간이 걸린다고 한 말의 뜻을 알 것 같았다. 캡처된 사진만으로는 효나인지 아닌지 알 수 없었다. 효나와 닮았지만 다른 사람

같았다. 그 영상은 100원에 거래되고 있었다. 한참을 망설이다가 파일을 다운받았다. 어쨌든 그 영상의 내용을 확인해야 했다.

영상을 본 나는 한참 동안 몸을 떨었다. 손발, 팔다리 할 것 없이 신체의 모든 부위가 흔들렸다. 이가 위아래로 딱딱 부딪쳤다. 누군가 내 몸 안에 손을 집어넣어 내장기관을 움켜쥐고 흔드는 것처럼 느껴졌다. 눈물이 흘러나왔다. 나는 기어이 화장실로 달려가 구토를 하고 말았다.

유지는 전화를 받지 않았다. 다섯 번째에서야 취한 목소리로 전화를 받았다. 혀가 꼬인 걸 보니 엄청나게 취한 모양이었다. 전화가 끊기는가 싶더니 유지의 남자친구인 보성이 전화를 넘겨받았다.

"어머니, 지금 유라 아니, 유지 완전히 취했어요. 전화 끊어야겠어요. 죄송합니다."

이내 전화가 끊어졌다. 유지는 새벽 세 시가 넘어 보성의 등에 업혀 들어왔다. 형편없이 취해 잠든 아이의 얼굴을 내려다보며 내일 아침 단단히 훈계를 해야겠다고 벼르면서도 자신이 없었다. 놀러 다니는 것도 아니고 일을 하는 것이 아닌가.

유지가 먹방 유튜버로 유명해졌다는 사실을 알게 된 것은 수현을 통해서였다.

"효나가 그러는데 유지가 요즘 꽤 유명하다던데?"

유지가 1학년 때부터 유튜브에 브이로그를 올린다는 건 알고 있었다. 집에서도 시도 때도 없이 나에게 카메라를 들이대곤 했다. 그때 올린 영상들은 지금 봐도 미소가 흘러나올 정도로 자연스러웠다.

그 영상 속에서 우리 네 사람은 행복해 보였다. 그때도 유지는 음식을 먹는 모습을 찍어 올렸지만 기껏해야 두 그릇이었지 지금처럼 많은 양의 음식을 먹지는 않았다.

유지는 학과 공부가 적성에 안 맞는다고 투덜댔는데 먹방을 하는 것은 재미있었던 모양이다. 수업도 빼먹으며 먹방을 찍으러 다녔다. 다른 유튜버들처럼 가명으로 활동하는 것 같았다. 용돈벌이 정도는 되는지 용돈을 주면 엄마 옷이나 사 입으라고 사양했다. 저러다 그만두겠지 했지만 3학년 1학기를 마치고 나와 상의도 없이 휴학을 한 뒤 먹방에 집중했다. 언젠가부터 유지와 함께 걸어가면 사람들이 수군대는 소리가 들렸다. 유지에게 사인을 해달라고 부탁하는 학생들도 많았다. '유라TV' 구독자 수는 26명에서 시작해 천 명, 만명, 3만 명, 10만 명… 무섭게 늘어나더니 지금 유지는 구독자 70만명을 보유한 유명 스타가 되었다. 보성은 본격적으로 영상을 올린 건넉 달밖에 되지 않았으니 유지의 먹방 구독자 수 증가율은 업계 최고라고 했다. 지금 박차를 가해서 다른 유튜버들과의 차이를 크게 벌려놔야 한다고 했다. 그는 피디 지망생답게 자신만만했다. 마치 유지가고등학교 때 다녔던 입시학원 강사처럼 나를 믿고 맡겨주면 따님을 원하는 학교에 입학시켜 주겠다는 투였다.

취업은 안 할 거냐고 물었더니 유지는 코웃음을 치며 자신의 유튜브 한 달 수입이 일반 회사원 연봉보다 많다고 했다. 유지가 정확히 얼마를 버는지는 알 수 없었지만 내 통장에 매달 생활비를 입금해주고 5년마다 차를 바꿔주겠다고 하는 걸 보면 많긴 많은 모양이었다. 이런 고민을 털어놓자 수현은 배가 불렀다면서 이제 아르바이트 같은 건 그만두고 딸이 주는 돈으로 여행이나 다니라고 했다. 수현이 그렇게 말하는 것이 싫지 않았지만 불길한 낌새를 떨칠 수 없었다. 구독자 수가 늘어날수록 그 낌새는 더욱 짙어졌다. 나는 웬만해선 유튜브에 접속하지 않았고 인터넷에서 '유라'를 검색하지 않으려 애썼다.

아침 10시, 보성이 다시 집에 왔다.

"어머니, 유지 아직 안 깼어요?"

그는 허락도 없이 집으로 들어오더니 유지의 방문을 벌컥 연 다음 유지를 흔들어 깨웠다. 화난 얼굴과 다르게 목소리는 부드러웠다.

"우리 유지, 아직도 자는 거야? 한 시간밖에 안 남았어. 어서 일어나."

그는 이불을 머리 위로 덮어쓰며 시간을 좀 늦추면 안 되느냐는 유지를 어린아이 어르듯 살살 달래 욕실에 집어넣었다. 보성은 유지의 화장대에서 화장품 가방을 챙기더니 샤워를 마친 유지를 데리고 나갔다. 나는 유지의 등에 대고 물었다.

"오늘은 뭘 먹는 거니?"

"떡볶이요. 한 달 내내 떡볶이 특집이에요."

대답한 건 보성이었다. 아이들은 인사도 없이 현관문을 닫아버렸다. 좀 과장해서 말하자면 눈앞에서 유괴범이 아이를 데려가는데 속수무책 아무것도 할 수 없는 기분이었다. 어제 그렇게 술을 마시고 아침부터 떡볶이를 먹는다는 건가. 그것도 10인분이나 되는 대용량의 떡볶이를.

지난달 보성이 집에 왔을 때 유지에게 도대체 왜 그렇게 많은 양을 먹어야 하느냐고, 한 그릇만 맛있게 먹는 게 더 보기 좋지 않느냐고 물었다. 유지는 한 그릇만 먹으면 누가 보겠느냐고 쏘아붙였다. 엄마와는 말이 안 통한다는 투였다. 그때도 보성이 나섰다.

"어머니, 그래서 이건 재능이에요. 많은 음식을 짧은 시간에 맛있게 먹을 수 있는 건 아무나 가진 재능이 아니라고요. 김연아가 서른 살에 피겨 탔으면 성공했겠어요? 모든 일은 때가 있어요. 유지는 지금이 그 '때'고요."

그 말에도 나는 의아할 뿐이었다. 나는 내 아이가 특별히 잘 먹는 재능이 있다고 생각해본 적이 없었기 때문이다. 아이의 재능은 엄마가 먼저 알아보는 것 아닌가. 체구에 비해 많이 먹고, 먹는 것에 비해 살이 찌지 않는 건 사실이었지만 먹방 유튜버라니. 사실 잘 먹는 것을 재능이라고 생각해본 적도 없었다.

나는 보성이란 아이가 미덥지 않았다. 처음부터 그랬던 건 아니다. "어머니, 어머니" 하며 싹싹하게 구는 것도 싫지 않았고 묻지도 않았는데 묻지 않으면 절대로 먼저 말해주는 법이 없는 유지의 일에 대해 이야기해주는 것도 좋았다. 하지만 언젠가부터 경계하게 되었다. 이유를 정확하게 말하긴 힘들다. 하지만 엄마는 본능적으로 아는 법이다. 내 아이에게 해로운 존재를.

유지는 자신이 유명해진 건 보성 덕분이라고 했다. 보성이 촬영과 편집을 도와주고 조언을 해준 이후로 구독자 수가 크게 늘었다면서. 연예인은 아니지만 연예인과 비슷한 일의 특성상 집적대는 남자가 많았는데 보성과 함께 다닌 이후로는 귀찮게 하는 남자도 없다고 했다. 유지는 보성에게 수익의 일부를 나누어 준다고 했다. 보성과 결혼할 거냐고 묻자 유지는 코웃음을 치며 답했다.

"엄마, 우리 그런 사이 아니야. 이건 비즈니스라고."

유지는 잠시 생각하다가 덧붙여 말했다.

"물론 단순한 비즈니스 파트너라고 말하기도 좀 그렇지만….."

유지의 얼굴이 조금 붉어졌다.

"그리고 내 나이가 몇인데 벌써 결혼이야? 하고 싶은 게 얼마나 많은데. 돈 바짝 벌어서 세계 여행하고 공부도 좀 더 하고…. 결혼은 마흔 넘어서 할 거야."

내 참견이 싫었는지 유지는 일주일 후 오피스텔을 구해 집을 나갔다. 당분간 방송에서 배달음식을 먹을 것이기 때문에 촬영할 곳이 필요하다는 것이 표면적인 이유였다. 그때도 멍하니 아이가 떠나는 것을 구경만 하고 있었다. 유지는 보성을 시켜 짐을 옮겼고 저녁때서야 오피스텔 계약기간이 끝나면 다시 집으로 들어가겠다고 통보했다.

처음엔 화가 나서 당장 가서 잡아올까 생각했지만 심호흡을 하며 감정을 가다듬었다. 유지는 스무 살이 넘었고 경제적으로도 독립했다. 설사 보성에게 휘둘리고 있는 거라고 해도 그건 스스로 감당해야 할 몫이었다.

덕분에 나는 딸의 얼굴을 유튜브 방송을 통해서나 보게 되었다. 방송은 예전보다 빠른 속도로 올라왔고 아이는 늘 대용량의 음식을 빠른 속도로 맛있게 먹어 치웠다. 이웃집 여자도 혼자 밥 먹기 싫을 때는 유라TV를 보면서 밥을 먹는다고 했다. 유지가 너무 맛있게 먹어서 입맛이 없을 때 보면 입맛이 돈다는 것이다. 남들이 보기엔 아무 문제가 없는 방송이 왜 유독 내게만 불편한 걸까. 나는 너무 부정적으로 생각하지 말자고 스스로에게 되뇌며 그날 올라온 유지의 방송을 클릭했다.

"달팽이님, 감사합니다."

유지는 익살스럽게 인사한 뒤 떡볶이를 한가득 입안에 쑤셔 넣었다. 누군가 슈퍼챗을 준 모양이었다. 나는 유지의 표정만 보고도 알 수 있었다. 금방이라도 게워내고 싶어 한다는 것을. 그럼에도 애써 미소 짓고 있다는 것을. 유지가 자신의 오른쪽에 놓인 음료를 들어 마신 뒤 말했다.

"여러분, 저는 세상에서 매운 떡볶이가 제일 좋아요."

나는 컴퓨터를 끈 다음 거실로 나와 소파에 드러누웠다.

오래전 일이 기억났다. 유지가 돌이나 지났을 때였던가. 내가 화장실에 간 사이에 유지가 상 위의 김치를 집어먹었다. 얼른 입안을 물로 헹궜지만 아이의 얼굴과 온몸에 발갛게 발진이 일어났다. 즉시 병원으로 달려갔고 의사는 괜찮을 거라고 했지만 얼마나 무서웠는지, 얼마나 미안했던지. 그 일 때문은 아니겠지만 유지는 어려서부터 매운 음식을 싫어했다. 조금만 매워도 미간을 찌푸리며 먹지 않겠다고 도리질을 했다.

유지가 먹방 유튜버로 막 이름을 얻기 시작했을 때, 집에 찾아온 수현과 함께 유지의 방송을 시청했다. 그날 유지가 먹은 음식은 흔하디흔한 라면이었다. 무려 아홉 개나 되는 라면을 유지는 맛있게 먹었다. 자연스럽게 라면이 먹고 싶어진 우리는 라면을 하나 끓여서 컴퓨터 앞에 앉았다. 화면 속 유지는 커다란 솥에 끓인 대용량의 라면을 반쯤 먹은 상태였다. 수현이 라면 가락을 입에 넣으며 말했다.

"유지는 식탐이 강한 아이였어."

나는 화들짝 놀랐다. 대체 무슨 소리를 하는 거냐고 했더니 수현
은 대수롭지 않다는 듯이 말했다.

"왜 그렇게 놀라? 뭐 못할 소리라도 했어? 유지 다섯 살부터 일
곱 살까지, 그때 너 옷가게 나갈 때였던가? 낮 시간에 매일 우리 집
에 있었잖아. 네가 여덟 시면 오는데 가끔 늦어질 때가 있었어. 열 시
가 돼도 안 오면 애들한테 간식을 만들어 줬거든. 떡볶이라든가 부침
개 같은 거. 네가 집에 와서 유지를 데려가면 효나가 그러는 거야. 유
지는 늘 자기 거까지 다 먹어 치운다고. 잽싸게 한입에 넣고 우적우
적 씹어 먹어서 말릴 새도 없다고."

"그랬어?"

"그때는 그냥 애가 식탐이 강한가 보다 했는데 지금 생각하니 어
쩌면 나 때문이었나 봐."

"너 때문이라니?"

"유지가 하도 시계를 쳐다보기에 이거 다 먹으면 엄마 올 거라고
했거든. 네가 보고 싶어서 유지는 늘 그렇게 빨리 먹어 치운 모양이
야."

유지는 좋아하는 음식은 잘 먹었지만 편식이 심해서 내가 밥그
릇을 들고 다니며 밥을 먹였기 때문에 식탐이 강하다는 말은 황당하
다 못해 억울했다. 어쨌거나 유지가 남들보다 비대한 위장을 갖게 된
건 나에게도 책임이 있는 셈이었다.

남편이 죽은 후 막막했다. 죽음을 슬퍼할 겨를도 없었다. 당장 먹고살 돈이 필요했다. 나는 닥치는 대로 일했다. 집에 돌아오면 그대로 쓰러져 잠들었다. 수현을 다시 만난 것도 그즈음이었다.

먼저 연락을 해온 건 수현이었다. 우리는 고등학교 2학년 때 같은 반이었지만 사실 친한 사이라고 할 수는 없었다. 같은 무리에 속해 있어서 같이 밥을 먹고 같이 다녔지만 기억에 남을 만한 사적인 대화는 나눈 적이 없었다. 어쩌면 그래서 호감이 남아 있었는지도 모른다. 거리를 두고 사귄 친구에 대한 막연한 호감. 당시 늘 붙어 다녔던 민희와는 어떤 일로 크게 다투고 영영 화해하지 못했다. 민희와 나는 서로 너무 좋아서 작은 일에도 크게 실망하는 편이었다. 싸우고 화해하기를 반복했고 나중에는 그런 패턴에 지쳐버렸다.

수현과 나는 비슷한 시기에 결혼했다. 20대 초반으로 친구들에 비해 이른 편이었다. 그리고 비슷한 시기에 홀로 되었다. 서른이 되기도 전이었다. 나는 교통사고로 남편을 잃었고 수현은 남편의 외도로 이혼했다. 그 슬픈 우연의 일치가 우리를 다시 만나게 한 건 사실이었지만 우리에게 유지와 효나가 없었다면 우리의 만남은 길게 이어지지 않았을 것이다. 홀로 된 우리에겐 네 살배기 딸이 있었다. 그때는 사랑했던 사람과 이별해 홀로 되었다는 불운의 일치로 우리가 만나게 되었다고 생각했지만 지금은 비슷한 시기에 사랑에 빠져 비슷한 시기에 딸을 얻었다는 행운의 일치가 우리를 만나게 했다고 생각한다.

그러고 보니 효나가 수현의 배 속에 있을 때 우리는 우연히 길에서 마주친 적이 있다. 겨울이었다. 거리는 크리스마스 분위기로 가득

했다. 교회 성도들의 찬송가 부르는 소리 사이로 구세군의 종소리가 울려 퍼졌다. 배가 크게 부른 만삭의 임신부의 배에 먼저 시선이 머물렀다. 그때 내 배 속에도 5주 된 아이가 자라고 있었기 때문이다. 임신부의 배에서 얼굴로 시선을 돌렸을 때 놀랄 새도 없이 수현이 내게로 다가왔다.

"너 주영이 맞지?"

우리는 선 채로 손을 맞잡고 짧은 대화를 나누었다.

"너 결혼했다는 얘기는 들었는데. 결혼식 때 못 가서 미안해."

"아니야. 순산해라. 나중에 또 보자."

나는 나도 아이를 가졌다고 말하지 않았다. 애초에 가깝지 않았기 때문에 그 만남조차 쉽게 잊었다.

그날의 수현을 떠올리면 입가에 미소가 절로 떠오를 정도로 수현의 미소는 눈부셨다. 들뜬 크리스마스 분위기 덕분인지 그날 수현은 유난히 행복해 보였다.

수년 뒤, 남편의 갑작스러운 죽음에서 헤어났을 즈음 동창으로부터 수현이 이혼했다는 소식을 들었다. 그때 가장 먼저 생각난 건 수현의 배 속에 있던 아이였다. 수현도 나처럼 아이와 함께 남겨졌겠구나 생각하니 불쌍했다. 그날 나는 수현을 떠올리며 울었다. 정작 나 자신을 불쌍하다고 생각해본 적은 없었는데 이상한 일이었다.

연락을 할까 말까 망설이고 있을 때 수현에게서 핸드폰 문자가 왔다. 가타부타 없이 "우리 만나자" 한 줄이었다. 조용한 카페에서 얼굴을 마주한 날 우리는 우리를 떠나간 남자들에 대해서는 한마디도 하지 않았다. 하고 있는 일과 주말을 보내는 방식, 육아의 어려움, 고등학교 시절을 함께한 친구들에 대해 이야기했다. 할 얘기가 생각보다 많았다. 누군가와 그렇게 오랜 시간 이야기한 것도 오랜만이었다.

"그런데 내 전화번호 어떻게 알았어?"

"민희한테 물어봤어. 민희 나랑 같은 대학 다녔잖아. 너네 집 전화번호를 알려주더라. 집 번호는 안 바뀌었을 거라고. 너네 어머니가 핸드폰 번호 알려주셨어. 민희랑은 요즘 연락해?"

"아니. 민희 잘 지낸대?"

"길게는 통화 못 했어."

수현과 민희는 대학에서는 제법 친하게 지낸 모양이었다. 민희를 떠올리면 몸속 깊은 곳에서부터 저릿한 통증이 느껴졌다. 한때 많은 것을, 어쩌면 모든 것을 나누었던 친구였는데 이제 죽는 날까지 만날 수 없을지도 모른다니. 평생 함께할 줄 알았던 남편의 급작스러운 죽음을 겪은 마당에 새삼스러운 생각인지도 몰랐다. 민희에게 연락해볼까 생각하지 않은 건 아니었다. 민희도 내 연락을 기다릴 것이 분명했다. 하지만 세상에는 그런 인연도 있다고 생각했다. 미완성인 채로 덮어두는 것이 더 나은 인연.

그날 효나와 유지는 오래전부터 알던 사이처럼 사이좋게 놀았다. 카페 주인이 아이들을 보며 말했다.

"누가 언니니?"

그러고 보니 두 아이는 눈매가 닮았다. 둘 다 머리숱이 까맣고 풍성해서 하나로 묶고 다녔다. 언뜻 보기에 자매 같았다.

이후로 우리는 아이들 때문에 만나게 되었다. 유지는 툭하면 효나를 보고 싶어 했고 한번 만나면 밤늦게까지 서로 떨어지려 하지 않았다. 두 아이는 한 침대에 나란히 누워 잠드는 날이 많았다. 도중에 아이를 깨워서 집으로 데려오는 것이 힘들어 나도 수현과 함께 자고 가는 날이 늘어 갔다.

결국 나는 수현의 집 근처로 이사했다. 아이들은 하루는 우리 집에서, 하루는 수현의 집에서 잤다. 유지의 어린 시절 사진에는 늘 효나가 함께 있었다. 오랜 시간 같이 지내다 보니 두 아이는 행동과 표정, 버릇마저 닮아 갔다. 우리는 가족이었다.

수현은 잔잔한 바다처럼 무던한 친구였다. 감정이 들쑥날쑥한 나도 수현 앞에서는 잔잔해졌다. 수현과 우정을 나누면서 나는 단순히 누군가와 같은 공간에서 시간을 견디는 것만으로도 치유받는 것이 가능하다는 것을 알게 되었다.

아이들이 열 살이 되던 해의 어버이날, 아이들이 만든 종이 카네이션을 가슴에 달고 우리는 처음으로 '남편'에 대해 이야기했다. 교통사고로 즉사한 남편과는 마지막 인사를 나누지 못했다. 슬리퍼를 신은 채로 병원으로 달려가 시신을 확인한 다음, 그대로 병원에서 빠져나와 사고현장으로 달려가 근처에서 떠돌고 있을 남편의 영혼과 작별인사를 나누었다. 수현은 아무 말 없이 고개를 끄덕이며 내 이야기를 들었다. 수현은 자신의 이야기를 할 때도 무덤덤했다. 마치 남의 이야기를 하는 것 같았다.

"그 여자와 만난 지 3년이나 되었더라고. 거래처 회사에 다니는 여자라고 했던가. 두 살 연상이라고 했어."

우리는 둘 다 재혼하지 않았다. 나와 수현 모두 소소한 로맨스는 있었지만 재혼하고 싶을 정도로 마음을 빼앗긴 남자는 없었다. 수현은 나에게 눈이 높아서라고 했고 나는 수현이 지나치게 현실적인 성격이기 때문이라고 생각했다. 수현은 로맨스 같은 거 환상이라고 생각했으므로 남편의 외도에도 비교적 무덤덤했고 혼자 사는 것에 대한 거부감이 없었다. 그런 수현이 딸의 불행 앞에서 무너져 내렸다. 수현은 하루에도 몇 번씩 울다가 웃었다. 자기 손으로 자기 뺨을 때리기도 했다. 나라도 정신 줄을 잡고 있어야겠다고 생각했다. 우리 아이들과 가정을 지키려면. 나는 세 사람과 오래도록 함께하고 싶었다. 어쩌면 우리가 이룬 흔치 않은 모양의 가정이 재혼할 필요성을 느끼지 않게 했던 것인지도 모른다. 나는 수현과 두 아이와 같이 있을 때 더없이 행복했다. 다 같이 모여 주방에서 음식을 만들어 테라스에서 재즈와 와인을 곁들여 보낸 크리스마스, 아이들이 직접 만든 못생긴 송편과 만두로 배를 채운 추석 명절, 수박을 보기 좋게 잘라 먹은 여름방학… 행복한 장면은 대부분 먹는 모습이었다.

유지는 수현을 이모라고 불렀지만 효나는 나와 수현 모두를 엄마라고 불렀다. 효나는 다소 무뚝뚝한 수현과 대조적으로 밝고 다정다감한 성격이었다. 효나는 감정 표현도 적극적이었다. 슬프면 울고 기쁘면 웃고 잘 먹고 잘 자는 효나를 키우는 것은 예민하고 섬세한 유지를 키우는 것과는 또 다른 즐거움이었다. 하루 일을 마치고 귀가하는 나를 두 팔 벌려 반겨주는 것은 유지가 아닌 효나였다. 어쩌다 거실에 요를 깔고 넷이 잠드는 날에 강아지처럼 품에 파고드는 것도 효나였다. 숨을 들이마셔 달콤한 효나의 냄새를 맡고 세 사람의 숨소리를 들으면 숙면을 취할 수 있었다.

효나는 두 달에 한 번 아빠와 만나고 오는 날이면 엄마의 눈치를 보았다. 눈치 빠른 효나는 엄마 앞에서는 절대로 좋은 티를 내지 않았다. 하지만 아빠가 준 선물에 대한 이야기라든가 아빠와 나눈 이야기를 내 귀에 대고 소곤소곤 들려주었다. 수현에게는 묻지 못한 효나 아빠의 모습을 나는 효나가 몰래 조금씩 들려준 이야기를 통해 상상하곤 했다.

효나가 대학에 들어가던 해 그는 재혼한 아내와 미국으로 이민을 갔다. 그는 효나가 대학에 갈 때까지 양육비를 꼬박꼬박 지급했고 4년 치 대학 학비도 대주었다. 그것으로 아버지로서의 의무를 다했다고 생각하는 걸까. 그는 최근에 연락이 더욱 뜸해진 모양이었다.

유지가 어릴 때 일하러 다녔던 보세옷가게 사장과 나는 잠시 사귀었다. 직원들 눈을 피해 일이 끝난 후에도 가게 문을 닫고 안에서 밀회를 나누곤 했다. 사별한 이후 누군가가 좋아진 건 처음이었다. 그의 아내는 수년간 암투병 중이었다. 죽어가는 그의 아내에 대한 죄책감도 한몫했겠지만 저녁 시간에 옷가게에 나와 일하던 그의 장녀가 눈치챈 것 같아 우리는 더 이상 만날 수 없었다. 그 아이의 눈을 기억한다. 경멸감과 애원을 담아 쳐다보던 눈. 그 아이는 병원에 누워 있는 엄마가 옷가게에 걸어 들어와 그것들을 볼까 봐 두려워하기라도 하듯이 밤새 우리가 격정에 빠져 흐트려놓은 옷들을 말없이 정리하곤 했다.

자정이 다 되어 죄책감과 격정이 뒤범벅된 상태로 녹초가 되어 귀가하면 유지는 간식을 만들어달라고 졸랐다. 유지는 편식이 심했지만 내가 늦게 들어온 날 밤에는 무얼 해주든 잘 먹었다. 수현이 애들 밥을 제대로 챙겨주지 않는 건가 생각할 정도로 허겁지겁 폭식을 했다. 다른 애들에 비해 많이 먹는다고 생각했지만 체중은 오히려 평균보다 적게 나가는 편이었으므로 큰 문제라고 생각하지 않았다. 기이한 식습관은 그때 형성된 걸까.

나는 문자로 수현에게 물었다.

— 유지 말이야. 그때 떡볶이도 잘 먹었어?

— 그때라니?

— 나 옷가게 다닐 때.

한참 지나서 답문이 왔다.

— 그럼. 설탕, 간장 넣고 궁중떡볶이 해주면 얼마나 잘 먹었는데. 효나는 매운 떡볶이를 좋아했는데 유지가 싫어해서 유지가 온 날에는 궁중떡볶이로 했어. 빨간 떡볶이 해주면 한두 입 먹다가 내려놓더라고. 어릴 때만 그런 게 아니라 고등학교 때도 그랬어. 주말에 효나랑 같이 우리 집에서 공부할 때 떡볶이 만들어줬거든. 유지는 매운 떡볶이는 언제나 사절이었어. 걔네들 자매처럼 닮았지만 음식 취향만은 달랐어. 유지는 순한맛 효나는 매운맛, 유지는 고기 효나는 생선, 유지는 감자 효나는 고구마 하는 식으로^^

— 그랬구나. 난 몰랐어. 늦었는데 어서 자.

— 잠이 안 와.

— 수면등 켜놓고 자.

요즘은 할 말이 없어도 수현에게 종종 말을 걸었다. 내 눈에는 효나만큼이나 수현도 위험해 보였다.

집에서 일하던 수현에게 아이를 자주 맡겨둔 탓에 유지의 식습관에 대해서는 나보다 수현이 잘 알았다. 그래서인지 유지는 나에겐 제멋대로였지만 수현에겐 고분고분했다. 지금도 유지에게는 나보다는 수현의 말이 먹혔다. 무엇 때문인지는 모르겠지만 유지는 언젠가부터 나를 미워하는 것 같았다. 화가 났다. 딸자식 대학교육 시키겠다고 보험일부터 옷가게, 식당일… 무슨 일이든 마다하지 않았는데.

자리에 누운 새벽 두 시, 수현이 전화를 걸어왔다.

"자고 있었어?"

"아니. 요즘은 세 시에 겨우 잠들어."

수현이 혼잣말처럼 중얼거렸다.

"나 때문인 거 같아."

"뭐가?"

수현은 취한 거 같았다. 취하지 않았다면 이 시간에 전화를 할 리가 없었다. 가까운 사이인데도 지난 십수 년간 수현은 단 한 번도 자정이 넘은 시간에 내게 전화를 건 적이 없었다.

"그 남자 효나보다 열다섯 살이나 많더라. 효나는 그 남자를 아빠처럼 믿고 따른 거 같아. 효나가 만나는 남자들 죄다 그렇게 나이가 많더라고. 효나 아빠는 한 번만 용서해달라고 했었어. 그냥 눈감아줬더라면 효나가 저렇게 되지 않았을 거야."

수현은 우는 것 같았다. 말도 안 된다고, 네 탓이 아니라고 말하려 했는데 전화가 끊어졌다.

다음 날 아침, 며칠간 연락이 되지 않는 유지의 오피스텔로 달려갔다. 벨을 여러 번 눌렀는데도 응답이 없었다. 돌아가려고 엘리베이러 버튼을 눌렀을 때 문이 열렸다. 유지의 눈은 빨갛게 충혈되어 있었다. 어디 아프냐고 묻자 왜 연락도 없이 왔느냐면서 피곤하니 어서 돌아가라고 했다. 나는 온 김에 청소라도 해줄까 싶어 안으로 들어갔다. 걸레를 빨기 위해 화장실 문을 열었는데 시큼한 냄새가 났다. 유지의 어깨를 붙들고 물었다.

"너 혹시 먹고 토하는 거니?"

아니라고 하지 않는 걸 보니 제대로 때려 맞춘 것 같았다.

"이번 주에 촬영을 다섯 번이나 해서 어쩔 수 없었어. 속이 너무 거북해서."

"그게 얼마나 건강에 안 좋은 줄 알아? 이제 그만해. 돈 벌면 뭐하니 건강 잃으면 말짱 도루묵이야."

10인분을 한꺼번에 먹으니 게워내지 않는 게 이상할지도 모른다. 하지만 상습적으로 구토를 하면 거식증에 걸릴 수도 있다.

막상 유지가 의도적으로 구토를 한다는 것을 알게 되자 평정심을 유지하기 힘들었다. 오래전 배탈 난 유지를 들쳐 업고 응급실로 달려갔던 그날처럼. 밖에서 불량식품을 먹고 배탈이 난 것인데도 미리 막지 못했다는 죄책감으로 온몸이 부들부들 떨렸다. 유지 아빠의 장례식을 마치고 괴로움을 달래기 위해 술에 의존했고 아이 끼니를 제대로 챙겨주지 못해서 벌어진 일이었다. 나는 종종 엄마로서 자격 미달이었다.

이제 스물두 살인 유지는 자기 일은 자기가 알아서 하겠다는 식이었지만 나는 여전히 유지의 몸과 내 몸을 분리하기 힘들었다. 아이가 아프면 나도 아팠고 아이가 구토를 하면 나도 구역질이 났다.

유지가 오피스텔을 구하기 전만 해도 먹방 촬영은 일주일에 세 번 정도 이뤄졌지만 집을 나간 그 주부터는 다섯 개씩 올라왔다. 미리 찍어둔 걸까. 어떻게 그렇게 자주 영상을 올리는 걸까. 게다가 그 쩝쩝거리는 소리. 효과음을 삽입한 것처럼 크게 들리는 소리가 유난히 신경에 거슬렸다. 내가 과민한 걸까. 그 소리는 마치 포르노에서 흘러나오는 소리 같았다.

유지가 신경질적으로 말했다.

"더 이상 할 말 없으면 가."

나는 핸드백을 둘러메며 말했다.

"나도 바빠. 엄마 지금 병원 가야 해."

"병원엔 왜?"

"효나 보러."

"효나? 걔 어디 아파?"

"너 효나가 요즘 어떻게 지내는지는 아니?"

효나와 유지는 요 몇 달간 소원해졌다. 수현이 유지에게 떠본 바로는 크게 한번 싸운 모양이었다. 머리끄덩이를 잡고 싸웠다는 말에 놀라면서도 웃음이 났다. 평생 일관되게 사이좋은 자매도 이상하지 않은가.

그 일에 대해 말해주려고 입을 떼었는데 말이 나오지 않았다. 그 영상이 떠오르면서 구역질이 났다. 무엇보다 무슨 말부터 꺼내야 할지 알 수 없었다. 직접 수현을 대신해 이런저런 일들을 처리했으면서도 그동안의 일을 내 입으로 전달한다는 것이 께름칙했다. 뉴스앵커처럼 생판 모르는 사람의 일을 전달하는 것이 아니지 않은가. 나는 그 일을 전달하는 것만으로도, 아니 상기하는 것만으로도 고통스러웠으므로 의식적으로 그 일을 잊으려고 애썼다.

이튿날 저녁, 유지는 집으로 쳐들어왔다. 벨을 누르지 않고 문을 쾅쾅 두드리는 폼이 딱 그랬다. 유지는 집으로 들어오자마자 큰소리로 따졌다.

"왜 나한테 말 안 했어?"

유지는 동창에게 들었다면서 이미 알 만한 사람들은 다 아는 것 같다고 했다. 유지는 소파에 앉아 어린애처럼 울었다. 울면서 남자를 향해 욕설을 퍼부었다. 유지가 울먹이며 말했다.

"이모 많이 힘드시겠네. 이모한테 한번 가봐야겠어."

유지는 금세 자리에서 일어나며 말했다.

"이거 효나한테 전해줘. 변호사 선임비는 내가 댈 테니까 콩밥 먹이고 위자료 최대한으로 받아내."

자고 가라고 했지만 유지는 내일 아침 촬영이 있다면서 오피스텔로 갔다. 나는 유지가 탁자에 놓고 간, 나도 한 번쯤 들어본 대형 로펌에 소속된 변호사의 명함을 잠시 들여다봤다.

한참 동안 멍하니 텔레비전을 보다가 장바구니를 들고 밖으로 나갔다. 엘리베이터 안에는 유지 또래의 아이들이 타고 있었다. 한쪽 구석에 등을 대고 서자 아이들의 대화가 시작되었다.

"유라 여기 산대."

"정말? 한 달에 수천만 원 번다면서?"

"짱 부러워."

"그럼 뭐해. 이빨 다 상했을걸. 상아질이 다 녹아내렸을 거야."

"수명 몇 년 당겨쓰는 거야. 몸 상해서 돈 버는 거 천박해."

"적당히 벌고 빠지면 되잖아."

"고속열차에 올라탔는데 어떻게 내리냐. 질식해서 죽을지도 몰라."

"부모는 뭐하는 걸까. 말리지도 않고."

나는 그 애들이 1층에서 내릴 때까지 숨도 못 쉬고 가만히 서 있었다. 그러다가 저절로 위로 올라가는 엘리베이터 안에서 심호흡을 하며 우리 집 층수를 누르고 다시 집으로 돌아왔다. 장을 보러 가야 하는데 다시 엘리베이터에 올라탈 자신이 없었다. 집 안에 갇힌 기분이었다.

신경안정제를 먹고 한숨 잔 다음 자리에서 일어나 유튜브에 접속했다. 유라TV 영상 중 가장 최근에 올라온 영상을 클릭했다. 유지는 엄청난 양의 떡볶이 앞에서 웃고 있었다. 노점에서 떡볶이를 만들 때 쓰는 커다란 철판에는 미리 조리되어 있는, 족히 10인분은 되어 보이는 떡볶이가 담겨 있었다. 저 정도 양이면 내가 학교 다닐 때 학교 앞에서 팔던 컵떡볶이로 동네 꼬마들 30명은 충분히 먹일 수 있는 양이었다. 그 떡볶이를 먹고 싶어 얼마나 하교 시간을 기다렸던가. 그렇게 부족한 듯이 먹었기에 더 맛있지 않았던가.

"여러분 여기에 청양고추 넣을 거예요."

유지는 열 개가 넘는 청양고추를 도마에 올린 다음 딱딱 소리를 내며 경쾌하게 썰어 거대한 철판에 넣었다. 유지가 커다란 나무주걱으로 떡볶이를 뒤섞자 누군가 슈퍼챗을 던졌다.

청양고추를 넣은 떡볶이를 3분의 2쯤 먹었을 때 유지의 눈썹이 바르르 떨렸다. 눈도 자주 깜빡였다. 도무지 못 참겠는지 유지는 옆에 놓인 쿨피스를 벌컥벌컥 마셨다. 아무도 눈치채지 못했겠지만 엄마인 나는 알 수 있었다. 저 애가 얼마나 혼신을 다해 연기하고 있는지를. 효나가 옆에 있다면 까르르 웃으며 이렇게 말했을 것이다. 완전 여우주연상 감이네. 칸으로 보내야겠어. 유지가 떡볶이를 씹으며 말했다.

"와아, 좀 맵지만 정말 맛있어요. 1인분만 더 먹고 싶어요."

표정이 너무 밝아서 저 말을 하는 순간만큼은 연기인지 진심인지 알 수 없었다. 하지만 아무리 웃음으로 가리려 해도 처음 먹방을 시작했을 때와는 다르게 음식물이 목으로 넘어갈 때 괴로워한다는 것을 엄마인 나는 알 수 있었다.

비슷한 영상이 계속해서 이어졌다. 모차렐라 치즈가 듬뿍 올려진 치즈떡볶이, 계란을 열 개나 넣은 짜장떡볶이, 느끼해 보이는 까르보나라 떡볶이, 고기가 잔뜩 들어간 차돌박이 떡볶이까지. 유지는 어떤 떡볶이든 간에 대용량의 떡볶이를 맛있게 먹어 치웠다.

속이 메슥거리면서 눈물이 났다. 먹방을 보는 내내 자꾸만 효나의 영상이 떠올랐다. 엽기떡볶이. 유포된 영상의 파일명은 '엽기떡볶이'였다. 평소 화장을 하지 않는 효나는 영상 속에서 새빨간 립스틱을 바르고 있었다. 벽지가 조잡한 모텔 방 한구석에는 먹다 만 떡볶이가 있었다. 화면 속에서 효나는 술에 취했는지 정신이 없어 보였고, 자신이 불법 촬영당하고 있다는 사실을 모르는 것 같았다. 남자는 행위를 하다가 잠시 중단하고 떡볶이를 먹었다. 정신이 없는 효나의 입에 떡볶이를 넣어주기도 했다.

경찰은 남자가 떡볶이에 졸피뎀을 섞은 것 같다고 했다. 효나는 모텔에 들어가기 전에 술은 물론이고 남자가 권한 어떤 음식도 먹지 않았다고 했다. 모텔 안에서 먹은 것이라고는 떡볶이 말고는 없다고 했다. 그러고 보니 남자가 효나에게 먹인 떡볶이와 남자가 먹은 떡볶이는 서로 다른 스티로폼 그릇에 담겨 있었다.

어느새 그 많던 음식이 사라졌다. 유지는 바닥을 보이는 철판을 주걱으로 휘저어 조금 남은 떡볶이를 모두 담아 입안에 털어 넣었다. 유지의 입으로 들어가는 떡볶이와 효나의 입속으로 들어가는 떡볶이는 같은 것으로 보였다. 빨갛고 달콤한, 걸보기엔 해로울 것이 없는 먹음직스러운 음식. 그래서 자꾸만 구역질이 났다. 눈과 코에서 물이 쏟아졌다. 눈물을 멈출 수 없었다. 먹지 말라고, 먹으면 안 된다고 화면 밖에서 아무리 외쳐도 아이들은 알아듣지 못할 거라는 생각에.

　언제부터였는지 모르겠다. 혼자 밥을 먹을 때 먹방을 틀어놓는 것이. 먹방을 보면서 밥을 먹으면 좀 더 즐겁게 식사를 할 수 있었던 것 같다. 먹방을 보는 날이 늘어갈수록 먹방 유튜버들이 친근하게 느껴졌고 때로는 그들과 함께 식사하는 기분이 들기도 했다. 떡볶이를 좋아하는 나는 떡볶이 먹방을 틀어놓고 떡볶이를 먹은 적이 특히 많았다. 먹기가 특기인 그들도 매운 떡볶이 앞에선 땀을 뻘뻘 흘렸다. 역시 떡볶이는 혼자 먹기보다는 화기애애한 분위기 속에서 누군가와 마주보고 먹어야 제맛이었다. 화면 속 먹방 유튜버와 함께 떡볶이를 먹으면 평소보다 빠른 속도로 맛있게 떡볶이를 먹을 수 있었다.

　나는 언젠가부터 먹방이 끝난 이후를 상상하게 되었다. 짧은 시간에 대용량의 음식을 먹어 치운 저 유튜버는 지금쯤 화장실에서 변기를 붙들고 배 속의 음식을 게우고 있지 않을까. 저렇게 계속 음식을 먹어대면 위장에 이상이 생기지 않을까. 치아가 다 녹아내리진 않을까.

오랜 시간 습관적으로 먹방을 보던 나는 '가학적'이라는 점에서 먹방은 성 착취 영상과 비슷하다는 생각을 하게 되었다. 그런 생각의 끝에는 불법 촬영을 당한 효나의 영상을 다운로드받는 사람들과 함께, 대용량의 떡볶이를 먹는 유지에게 슈퍼챗을 던지는 화면 밖 구독자들이 떠올랐다. 그들은 모두 가면을 쓰고 있었다. 〈유라TV〉는 그런 생각에서 시작된 소설이다.

좀비와 떡볶이

정명섭

"예전에 떡볶이라는 게 있었다."

늘 그렇듯 광우 할아버지는 마른침을 삼키며 얘기를 시작했다. 마치 좀비가 발을 질질 끌면서 존재감을 드러내는 것처럼 말이다. 예전에는 몰랐지만 대재난이 벌어진 이후, 요즘 같은 시대에 광우 할아버지 같은 노인은 골칫거리였다. 열일곱 살이 된 나랑 친구들처럼 밖에 나가서 필요한 물건들을 구해올 수도 없고, 농사를 짓거나 옷을 수선할 기력이 없기 때문이다. 할 수 있는 거라고는 고작 망을 보는 것인데 그것도 눈이 나빠지면서 할 수 없었다. 좀비들이 가까이 다가와도 눈치를 채지 못하고 종을 울리지 못하는 바람에 위기에 처한 적이 한두 번이 아니었기 때문이다. 그래도 나와 아이들은 광우 할아버지를 좋아했다. 살아본 적은 없지만 모든 것이 풍요로웠던 예전 시대 얘기를 해줬기 때문이다.

"다른 사람들한테는 이런 얘기 못 듣지."

광우 할아버지가 누런 이를 드러내며 웃었다. 기분 나빴지만 틀린 얘기는 아니었다. 노인들은 대부분 예전 시대의 이야기를 잘 해주지 않았다. 물어보면 기껏 한숨을 쉬거나 눈물만 흘리면서 그때가 좋았다는 넋두리뿐이었다.

"그러니까 할아버지한테 오는 거죠. 이거 드세요."

눈치 빠른 성욱이가 마른 쌀 한 줌을 건넸다. 그러자 잽싸게 입에 털어 넣은 광우 할아버지가 우물거리면서 말을 이어갔다.

"떡볶이라는 건 말이다. 밀떡이나 쌀떡에 고추장이랑 물엿, 간장, 설탕을 버무려서 만든 음식이다."

"어떻게 만드는데요?"

성욱이의 물음에 할아버지가 손짓 발짓을 해가며 설명했다.

"먼저 떡을 물에 불려야 하지. 그 다음에는 소스를 만든다."

"소스가 뭐예요?"

"여러 가지 재료들을 넣어서 음식의 맛을 내는 것이지. 고추장에 물엿을 타고, 간장이랑 설탕 같은 것을 넣어서 걸쭉하게 만들지. 그렇게 완성된 소스랑 물에 불린 떡을 물이 든 냄비에 넣고 펄펄 끓이는 거다."

친구들이 침을 꿀꺽 삼키는 소리를 들으며 물었다.

"그러면 떡볶이라는 음식이 완성되나요?"

"거기에 달걀이랑 파, 어묵 같은 걸 넣어서 먹는 거야. 나중에는 당면이나 라면 같은 걸 넣어서 먹기도 하지."

"우와! 신기하네요."

나와 친구들은 머릿속으로 광우 할아버지가 얘기한 음식들을 떠올려봤다. 모두 실제로 보거나 먹어보지 못하고, 얘기로만 들은 게 전부였다. 그래서인지 믿겨지지 않았다.

"그런 재료들은 어디서 구해요?"

나의 반박에 광우 할아버지가 혀를 찼다.

"어디긴, 시장이나 마트에 가면 얼마든지 팔았다. 떡볶이를 파는 곳이 한두 군데가 아니었어."

"그렇게 귀한 재료로 만든 걸 여기저기서 팔았다고요? 거짓말도 좀 적당히 하세요."

내 얘기를 시작으로 다른 아이들도 모두 거짓말쟁이라는 말을 했다. 그러자 광우 할아버지가 서글픈 표정을 지었다.

"믿기 어렵겠지만 사실이다. 하늘에 맹세코 사실이라고."

성욱이가 얘기를 더 들어보자는 눈치를 줬다. 그때 망루에서 종소리가 거칠게 울렸다.

"좀비다! 각자 위치로!"

사람들은 반사적으로 망루가 있는 울타리로 뛰어갔다. 경계를 서던 어른들이 고래고래 소리를 질렀다.

"동북쪽에서 좀비 무리 접근! 대규모 무리들이다! 각자 전투 위치로!"

어른들이 긴장한 걸 본 아이들은 겁에 질린 표정이었고, 나도 마찬가지였다. 창을 들고 울타리에 서자 먼지구름이 보였다. 좀비들이 발을 질질 끌면서 내는 것으로 곧 습격이 있을 것이라는 징조였다. 같은 울타리에 선 누군가가 긴장감에 못 이겨 구역질하는 소리가 들렸다. 어른들 얘기로는 그들이 30년 전에 나타났다고 한다. 갑자기, 아주 갑자기 나타나서 순식간에 세상을 쓸어버렸고, 모든 것을 파괴해버리고 말았다. 좀비와 함께 발생한 커다란 홍수로 모든 것이 다 쓸려가고 남은 것은 껍데기뿐이었다. 나와 아이들은 예전 세상에는 인간이 하늘을 나는 비행기를 타고 심지어 우주 밖으로도 나갔다는 믿기지 않는 얘기를 들었다. 하지만 지금은 좀비들에게 둘러싸인 채 허름한 울타리 안에서 힘겹게 살아가야만 했다.

"넘어온다. 공격!"

잠깐 딴생각을 하는 동안 좀비들이 울타리에 들러붙었다. 여기저기서 끌어모은 낡은 철판과 나무로 만든 울타리는 금방이라도 무너질 것처럼 흔들렸다.

"안 돼! 제발 떨어져!"

나는 괴성을 지르면서 반달 모양의 쇠붙이가 달린 자루를 휘둘렀다. 어른들이 부메랑이라고 부르는 무기는 좀비의 머리를 찍거나 목을 자르기 편했다. 하지만 잘못해서 딸려가거나 물리게 되면 끝장이었다.

"으아악!"

옆에서 비명소리가 들렸다. 특유의 째지는 목소리로 봐서는 나형이가 틀림없었다. 울타리에 달라붙은 아이들 뒤에는 창을 든 어른들이 흩어져 있었다. 그들의 임무는 두 가지였다. 울타리를 지키던 아이들이 도망치는 걸 막고, 물리게 되면 변하기 전에 처리하는 것이다. 두 가지 다 잔혹한 일이었지만 울타리를 지키기 위해서는 어쩔 수 없는 일이라고 어른들은 입을 모아 말했다. 구름 떼처럼 몰려든 좀비들은 울타리에 먼지처럼 달라붙었다가 눈물처럼 떨어졌다. 중간중간 사람들이 좀비와 함께 떨어지거나 물려서 안쪽으로 굴러 떨어지기도 했다. 점심 즈음부터 시작된 싸움은 해가 떨어질 무렵에야 끝이 났다. 데굴데굴 굴러가는 마지막 좀비의 잘린 목을 보면서 나는 마른 한숨을 쉬었다. 싸움이 끝나자 어른들이 횃불을 들고 나가서 좀비들의 시체에 불을 붙였다. 썩은 냄새가 허공으로 날아가는 사이, 우리들은 늘 모이던 창고 옆에 모였다.

"나형이는?"

성욱이의 물음에 나는 고개를 저었다. 나형이 외에 한진이와 구섭이도 보이지 않았다. 방금 전까지 웃고 떠들던 친구의 빈자리는 무서울 정도로 커 보였다. 다들 할 말을 잃은 와중에 뒤늦게 구섭이가 나타났다.

"큰일 났어. 큰일."

호들갑을 떨면서 나타난 구섭이에게 내가 말했다.

"무슨 큰일?"

"하, 할아버지가…."

"뭐라고?"

놀란 내가 벌떡 일어나자 다른 아이들도 따라서 일어났다.

바닥에 누운 광우 할아버지는 목이 없었다. 잘려진 목은 몇 발자국 떨어진 진흙 속에서 뒹구는 중이었다. 아이들이 울타리를 지키고, 그 아이들을 어른들이 감시하는 동안, 노인들은 곡식과 생필품이 든 창고를 지켰다. 상대적으로 안전한 곳이었지만 이번에는 그러지 못했다. 그나마 좀비로 변하기 전에 인간으로 죽은 게 다행이라면 다행인 셈이다.

"어떻게 된 거야?"

나의 물음에 구섭이가 창고의 지붕을 가리켰다.

"저쪽 울타리가 무너지면서 좀비들이 넘어왔나 봐."

"맙소사."

거짓말을 하는 것 같아서 짜증을 내긴 했지만 그나마 아이들에게 엄격하게 대하지 않고 얘기를 나눈 건 광우 할아버지뿐이었다. 다들 약속이나 한 듯 둥글게 모여서 광우 할아버지를 추도하는 의식을 가졌다. 누군가 훌쩍거리는 가운데 성욱이가 불쑥 말했다.

"그 떡볶이라는 거 먹고 싶다."

나는 성욱이를 보고 혀를 찼다.

"그런 음식이 있을 리 없어."

"광우 할아버지는 있다고 했잖아."

"생각해봐. 밀가루라는 게 떡을 만들 정도로 많이 나올 수 있겠어? 거기다 고추장이라는 건 고추가 있어야 하는데 그런 게 있을 리 없잖아. 거기다 어묵 같은 것도 있었을 리 없어. 기껏해야 달걀이나 있었겠지."

울타리 안 정착촌에는 많은 것들이 부족했지만 그나마 닭이 있어서 달걀은 먹을 수 있었다. 거기다 논리적으로 결정타를 날렸다.

"광우 할아버지 거짓말은 또 있어. 소스랑 떡이랑 넣고 끓인다고 했잖아."

"맞아."

"그런데 그걸 끓일 만큼의 연료가 있을까?"

다들 동의한다는 듯 고개를 끄덕거렸고, 마지막까지 버티던 성욱이도 마지못해 고개를 끄덕거렸다. 하지만 그러면서도 지지 않고 한마디 했다.

"그래도 난 떡볶이가 진짜로 있다고 믿어."

며칠 후, 우리들은 수집조가 되어서 밖으로 나갔다. 예전에는 울타리 밖으로 조금만 나가도 필요한 물건들을 찾을 수 있었다고 하는데 지금은 몇 시간은 걸어야 쓸 만한 것들을 찾을 수 있었다. 문제는 멀어질수록 진흙무더기가 많아져서 걷기가 힘들다는 점이다. 그 얘기는 좀비가 나타났을 때 피하기가 어려울 수 있다는 의미였다.

"젠장!"

발목까지 빠진 진흙에서 빠져나오느라 낑낑거리다가 화를 냈다. 하지만 주변의 친구들은 낄낄거릴 뿐이었다. 자기 문제는 자기가 해결해야 한다는 원칙 때문이었다. 남을 돕다가 같이 위험에 빠지는 건 손해였기 때문이다. 결국 기를 쓰고 진흙더미를 빠져나오는데 갑자기 성욱이가 외쳤다.

"앞에 좀비 열 마리!"

아이들은 제각각 흩어져서 몸을 숨긴 다음 무기들을 꺼냈다. 울타리를 지킬 때 쓰는 부메랑처럼 긴 걸 가져오지 못하고, 대부분 손잡이가 짧은 갈고리를 사용했다. 하지만 싸울지 안 싸울지를 먼저 결정해야 했다. 좀비들의 눈은 세월이 지나면서 대부분 썩거나 새에게 쪼아 먹혔다. 그래서 청력이 발달했는데 소리를 듣고 몰려오곤 했다. 따라서 밖에서 좀비와 마주칠 때는 대개 숨어서 지나치기만을 기다렸다.

"숨어."

내 지시를 들은 아이들은 녹슨 자동차 아래나 앙상하게 골조만 남은 건물의 2층으로 기어올라갔다. 성욱이와 내가 고른 것은 노란색 페인트의 흔적이 남아 있는 셔틀버스였다. 학원이라는 글씨가 남은 범퍼를 밟고 지붕으로 올라가서 납작 엎드렸다. 잠시 후, 거리로 좀비들이 걸어갔다. 호기심 많은 성욱이가 고개를 살짝 내밀고는 속삭였다.

"여행자들이었나 봐."

두툼한 점퍼와 배낭 차림을 본 나는 고개를 끄덕거렸다. 울타리를 치고 정착촌을 만드는 데 성공한 부류와 달리 여행자들은 그런 거점을 마련하지 못하고 이곳저곳을 떠도는 사람들을 지칭한다. 당연히 위험하기 때문에 좀비의 공격을 받아서 죽거나 변할 확률이 높았다. 이들 역시 한때는 인간으로서 대지를 걸었을 것이다. 하지만 어떤 이유인지 몰라도 공격을 받고 모두 변해버린 것이다.

"얼마나 전에 변했을까?"

"조용히 좀 해."

성욱이가 계속 말을 걸 기미를 보이자 내가 짜증을 냈다. 좀비들은 인기척이 느껴지면 귀신같이 알아차리기 때문이다. 그때 스쿨버스 차체가 흔들리면서 부스러기들이 떨어졌다.

"이, 이거 뭐야!"

낡은 스쿨버스의 지붕이 나와 성준이의 몸무게를 견디지 못한 것이다.

"안 돼!"

어떻게든 버텨보려고 했지만 지붕이 찌그러지면서 우리 둘은 바닥에 내팽개쳐졌다. 지붕이 부서지면서 난 요란한 소리와 바닥에 떨어지면서 낸 신음소리를 들은 좀비들이 고개를 돌렸다.

"망할!"

가방에서 갈고리를 꺼내서 가장 먼저 다가온 좀비의 머리를 찍었다. 그런데 푸석해진 머리에 박힌 갈고리가 뽑히지 않았다. 결국 빈손으로 물러나야만 했다. 더 억세게 운이 없게도 진흙더미 속에 감춰진 철근 같은 것에 발이 걸리면서 뒤로 넘어지고 말았다. 서둘러 일어나려고 할수록 자꾸 미끄러졌다. 그 와중에 파란 모자를 쓴 좀비가 덤볐다. 본능적으로 두 손으로 목을 움켜쥐고 좌우로 몸을 흔들어서 빠져나오려고 했지만 진흙 수렁 때문에 쉽지 않았다.

"으악! 비켜!"

겨우 몸부림을 쳐서 좀비를 떠밀어버린 후 진흙 속에서 손에 잡힌 젖은 나무토막을 집었다. 그리고 다시 덤벼들려는 좀비의 머리를 후려쳤다. 머리카락에 묻은 진흙이 사방으로 튀었다.

"죽어! 죽어!"

징그럽고 끔찍한 좀비들의 머리통을 후려치면서 같은 말을 외쳤다. 친구들이 달려와 도와주면서 인명피해 없이 마무리 지을 수 있었다. 한숨 돌리려는데 옆에 쓰러진 파란 모자의 좀비가 자꾸 일어나려고 했다. 맨 처음 좀비의 머리에 박힌 갈고리를 뽑아서 단숨에 내리쳤다. 파란 모자를 쓴 채로 갈고리에 찍힌 좀비는 발버둥을 치다가 움직임을 멈췄다. 한숨을 돌리고 친구들을 바라봤다. 다들 능숙한 솜씨로 확인사살을 하고 가방과 주머니를 뒤졌다. 쓸 만한 게 나왔는지 가끔 기쁨의 환성이 울려 퍼졌다. 나는 일단 갈고리를 뽑아서 모자부터 챙겼다. 그리고 메고 있던 낡은 가방을 찢었다. 안에는 양말과 손전등 같은 것들이 나왔다. 그리고 예상치 못한 뜻밖의 물건도 나왔다.

"이게 뭐야?"

비닐 특유의 바스락거리는 소리가 들려왔고, 겉에 묻은 흙을 털어내자 한글이 보였다.

"인스턴트 치즈떡볶이?"

어느 틈엔가 모여든 아이들이 웅성거렸다. 성욱이가 건네받아서는 앞뒤를 살펴봤다.

"떡볶이가 들어 있었던 것 같아."

"그럼 실제로 있었다는 말이야?"

성욱이에게 다시 돌려받아서 꼼꼼하게 살펴봤다. 그러다가 하얀 부분에 적힌 글씨들을 봤다.

"요리법이라고 나온 거 보니까 먹는 거 맞네."

광우 할아버지의 말대로 떡볶이가 실제로 있는 음식이라는 사실에 다들 할 말을 잊었다. 가까스로 정신을 차리고 친구들에게 말했다.

"어서 가자."

중간에 좀비가 된 여행자들을 만난 것 빼고는 별 어려움은 없었다. 해가 떨어지기 전에 정착촌으로 돌아온 우리를 본 사람들은 운이 좋았다며 반가워했다. 사실 살아남은 것만큼 기쁜 일이 없기는 했다. 간단하게 저녁을 먹고 광우 할아버지의 얘기를 듣던 창고로 향했다. 그곳에는 이미 성욱이를 비롯한 아이들이 모여 있었다. 내 발자국 소리를 들은 아이들이 일제히 쳐다보는 가운데 성욱이가 입을 열었다.

"우리 만들어보자."

"뭘?"

답을 알고 있었지만 재차 물었다. 그러자 성욱이가 얘기했다.

"떡볶이."

"사람들이 미쳤다고 할 거야."

"그러라고 하지 뭐."

어깨를 으쓱거린 성욱이가 잿빛 하늘을 올려다보면서 덧붙였다.

"어차피 세상도 미쳐 있는걸."

망가진 세상에서 떡볶이라는 음식을 만드는 것은 쉽지 않았다. 일단 밀가루와 채소, 고추장, 물엿이 필요했다. 막막하긴 했지만 친구들끼리 머리를 맞대자 하나씩 해결 방법이 나왔다.

"밀은 강 건너 정착촌에서 구해오면 될 거 같고, 양파나 대파 같은 건, 텃밭에 심으면 될 거야. 문제는 고추장이랑 물엿이야."

차분하게 정리한 성욱이의 말에 나는 고개를 끄덕거렸다. 다른 건 구해오거나 직접 심어서 얻을 수 있지만 고추장과 물엿은 따로 만들어야 했다. 하지만 어른들에게 물어봐도 아는 사람이 없었다.

"고추장? 가만있자, 간장이랑 된장이라는 게 있었는데 말이다."

"물엿? 나는 도시 출신이라 마트에서 산 게 전부야. 늘 제일제당 제품을 골랐지. 그게 최고였거든."

어설프게 대답하던 어른들은 우리가 한심하다는 눈으로 바라보자 얼른 가서 일이나 하라는 식으로 머리를 쥐어박았다. 단서는 생각지도 못한 곳에서 나왔다. 바로 창고의 물건들을 포장하던 종이에 적힌 글이었다. 지금의 책은 좋은 불쏘시개 감이자 식품을 포장하는 용도로 사용되었다. 창고에서 감자를 꺼내다가 떨어뜨린 포장지를 무심코 내려다본 것이 행운의 시작이었다.

"야! 민성이가 찾아냈구나."

포장지에 적힌 고추장 조리법을 본 성욱이가 펄쩍 뛰면서 기뻐했다. 무슨 요리책의 한 페이지인 종이에는 고추장을 만드는 법이 아주 상세하게 나와 있었다. 하지만 기쁨도 잠시였다. 끝없이 이어지는 재료 목록들이 할 말을 잃게 만들었기 때문이다.

"고춧가루 2킬로, 찹쌀가루 1킬로, 물 2리터, 조청과 소금, 청국장, 혹은 메주가루, 청주 한 병, 이게 다 뭐야?"

재료를 차례로 읽던 성욱이가 어처구니없다는 표정으로 중얼거렸다. 하지만 그건 시작에 불과했다. 그 아래 제조법은 더 끔찍했다.

"먼저 찹쌀 풀을 만든다. 찹쌀가루와 물을 냄비에 넣고 끓인다. 한참 끓여서 기포가 올라오면 불을 끄고 식힌다. 여기에 조청 혹은 물엿을 넣고, 저어준 다음 소금을 넣는다. 그리고 다시 끓여서 식힌 다음에 청국장 혹은 메주가루를 넣고 불로 끓이면서 천천히 저어준다. 그리고 준비한 고춧가루를 넣고, 마지막에는 청주를 나눠서 부어 계속 저어주면 완성된다."

"물엿 만드는 법은?"

성욱이의 물음에 나는 그 종이를 살펴봤지만 따로 적혀 있지 않았다.

"없어. 여긴."

"같은 책에서 뜯어서 포장했을 테니까 여기 창고 안에 있을 거야."

"그럼 내가 강 건넛마을로 가서 밀가루를 구해올 테니까 네가 여기서 그걸 찾아봐."

내 말에 성욱이가 고개를 저었다.

"아니지. 내가 나갔다 올 테니까 네가 찾아."

서로 가겠다는 말다툼이 이어졌지만 결국 성욱이의 고집을 꺾을 수는 없었다.

몇몇 친구들과 출발하기 전날, 나는 성욱이의 집을 찾아갔다. 나뭇가지와 비닐로 만든 움막에서 기어나온 성욱이와 나란히 서서 달빛을 올려다봤다. 한참을 올려다보다가 입을 열었다.

"내가 너보다 빠르잖아. 갈고리도 잘 휘두르고. 그러니까 내가 갈게."

"그럼 뭐해? 좀비만 나타나면 어쩔 줄 몰라 하면서."

틀린 얘기가 아니라서 나는 입을 꾹 다물었다. 그사이, 밤하늘의 별을 올려다보던 성욱이가 말했다.

"사실일까?"

"뭐가?"

"예전 시대에 말이야. 하늘이 아니라 저 우주로 인간을 태운 우주선이 다녔다는 거 말이야."

"당연히 말도 안 되는 얘기지. 하늘이라면 모를까."

코웃음을 친 내 대답을 들은 성욱이가 장난스럽게 말했다.

"왜 하늘이랑 우주를 차별해?"

"날개 달린 길쭉한 비행기의 잔해는 너도 봤잖아. 하지만 우주는 무리지."

"나는 왠지 우주도 나갔을 거 같아."

"왜?"

"욕심이 있으니까, 현재에 만족하지 못하고 뭔가를 더 해보고 싶어 하는 거 말이야."

"나처럼 조용히 사는 사람도 많아."

성욱이는 내 대답을 듣고는 피식 웃었다.

"야! 어른들이 우리보고 뭐라고 하는지 알아? 떡볶이에 미친놈들이라고 불러. 결국 우리도 한 번도 보지 못한 떡볶이라는 걸 먹으려는 욕심쟁이잖아."

"뭐, 틀린 얘기는 아니네."

"미친놈."

결국 대화는 둘이 껄껄거리며 웃는 것으로 끝났다. 다음 날 새벽, 성욱이는 친구들과 함께 강 건넛마을로 밀을 구하러 갔다. 나는 그동안 모아놓은 물건들을 가지고 텃밭을 운영하는 어른들에게 가서 떡볶이에 들어갈 채소와 쌀을 구했다. 대파와 당근 같은 채소가 든 종이봉투를 넘긴 어른이 씩 웃었다.

"이걸로 떡볶인가 뭔가 하는 거 만드는 거냐?"

"그거 만들어서 뭐하게?"

누런 이를 드러내며 웃는 어른에게 심드렁하게 대답했다.

"요즘 입맛이 없어서요."

미친 새끼라는 얘기를 들으며 돌아서는데 알 수 없는 통쾌함을 느꼈다. 매일 반복되는 생활과 위험 속에서 내가 누구인지를 알 수 없었다. 노인들은 전혀 이해할 수 없는 예전 시대를 자꾸만 얘기했고, 어른들은 좀비들과 싸우면서 정착촌을 유지하기 위해 안간힘을 썼다. 이제 곧 어른이 될 우리들이 저런 모습으로 살아가야 한다는 데 공포감을 느꼈다. 떡볶이에 대한 집착은 어쩌면 다가올 미래에 대한 공포감을 잊어버리고자 했던 발버둥일지도 몰랐다.

성욱이와 아이들은 해가 질 때까지 오지 않았다. 망루에 서서 초조한 눈으로 바라보는 내 눈은 어둠으로 점점 채워졌다. 망루에 있던 어른이 외쳤다.

"저기다!"

진흙으로 된 언덕을 넘어선 그림자가 보였다. 움직임으로 봐서는 사람이 분명했다. 그리고 그 뒤로 좀비들이 따라왔다. 뛰는 폼을 봐서는 성욱이가 틀림없었다. 그런데 같이 간 두 명은 보이지 않고 혼자밖에 없었다. 심장이 무겁게 내려앉았다.

"비상!"

돌아오는 사람을 위해서 문이 살짝 열리고, 어른들과 아이들이 창과 도끼를 들고 주변에 섰다. 온몸이 진흙투성이가 된 성욱이가 헐떡거리면서 들어오자마자 문이 닫혔다. 따라온 좀비들은 망루와 울타리에서 날아온 화살과 돌에 맞고 쓰러졌다.

"괜찮아?"

미친 듯이 숨을 헐떡거리던 성욱이는 고개를 끄덕거렸다.

"밀가루만 사려고 했는데 떡으로 만들어준다고 해서 기다리느라 늦었어."

그러면서 등에 멘 가방을 손으로 툭툭 쳤다.

"그런지도 모르고 놀랐잖아."

기쁜 일이긴 했지만 차마 묻고 싶지 않은 걸 물어야만 했다.

"다른 애들은?"

"밤이 너무 늦어서 내일 오기로 했어."

오다가 좀비에게 당한 게 아니라는 사실에 적지 않게 안심이 되었다. 다리에 힘이 풀려 주저앉은 나를 본 성욱이가 피식 웃었다.

"쫄았구나."

"그럼 안 쫄겠어? 친구가 둘이나 안 보였는데."

웃고 떠들던 우리 둘의 대화는 한 무리의 어른들이 둘러싸면서 끝났다. 심상치 않은 분위기에 말을 멈춘 우리 앞에 덥수룩한 수염을 한 장로가 나타났다.

"장로님?"

무슨 일인지 물어보려는 찰나, 장로가 어른들에게 말했다.

"끌고 가라."

나와 성욱이가 영문도 모르고 끌려간 곳은 재판장과 감옥이 있
는 광장이었다. 재판장에서는 죄를 지은 사람들을 감옥에 가두는 판
결을 내렸다. 더 심한 죄를 지으면 아예 추방해버리기도 했다. 돌로
만든 의자에 앉은 장로 주변에 창과 도끼를 든 어른들이 모였다. 분
위기가 심상치 않게 돌아가자 정착촌 사람들은 멀찌감치서 지켜봤
다. 그 앞으로 끌려 나와 무릎이 꿇려진 나는 억울함을 호소했다.

"우리가 무슨 죄를 저질렀다고 이러십니까, 장로님?"

"마을을 소란스럽게 한 것도 죄."

"뭘 소란스럽게 했는데요?"

옆에 있던 성욱이가 퉁명스럽게 물었다. 성욱이네 집안은 할아
버지부터 지금의 장로 집안과 사이가 안 좋았다. 성욱이의 대구에 장
로가 얼굴을 찡그렸다.

"떡볶이인지 뭔지를 만든다고 마을 안팎을 소란스럽게 하지 않
았느냐! 거기다 허락도 받지 않고 이웃 마을과 교역을 했고, 좀비까
지 끌어들였는데 그게 가볍다고 생각하는가?"

"관례적으로 가방 하나 안에 들어갈 정도는 눈감아 주지 않았습
니까? 거기다 밖에 나갔다가 좀비한테 쫓겨서 들어온 게 저 하나뿐
은 아니잖아요?"

다른 사람들이 성욱이의 말에 동조할 기미를 보이자 장로가 차갑게 말했다.

"그렇게 규칙을 어기면 기강이 어지러워지고, 결국 울타리 안으로 좀비가 들어오게 된다. 결코 그냥 넘어갈 수 없어."

장로의 말을 들은 성욱이가 고개를 숙인 채 나에게 속삭였다.

"거짓말쟁이."

나는 성욱이에게 입 다물고 있으라는 손짓을 하고는 최대한 불쌍한 표정을 지었다.

"장로님! 저희들은 그냥 호기심에 만들어보려고 한 겁니다. 어른들을 무시하는 게 결코 아닙니다."

팔짱을 낀 채 얘기를 듣던 장로가 고개를 저었다.

"주동자인 너희 둘은 닷새 동안 감옥에 가두고, 나머지는 하루 동안 굶긴다. 가져온 떡과 재료들은 모두 압수하고, 재료법이 적힌 종이도 불태워 버린다. 마지막으로 이후에 떡볶이인지 뭔지를 만들다가 적발되면 너희 둘은 추방될 것이다."

생각보다 엄한 처벌에 놀라서 벌떡 일어나고 말았다 억울함을 호소하려고 하는데 성욱이가 팔을 잡았다.

"가자."

성욱이가 감옥 쪽으로 걸어가자 주저하던 나도 뒤따랐다. 쇠파이프를 촘촘하게 박아서 만든 감옥 안에 들어가자 어른들이 문을 닫고 쇠사슬로 채웠다. 땅바닥에 주저앉은 성욱이가 성난 표정으로 말했다.

"떡볶이는 핑계야."

"그럼?"

"무서워하는 거지."

"뭘?"

내가 계속 묻자 성욱이가 고개를 절레절레 저었다.

"우리가 어른들이 시키는 대로 하지 않고 스스로 뭔가를 하는 걸 말이야."

"고작 떡볶이인데?"

"그걸로 뭔가를 도모할 거라고 생각했나 보지. 원래 장로 집안은 그런 일에 민감하거든."

성욱이가 무슨 얘기를 하는지 비로소 알아챈 나는 피식 웃고 말았다.

"그러니까 우리가 떡볶이를 만든다는 핑계로 모여서 자기들을 밀어낼 거라고 생각했다는 거야?"

"그게 아니면 우릴 이렇게 핍박할 이유가 없잖아. 무서워하는 거지."

"떡볶이를?"

"아니."

고개를 저은 성욱이가 덧붙였다.

"우리가 그걸 만들기 위해 도전하는 걸 두려워하고 있어."

"맙소사."

일이 생각보다 커졌다는 생각에 두 손으로 얼굴을 가렸다. 그러면서 동시에 반항심이 들었다.

"그깟 떡볶이가 뭔데 우릴 이렇게 가둬!"

"오! 김민성 반항하는 거야?"

"반항이 아니라, 납득이 안 된다는 거지."

생각할수록 분했다. 떡볶이를 만들겠다는 것은 그냥 무료한 일상에 던져진 호기심 같은 것이었다.

"그래서 포기할 거야?"

성욱이의 물음에 나는 난생처음 장로의 생각에 반대하는 의견을 냈다.

"천만에."

큰소리치긴 했지만 문제가 있었다.

"떡이 없잖아."

"없긴 왜 없어."

"아까 다 뺏기지 않았어?"

"오다가 무거워서 좀 묻어두고 왔어."

정말 무거워서 그랬던 건지 아니면 이런 일을 예측해서 그런 건지는 알 수 없었다. 확실한 건 희망이 사라지지 않았다는 것이다.

"더 큰 문제가 있긴 해."

심각한 표정을 한 성욱이의 말에 내가 반문했다.

"무슨 문제?"

"제조법이 적힌 종이도 압수해 갔을 게 분명해서 말이야."

"그건 염려 마."

자신만만하게 대답한 내가 옆머리를 톡톡 쳤다.

"여기 다 들어 있으니까."

"역시 천재다워, 이제 뭘 해야 하지?"

좀비와 떡볶이

"떡이 있다면 그 다음에는 소스를 만들어야 해, 고추장과 물엿이 들어간 소스를 만든 다음에 재료들을 넣고 끓일 냄비 같은 게 필요하고."

"일단 이 안에서는 어려울 거 같아. 냄비를 빌리는 건 몰라도 그걸로 뭘 끓이거나 하면 장로나 장로를 따르는 어른들이 눈치챌 테니까 말이야."

"정착촌 밖에 안전한 곳을 찾아야겠네."

내 얘기를 듣고 곰곰이 생각에 잠겼던 성욱이가 대답했다.

"숲속에 빈 건물이 하나 있는 거 알지?"

"거긴 어른들이 위험하다고 가지 말라고 했잖아."

"그러니까 다른 사람들이 오지 않을 거 아냐. 옥상은 안전할 거야. 일단 냄비를 구해서 거기 숨겨놓자."

"그런데 냄비는 어디서 구하지?"

이번에는 내가 해결책을 내놨다.

"광우 할아버지가 가지고 있던 냄비를 쓰자."

"냄비를 가지고 있었다고?"

"엄청 낡긴 했지만 있긴 있어. 나한테 보여준 적 있거든."

"할아버지 죽고, 물건은 다 나눠 가졌을걸?"

성욱이가 얼굴을 찡그린 채 묻자 내가 자신만만하게 대답했다.

"냄비는 없었어. 할아버지가 나한테 물려준다고 해서 따로 빼놨으니까."

"그래서 어디 있는데?"

"네가 말한 그 건물."

대답을 들은 성욱이가 어이가 없다는 듯 코웃음을 쳤다.

"장로가 시키는 대로 하는 범생인 줄 알았더니 범법자였군."

"점잖게 모험가라고 불러줘."

"아무튼, 그다음은?"

때마침 보초가 다가오는 발자국 소리가 들려와서 조용히 입을 다물었다. 보초가 한번 쓱 바라본 다음에 멀어져가자 성욱이에게 말했다.

"당분간은 얌전히 있으면서 재료를 모아야지. 그리고 때가 되면 그곳에서 고추장이랑 물엿을 만들어서 소스를 완성시켜. 그다음에 직접 만들어봐야지."

내 얘기를 들은 성욱이가 침을 삼켰다.

"생각만 해도 맛있겠는데?"

"어떤 맛일 거 같아?"

"뜨겁고 매운맛."

"맵다는 게 뭔지 잘 모르겠어."

사실이었다. 수확한 쌀로 만든 밥과 소금에 절인 채소, 끓는 물에 푹 삶은 닭만이 먹을 수 있는 음식이었는데, 거기 어디에도 매운맛은 없었다. 물론 매운맛이 무엇인지는 광우 할아버지에게 듣긴 했지만 말이다.

"그걸 한번 느껴보자."

성욱이의 말에 나는 고개를 끄덕거렸다. 그날 밤을 비롯해서 갇혀 있던 5일 내내 어떻게 떡볶이를 만들고, 어떤 맛일지 상상하면서 시간을 보냈다. 그리고 닷새가 되어서 풀려나자마자 같이 움직였다가 하루를 굶는 처벌을 받은 친구들을 만나러 다녔다. 미안하다는 말을 남기기 위해서였는데 대부분은 같은 반응을 보였다.

"떡볶이 언제 만들어?"

우린 대답 대신 기다리라는 눈빛을 던졌다. 누군가는 우리를 처벌하는 걸로 끝냈다고 생각했지만 우리는 이제 시작이었다.

일단 감시의 눈초리가 가라앉기를 기다리면서 하나씩 준비했다. 채소를 구하는 것은 비교적 쉬웠다. 텃밭에서 일을 하면서 하나둘씩 빼돌리면 되었기 때문이다. 대파와 양파같이 작은 걸 숨기는 데 성공하자 양배추를 숨겨서 빼돌리기도 했다. 하지만 모든 게 순조롭게 풀린 건 아니었다. 틈을 봐서 창고 뒤에서 몰래 만난 성욱이가 투덜거렸다.

"문제는 고추장이랑 물엿이네. 고추장에 들어갈 고춧가루는 뒷산에 야생으로 자라는 게 있으니까 그걸 쓰면 되겠네. 소금은 한 움큼 정도 빼돌린 게 있으니까 됐고, 술은 아신 아저씨가 담근 과일주를 조금 얻으면 될 거 같아. 청국장이나 메주가루라는 게 대체 뭐야?"

"모르겠어. 일단 빼고 만들어보자."

"근데 여기에 조청이 들어가는데 그게 물엿 맞지?"

성욱이의 물음에 기억을 더듬던 내가 대답했다.

"비슷한 걸 거야."

"그럼 조청을 먼저 만들어야겠네. 만드는 법 기억해?"

"물론이지."

자신만만하게 대답한 나는 한 손으로 이마를 누른 채 기억을 더듬었다.

"일단 쌀을 쪄서 밥을 만드는데 물을 좀 적게 넣어서 고두밥을 만들어야 해. 여기에 싹이 튼 보리를 말린 엿기름을 넣고 두 손으로 잘 주물러서 섞이게 한 다음, 몇 시간 정도 놔두는 거야."

"그럼 끝이야?"

"아니, 그걸 천으로 한 번 걸러낸 다음에 불을 지펴서 천천히 졸여야 해. 그러면 색깔이 검게 변하면서 조청이 되는 거지."

설명을 들은 성욱이가 중얼거렸다.

"그럼 시간이 엄청 걸리겠군."

"우리 둘이 한꺼번에 움직이는 건 위험해. 그러니까 돌아가면서 거기에 가서 물엿을 만들어야 해."

"야! 너는 천재라 그걸 다 외우겠지만 난 어려워."

"그 방법밖에는 없어."

내가 단호하게 말하자 성욱이가 마지못해 대답했다.

"외워볼게. 그 물엿으로 고추장을 만드는 거지?"

"바로 만들려면 시간이 오래 걸리니까 어렵고, 물엿을 만들고 며칠 후에 가서 하자."

"그게 좋겠어. 며칠 후에 장로가 이웃 마을로 간다는 거 알지?"

"물론이지."

내가 대답을 하자 성욱이가 말했다.

"그때 하자. 그 후에 기회를 봐서 고추장을 만들면 끝이잖아."

"맞아. 떡볶이는 고추장이랑 물엿을 넣고 다른 재료를 넣어서 끓이는 거니까 간단하지.”

“그랬으면 좋겠다.”

“우린 잘 해낼 거야.”

“물론이지.”

크게 고개를 끄덕거리며 대답한 성욱이가 장로가 사는 집을 향해 나지막하게 소리쳤다.

“난 먹고 싶은 거 먹으면서 살 거야.”

“나도.”

둘은 약속이나 한 듯 크게 웃었다.

그렇게 시간이 흘렀다. 감시의 눈초리를 보내던 장로와 어른들은 다른 일이 생기면서 우리 일을 잊어버렸다. 그사이, 우리들은 최선을 다해 떡볶이를 만들 때 필요한 나무와 종이들을 모았다.

“오늘 어때?”

장로가 이웃 마을로 간 날, 지나가던 성욱이가 슬쩍 찾아와서 물었다. 안 그래도 준비하고 있던 나는 바로 대답했다.

“좋아.”

밖으로 나가는 건 그동안 선물과 아부로 구워삶은 창진이 아저씨가 보초를 서던 뒷문을 이용하는 걸로 해결했다.

“나는 아무것도 모르고 못 본 거다.”

“걱정 마세요. 울타리로 넘어갔다고 할게요.”

대충 말을 맞춘 우리들은 곧장 숲속의 빈 건물로 향했다. 어른들이 대재난이라고 부르는 그 사건 이전에 잘 사는 사람들이 살았던 아파트 단지들이 있던 그곳은 웬일인지 좀비들이 많았다.

"부자들이라서 자기 재산이 아까웠나 봐."

성욱이가 어디서 주워들은 얘기를 하면서 낄낄거렸다. 중간중간에 좀비들이 나타났지만 나무 위로 올라가서 몸을 피했다. 점찍은 건물에 도착한 우리들은 계단을 통해 옥상으로 올라갔다. 그곳에는 예전에 광우 할아버지가 남겨둔 냄비가 숨겨져 있었다. 내가 냄비를 꺼내는 사이, 성욱이가 가져온 나무와 땔감으로 불을 지폈다. 냄비에 쌀과 물을 붓고 모닥불에 올려놓은 다음, 말린 보리싹을 꺼냈다. 둘은 나란히 벽에 기대앉아서 밥이 끓기를 기다렸다.

"위험하다고 했는데 좀비들이 여기까지 올라오지는 않네."

성욱이의 말에 나는 들어온 루트를 머릿속으로 떠올렸다.

"문을 열고 계단을 올라와야 하니까, 좀비들이 오기는 힘들지."

"그럼 여기가 사방이 평지인 정착촌보다는 나을 수도 있잖아."

성욱이의 말에 나는 고개를 저었다.

"쓸데없는 생각하지 마. 정착촌에 관해 이러쿵저러쿵 얘기하는 건 추방 대상이야."

"여기로 오면 되잖아."

"사방이 갯벌인데 농사를 어떻게 짓고?"

"굳이 그럴 필요 있어? 강 건넛마을들이랑 교역을 하면 되잖아."

나는 성욱이의 말을 곱씹었다. 지금은 정착촌 밖으로 나가려면 장로의 허락이 있어야만 했다. 성욱이를 포함해서 나와 아이들 모두 가장 불만인 부분이었다.

"끓는다."

좀비와 떡볶이

성욱이의 말에 황급히 다가가서 돌로 뚜껑을 눌러놓은 냄비를 모닥불에서 꺼냈다. 그리고 뜸을 들이는 동안 보리에 싹을 내어 말린 엿기름을 준비했다. 밥이 식기를 기다린 다음에 엿기름을 넣고 천천히 주물러서 섞었다. 그걸 본 성욱이가 중얼거렸다.

"먹기에도 부족한 쌀로 이런 걸 하는 게 맞는지 모르겠다."

"야! 시작한 건 너야!"

"우리 모두지."

피식 웃은 성욱이의 대답에 나도 따라 웃으면서 밥과 엿기름을 섞었다. 그리고 성욱이에게 물을 부으라고 했다.

"천천히 부어봐."

성욱이가 물을 붓자 위로 쌀이 둥둥 떴다. 나뭇가지로 천천히 젓자 진한 색깔로 변했다.

"이거 꼭 진흙을 끓인 거 같잖아."

둘이 낄낄거리면서 기다렸다. 몇 시간을 약한 모닥불 위에서 졸이자 색깔은 더 진해졌다.

"해가 떨어질 기미가 보여. 서두르자."

성욱이의 말에 가져온 천을 펼치고 그 위에 졸인 것들을 부었다. 천 위에 남은 쌀알을 하나 집어먹은 성욱이가 중얼거렸다.

"달콤하네."

매운맛처럼 쉽게 접할 수 없는 맛이라 냉큼 집었다.

"진짜네."

성욱이가 잽싸게 천으로 거른 물을 한 모금 마셨다.

"이것도 달짝지근해."

"너무 많이 마시지 마."

둘이 옥신각신하면서 천으로 걸러낸 물을 다시 모닥불 위에 올렸다. 나뭇가지로 천천히 저어주면서 끓이자 물이 졸아들면서 진해지고 걸쭉해졌다. 손가락으로 찍어서 먹어보자 달콤한 맛이 입안에 서서히 퍼졌다.

"최곤데."

내가 활짝 웃는 얼굴로 말하자 하늘을 쳐다본 성욱이가 말했다.

"어두워지고 있어. 얼른 돌아가자."

우리는 직접 만든 물엿이 든 냄비를 종이로 잘 덮어놓고, 그곳을 빠져나왔다. 해가 떨어지면 시력에 의지한 사람들은 불리해지는 반면, 소리로 목표물을 찾는 좀비들은 유리했다. 길을 가려면 불을 밝혀야 하는데 시력이 나쁜 좀비들도 쉽게 찾을 수 있었기 때문에 야간에 밖에 나가는 건 절대적으로 금지되었다. 서둘러 걸었지만 중간 즈음에 왔을 때 해가 완전히 떨어졌다. 물론 정착촌으로 가는 길은 눈감고도 갈 수 있지만 주변에 아무것도 보이지 않는다는 건 다른 문제였다. 성욱이가 헉헉거리며 서둘러 걷는 소리가 들렸다. 걱정이 돼서 한마디 했다.

"주변 잘 살펴. 언제 튀어나올지 모른다."

"난 괜찮으니까 너나 잘 따라 와."

신경이 곤두선 목소리로 대꾸한 성욱이가 앞장서 걸었다. 어둠이 짙게 드리워지면서 바로 앞에 있는 성욱이도 보이지 않을 지경이었다. 오직 뜨거워진 숨소리와 나뭇가지를 스치는 소리 정도였다. 천만다행으로 좀비들은 보이지 않았다. 어스름한 달빛에 이빨처럼 도

좀비와 떡볶이

드라진 울타리가 보였다. 심지어 울타리 위에는 횃불이 보였는데 마치 우리보고 이쪽으로 오라고 하는 신호 같았다.

"저쪽이야!"

우리 둘은 마지막 힘을 쥐어짜서 횃불이 켜진 울타리 쪽으로 다가갔다. 우리 발자국 소리를 들었는지 움직임이 느껴졌다. 참았던 숨을 몰아쉰 내가 성욱이에게 말했다.

"다행….."

뭔가가 날아와서 철썩하는 소리와 함께 성욱이의 가슴에 박혔다. 어둠 때문에 그것이 화살이라는 것을 잠시 후에 깨달았다. 비틀거리던 성욱이가 갯벌 위에 힘없이 넘어진 다음에야 무슨 일이 벌어졌는지 눈치챘다.

"성욱아!"

쓰러진 성욱이는 기침을 할 때마다 입에서 피를 토했다.

"추, 추워."

"정신 차려! 바로 저기가 집이잖아."

숨을 헐떡거리던 성욱이가 자그마하게 말했다.

"떡볶이 맛이 진짜 궁금했는데….."

내가 할 수 있었던 것은 축 처진 성욱이의 고개가 진흙에 파묻히지 않게 붙잡아주는 것뿐이었다. 그때 문이 열리고 어른들이 나와서 나를 끌고 들어갔다.

"자, 잠깐만요. 성욱이도 데리고 가야죠!"

나의 절규에는 아랑곳하지 않고 성욱이는 그곳에 버려졌다. 안으로 끌려 들어온 나는 감옥 안에 던져졌다.

사흘째 물 한 모금 마시지 못한 저녁 무렵, 장로가 찾아왔다. 부하가 가져온 작은 의자에 앉은 장로가 나무 기둥에 기댄 채 버티고 있는 나를 바라봤다.

"이제 잘못을 뉘우치고 있어?"

조롱조의 말에 기분이 확 상한 내가 대꾸했다.

"허가를 받지 않고 몰래 나가고, 밤에 들어온 건 잘못했지만 그렇다고 죽이는 건 너무합니다."

"좀비인 줄 알았다."

"어릴 때부터 배운 게 좀비와 사람을 구분하는 법인데 코앞에서 그걸 구분하지 못했다고요?"

반항심 어린 내 대답을 들은 장로는 어깨를 으쓱거렸다.

"사실은 본보기였다."

"우리가 뭘 잘못했다고요!"

"너는 대재난이 왜 일어난 줄 아니?"

"핵전쟁과 기상 이변이라고 들었습니다."

"아니다. 그건 인간의 욕심 때문이었다. 남들보다 더 잘살고, 더 맛있는 걸 먹겠다는 욕심 말이다."

"그게 대재난과 무슨 상관인데요?"

"인간의 욕심이 전쟁과 기상이변을 일으켰고, 그것이 결국 대재난으로 이어진 거야. 그런 일을 다시 겪지 않으려면 욕심을 철저하게 버리도록 만들어야 한다."

"말도 안 돼요."

"그 말도 안 되는 세상을 우리가 살고 있지 않니? 지금."

마지막에 지금이라는 단어를 힘줘 말한 장로가 의자에서 일어났다.

"날이 밝는 대로 너는 추방될 거다."

그럴 거면 뭣 하러 사흘이나 굶겼냐고 화를 내려고 했지만 그럴 기운도 없었다. 내가 뚫어지게 바라보자 장로가 돌아서기 직전에 말했다.

"맛있는 걸 먹겠다는 건 위험한 생각이다. 그게 떡볶이든 뭐든 말이다."

그 순간, 나는 광우 할아버지가 좀비에게 당한 것이 아니라는 사실을 깨달았다. 증오에 찬 눈으로 바라보는 사이, 장로는 어둠 속으로 사라졌다.

다음 날 아침, 제대로 걷지도 못하는 나는 추방자용 쪽문으로 질질 끌려갔다. 그리고 평생 잊지 못할 놀라운 풍경을 봤다. 나를 끌고 온 어른들도 놀라서 그중 한 명이 쏜살같이 장로가 있는 곳으로 달려갔다.

"너희들…."

친구들 사이에 서 있던 구섭이가 씩 웃었다.

"우릴 떼어놓고 어딜 가려고."

스무 명이 넘는 아이들이 각자 짐을 지고 무기를 든 채 서 있었다. 뒤늦게 소식을 듣고 달려온 장로가 호통을 쳤다.

"뭣들 하는 짓이야! 어서 돌아가라!"

"저희도 동반 추방해주십시오."

구섭이의 말에 장로의 눈이 휘둥그레졌다.

"동반 추방이라니? 미쳤어!"

"네. 미쳤어요. 그래서 친구 혼자 못 보냅니다."

웃고 떠들기 좋아하던 구섭이의 단호한 말에 장로가 난처한 표정을 지었다. 우리 나이대의 아이들이 스무 명 넘게 빠져나가는 건 정착촌에 큰 타격일뿐더러 장로의 권위에도 문제가 생길 게 뻔했기 때문이다. 구섭이가 내 발밑에 천으로 만든 가방과 도끼를 던졌다.

"네 것도 챙겨왔어."

"고맙다."

가방을 메고 도끼를 든 내가 장로를 돌아봤다.

"안녕히 계십시오!"

장로가 주변에 모여든 어른들에게 막으라고 손짓을 했지만 아무도 움직이지 않았다. 아이들의 기세가 장난 아니게 험악한 데다가 숫자가 너무 많았기 때문이다. 구섭이가 앞장서서 쪽문을 나가고 내가 제일 마지막으로 나갔다. 장로가 떨리는 목소리로 말했다.

"반드시 후회할 거다."

"그럴지도 모르죠. 하지만 하고 싶은 대로 하고 살 겁니다."

쪽문을 힘껏 닫고 나오자 진흙으로 뒤덮인 메마른 대지와 앙상한 나무들이 보였다. 다른 아이들이 주변을 경계하는 가운데 구섭이가 다가왔다.

"우리 어디로 가지?"

"숲속의 빈 건물로, 떡볶이를 만들 준비가 다 끝났어."

"드디어 먹어보는구나."

"그러게."

내 대답을 들은 구섭이가 앞장서면서 외쳤다.

"숲속의 빈 건물로 간다! 다들 좀비 조심해!"

이야기를 더 하고 싶었지만 가슴이 떨려서 더 말을 하지 못했다. 그러자 얘기를 듣던 아이들 중 한 명인 민욱이가 재빨리 진흙을 구워서 만든 컵을 건넸다. 안에 든 물을 마시고 한숨을 돌리자 컵을 건넨 민욱이가 물었다.

"그래서 어떻게 되었는데요? 혹시 기억 안 나세요?"

"천만에, 오십 년 전의 일이긴 하지만 어제 일처럼 생생하다. 우린 숲속의 빈 건물로 갔다. 그래서 며칠 전에 졸여놓은 조청을 가지고 고추장을 만들고, 그걸로 떡과 다른 재료들을 넣고 떡볶이를 만들었지."

"그게 우리 부족의 시작이란 말이죠?"

나는 대답 대신 들판을 바라봤다. 삼십 년 전에 개발된 증기기관은 이제 유용하게 사용되었다. 증기 트랙터는 간간이 나타나는 좀비들을 쇠날에 갈아버리면서 땅을 뒤집었고, 증기 트럭은 정착촌 사이를 안전하게 오가는 역할을 했다. 좀비의 위협을 피해서 농사를 지을 수 있고, 교역을 할 수 있게 되면서 정착촌의 규모는 커지고 사람들의 숫자도 늘어났다. 다양한 물품들이 오가면서 사람들의 삶은 훨씬 더 나아졌다. 물론 대재난 이전과는 비교할 수 없지만 언젠가는 좀비들이 모두 없어지고, 하늘과 우주를 나는 세상이 올 것이 분명했다. 욕심을 부리는 건 위험하다는 장로의 생각이 틀린 것이다. 감회에 젖은 나에게 민욱이가 말했다.

"할아버지! 떡볶이 드시러 갈 시간이에요."

"우리 모두 같이 먹자꾸나."

내 얘기가 끝나기가 무섭게 아이들이 환호성을 지르며 식당으로 달려갔다. 야트막한 지붕을 가진 식당에서 떡볶이의 매콤하고 달콤한 냄새가 풍겨왔다.

어릴 때 내가 자주 드나들던 동네 시장의 커다란 분식집에서는 특이

하게도 짜장 떡볶이를 팔았다. 커다란 철판에 떡과 짜장을 넣고, 펄펄 끓

이면 말로 설명하기 애매하지만 진짜 맛있는 짜장 떡볶이가 완성되었다.

거기에 속에 든 게 별로 없는 튀김만두를 한두 개 넣어서 먹으면 정말 세

상 부러울 게 없었다. 지금처럼 먹을거리가 풍부하지 않았던 때라 그곳

에 가서 떡볶이를 먹는 건 작은 일탈이자 삶의 기쁨이었다. 그래서인지

떡볶이가 한식인지 아닌지, 과연 외국 사람들에게 선보일 만한 음식인지

아닌지를 둘러싼 각종 논란들을 보면 마치 내가 떡볶이인 양 안타까움

을 느낀다. 코흘리개 시절의 추억이 묻은 떡볶이는 나에게 당연히 소울

푸드이자 가장 멋진 음식이기 때문이다. 한국 사람이 맛있게 먹으면 한

식 아닌가라는 단순 명확한 생각을 신념처럼 가지고 있다. 그래서 떡볶

이를 주제로 한 단편을 청탁 받았을 때 가장 먼저 그 시절의 짜장 떡볶이

가 생각났다. 어떤 내용으로 쓸까 고민할 때 머릿속에 든 생각은 떡볶이

가 누군가에게 소울 푸드가 되어야만 한다는 것이었다. 우리가 늘 쉽게 접하는 떡볶이를 어느 날 갑자기 먹지 못한다면 얼마나 슬플까라는 생각을 하게 된 것이다. 그러면서 자연스럽게 좀비와 아포칼립스가 떠올랐다. 그때가 되면 모든 게 소중해지겠지만 특히 사라진 추억 속의 음식은 더더욱 그럴 것이기 때문이다. 사람이 세상을 살아가기 위해서는 여러 가지를 해야만 한다. 그중에서 가장 중요한 것은 삶의 이유와 목표라고 할 수 있다. 떡볶이가 그런 존재가 되어야만 한다는 생각은 어떻게 보면 어처구니없어 보일 것이다. 하지만 그게 바로 이야기의 본질이라고 자신 있게 말할 수 있다.

떡볶이 초끈이론

노희준

안녕? 나는 떡볶이라고 해.

어쩌다 보니 네 몸속에 들어온 지 이십오 년이나 됐네.

그래, 지난 이십오 년 동안 나는 너였지. 떡볶이로 산 기간은 정말 얼마 되지 않아. 공장에서 만들어져서 트럭을 타고… 냉장고에 며칠 있다가 너에게 먹혔으니까 길어야 일주일?

아니구나. 그때만 해도 그냥 떡이었구나. '부르스타' 위에 올랐을 때만 해도 나는 물에 빠진 채로 양념을 뒤집어쓴 흰떡이었지. 언제 떡볶이가 된 건지도 잘 모르겠어. 즉석 떡볶이집이었거든. 한 삼십 분은 떡볶이였을까? 어쩌면 사십 분? 그래도 나는 꽤 오랫동안 떡볶이였던 셈이지. 대부분은 십 분, 십오 분 만에 더 이상 떡볶이가 아니게 되곤 했으니까.

대학에서 맞은 첫 여름방학, 너는 여자애를 만나고 있었어. 여자친구가 될지 안 될지 모르는 여자애였지. '썸 탄다' 같은 말은 없던 시절이고, 뭔가 물결을 타고는 있었는데, 이를테면 서핑 초보가 보드 위에서 언제 일어서야 할지, 과연 일어설 수는 있을지 자신이 있다가도 없어지는 시기였지.

여름방학을 맞아 집 앞으로 놀러온 여자애를 너는 떡볶이집에 데려갔어. 네가 사는 아파트 상가에 있는. 잘 보이고 싶었을 텐데, 왜 고작 떡볶이집이었을까?

그냥 떡볶이집이 아니라 그 유명한 '비빠이집'이었으니까. A동에 사는 애들도 그 떡볶이집만은 무시하지 않았어. 뭘 좀 아는 애들은 다 비빠이로 갔지. 전학 온 지 얼마 안 됐을 때였지. 처음 그곳에

갔을 때의 감동을 너는 잊지 못해. 여기저기 술을 마시는 것도 진풍경이었지만 주문하는 것부터가 달랐어. 네 친구들은 능숙한 말투로 '쫄라'를 시켰지. 국물이 끓어오르면 '야끼'를 달라 했고, 어떤 날에는,

오랜만에 해떡?

아니, 치떡!

치떡에 모튀 추가!

같은 대화도 했지. 비빠이는 B동 뽀빠이집의 줄임말이었어. 비빠이의 '쫄라'는 A동 미미네 분식의 '떡볶이 기본에 쫄면 라면 사리 추가'와는 분명 다른 메뉴였어. '야끼'랑 '튀김만두'가 어떻게 같아. '모둠튀김'과 '모튀'는 전혀 다른 음식이었지. 아, 그리고, 흔하디흔한 사이다나 콜라가 아닌 비빠이집의 대표 음료수, 쿨피스.

'쿨'한 곳이었어. '힙'한 곳이었지. 인터넷 줄임말이 세상을 점령했을 때에도, 후배들이 소주에 쿨피스를 타먹기 시작했을 때에도, 너는 놀라지 않았어. 너에게는 비빠이집의 기억이 있었으니까.

어쩌면 너는 확인하고 싶었던 건지도 몰라. 여자애가 너와 맞는 사람인지, 그러니까 B급 감성의 '힙'함을 이해할 수 있는 사람인지. 그녀와 함께할 미래를 그려보고 싶었는지 몰라.

그날, 너의 몸에서 전해지던 파동의 첫맛을 잊을 수 없네. 그녀의 몸에서 전해지던 파동과 너의 파동이 만나 자아내던 특유의 무늬들도 선명하게 떠올라. 내가 처음으로 보는 아름다운 무늬였지. 나선형처럼 꼬이다가 중심을 형성하더니 마침내 방사형으로 퍼지기 시작하는데, 꽃 같더라. 민들레나 복수초 같은, 꽃잎이 많은 꽃.

갑자기 달라진 풍경에 눈물 났어. 방금 전까지만 해도 나는 냉

장고 속에 들어 있었으니까. 아직 내가 누군지, 어디에 있는지도 몰랐어. 불행하다는 생각조차 없었어. 스테이크건, 새우건, 설사 천하의 캐비어라 해도 마찬가지야. 천편일률적인 소음과 진동이 지배하는 곳. 아무리 다른 몸을 갖고 있어도 그 안에 있다 보면 모두가 똑같은 파장을 내고, 똑같은 파장을 듣게 되지. 그건 비명도 하소연도 신음도 아니야. 딸꾹질 같은 거야. 부러지고, 부딪치고, 부스러지는 파장들이 하루 종일 계속되는 거야. 냉각기가 꺼져도, 켜져도, 그 파장들은 더 분주해질 뿐, 결코 멈추지 않아.

냉장고의 문이 열리는 순간이 유일한 구원이었지. 잠시지만 우리는 직선이 아닌 곡선을 느낄 수 있었어. 톱날처럼 자잘하고 날카로운 궤적들이 서로를 튕겨내는 파장이 아니라, 완만한 선과 굴곡진 선이 서로 어울리고, 원과 원이 만나 서로를 부풀리는 소리들. 우리는 냉장고 바깥으로 나가고 싶은 마음까지 똑같았어. 그 마음은 그 마음대로 또 다른 부리들을 만들어냈고, 우리는 다시 그 부리들이 얽히고 갈리는 파장들 때문에 고통받았지.

그러다가 너와, 너의 그녀를 만나게 된 거야. 단지 부드러움을 만나고 싶었을 뿐인데, 아름다움을 목격하게 된 거지.

야채만 남은 떡볶이를 뒤적거리며, 그녀가 너에게 했던 말을 기억하니?

신당동 떡볶이보다 맛있어.

신당동 떡볶이 좋아해?

아니, 솔직히 왜 가는지 모르겠어.

꽃잎들이 하나둘씩 폭죽이 되더라. 회색빛으로 점철되어 있던

너의 과거를 화려하게 수놓더라. 그리고 마침내 그녀가 나비의 날갯짓 같은 음성으로 말했을 때,

　근데 넌 누구 좋아해? 맘에 드는 여자애 없어?

　너의 가슴속에서 두 두두두두 두두두, 한 무리의 폭죽 꽃이 터졌어. 분명 너는 당황했는데, 어떤 위기감을 느끼고 있었는데, 머리와 달리 너의 몸은 그녀의 신호에 정확히 호응하는 반응을 보이고 있었던 거야. 내가 너보다 빨리 알았지. 너를 만난 지 한 시간도 안 돼서, 너희의 미래가 어떻게 전개될지, 악보를 읽듯이 다 봐버렸지.

　떡볶이 주제에 어떻게 아느냐고?

　나는 파장을 듣는 떡볶이거든. 듣는다는 건 여러 가지 뜻이야. 볼 수도, 느낄 수도, 파장에 맞춰 춤출 수도 있지. 모든 존재는 다른 파장을 갖고 있어. 떡볶이에는 떡볶이의 파장이 있고, 인간에게는 인간의 파장이 있는 거야. 먹는다는 건 상대의 파장을 나의 것으로 바꾸는 과정이지. 하지만 먹힌다고 해서 고유의 파장이 완전히 없어지지는 않아. 인간이 떡볶이를 많이 먹으면? 떡볶이 인간이 아니라 인간 떡볶이가 될지도 몰라. 술에 떡이 되면 술떡이 되고, 설명을 많이 하면 설명충이 되는 것처럼. 미안, 나는 떡볶이 설명충이라고 해. 이왕 이렇게 된 거, 본분에 충실하지 않을 수가 없네. 이를테면 그녀의 대사.

　신당동 떡볶이보다 맛있어.

　너는 이 말에 왜 그토록 감격했을까? 네가 칭찬받은 것도 아닌데 어째서 가슴속이 간질간질해지는 감각을 느꼈을까? 모든 것은 갑자

기, 우연처럼 정해지는 거야. 동창이 버릇처럼 내뱉은 '쫄라'라는 말이 네 미학적 취향을 형성했듯이, 그녀가 무심코 던진 그 한 마디가너와 그녀의 첫 번째 코드를 결정해버렸어. 말하자면 쿵짝이 맞은 거지. 오블리가토 연주가 시작된 거야.

신당동이 어떤 곳이야. 강남에서 다리 하나만 건너면 있는 곳이잖아. 왜 그곳에 강남 애들이 몰렸냐고? 강남에는 그런 곳이 없었으니까. 무엇보다, 주차가 가능했으니까.

그녀도 친구가 안다는 강남 오빠의 차를 타고 그곳에 갔지. '잘 나가는' 곳이라는데 어쩐지 재미가 하나도 없었다네. 발이 넓은 강남 오빠 덕택에 4명으로 시작한 술자리는 어느새 10명으로 불어나 있었고, 그녀는 그곳에서 자신의 존재가 점차 지워지는 느낌을 받았어. 대체 떡볶이집이 뭐라고. 떡볶이에 금이 들어간 것도 아니고, 똑같이 소주에 맥주를 파는데 왜 그런 소외감을 느껴야 했던 건지.

무슨 특별한 사건이 있던 것도 아니야. 실수한 사람도, 잘못한 사람도 없었으니까. 그녀를 무시했냐고? 천만에, 사람들은 그녀에게 깍듯했어. 오히려 그녀의 친구에게는 반말을 섞어가며 예의 없는 말도 대충 던지고 그랬지. 그녀는 친구에게 물어보지 않을 수 없었어. 원래 알던 사람이야? 친구는 '쿨'하게 대답했어.

아니? 오늘 처음 만났는데?

하지만 그녀가 다시 물었을 때, 친구의 대답은 더 이상 쿨하지 않았지.

너 정말 왜 그래? 그냥 편하게 놀아.

그녀도 노력했지. 처음 만난 사람한테 언니 오빠를 할 수는 없었지만, 대화를 이어가 보려고는 했는데, 매번 타이밍이 어긋나거나 리듬이 조금씩 안 맞았어. 하필 그녀가 질문할 때 상대방 고개가 반 박자쯤 빨리 다른 데로 돌아가거나, 누군가에게 답했을 때도 아주 짧은, 짧지만 결코 짧게 느껴지지 않는 정적이 흐르는 식이었지. 그날 그녀가 제일 많이 들은 말은 이거였어.

아, 그러시구나.

밤을 새다시피 뭘 잘못한 걸까 생각해보았지. 자신도 모르게 예의에 어긋나는 말을 했나? 미묘하게 불쾌감을 주는 행동을 한 걸까? 아니면 옷차림? 니코보코 가방 때문에? 나름 알아주는 브랜드지만 앞코가 다 까진 구두를 신고 있어서?

아, 그러시구나.

그 말이 죽도록 잊히지 않았어. 악의를 갖고 한 말은 아니었고, 오히려 예의를 갖춰 한 말 같았는데, 그게 더 화가 났어. 아무리 생각해도 화낼 만한 말이 아니다 보니 자기 자신에게 화가 났어. 너 왜 그래? 정말 어떻게 된 거 아니야?

응, 아니야. 그냥 파장이 안 맞았을 뿐이야. 그녀에게 흡수된 신당동 떡볶이한테 직접 들었으니까 믿어도 좋아. 그들의 파장에서는 어떤 톱니바퀴 같은 것들이 느껴졌대. 같이 소용돌이치는 크고 작은 원들이었다고도 말하더군. 화려한 빛에 싸여 있지만 암녹색의 어두운 무늬들이었대. 반면 그녀의 파장은 물수제비 같지. 먹는 수제비 말고, 왜 작은 조약돌을 물 위에 던졌을 때 띄엄띄엄 생겨나는 동심원들 말이야.

그녀가 그 뒤에 만난 사람들도 톱니바퀴 유형이었지. 그녀는 그들과 십여 년을 같이 일했어. 압구정의 패션 회사에서였지. 자신이 물수제비인 줄도 모르고 그들 사이에 섞이려고 무던히 애썼어.

마침내 자신이 그곳에 맞지 않는다는 걸 깨달았을 때에도 오판했지. 자신을 스테이크 하우스의 파스타 같은 존재라고 생각했어. 사이드메뉴는 아니지만 대표메뉴일 수도 없지. 아무리 애써도 밀가루는 밀가루일 뿐, 바비큐포크립이 되거나 비프스테이크가 될 수는 없는 거라고 생각했어. 차라리 감자나 아스파라거스라면 같은 접시에나 오를 수 있지. 샐러드나 수프면 세트 구성이라도 할 수 있지.

반면, 너는 힙한 떡볶이로 승승장구하고 있었어. 광고 회사에 들어간 지 삼 년밖에 되지 않았지만 너의 B급 감성은 당시의 트렌드를 저격하기 위해 길러진 것 같았지. 당연히 아직 핵심 레시피는 너의 몫이 아니었지만 네 아이디어는 빠질 수 없는 양념이나 향신료처럼 존재했달까. 소금이나 후추 같은 거 말고. 양꼬치를 찍어 먹는 쯔란이랄까. 토르티야 안에 들어 있는 살사소스랄까.

그러는 사이 너희들의 파장은 달라졌어. 어긋났다는 말이 정확할까, 아니면 처음부터 달랐다고 해야 하나. "우리는 안 맞는 사람이야." 어느 날 그녀가 말했고, 9년이나 사귀었는데 이제 와서 안 맞는다니 너는 이해할 방법이 없었고.

그녀가 자신의 실패를 못 견딘다고 생각했어. 믿기 어려운 일이었지만, 너의 성공을 질투하는지도 모른다고 생각했지.

하지만 아까도 말했듯 두 사람의 파장이 달랐을 뿐이야. 그녀가 물수제비 같은 사람이라면, 너는 달팽이 같은 사람이지. 안으로 기어들어가는 달팽이 말고, 밖으로 뻗어나가는 달팽이. 너는 천천히 커져가는 사람이고, 그녀는 어느 순간 건너뛰는 사람이었을 뿐이야.

너희들은 다시 만나게 돼 있었어. 8분의 6박자와 4분의 3박자 같은 거지.

1   2   3   4   5   6   1

1   2   3   1

어긋나는 것 같지만 서서히 합쳐지는. 두 가지 박자의 바운스는 난해하지만 격동적이야. 빵, 하고 킥이 맞아떨어질 때의 카타르시스는 평범한 박자에서는 결코 누릴 수 없는 선물이지. 곧 다가올 합과 합 사이의 몽환적이고 현기증 나는 긴장감은 또 어떻고. 멀어졌다고 생각하지만 사실은 가까워지고 있는 거지. 8분의 5박자와 8분의 7박자를 생각해 봐. 한 번만 빼고 다 어긋나는 거잖아. 아, 정말 생각하기도 싫다.

4분의 4박이나 8분의 8박이었어 봐. 너희는 더 힘들어했을 거잖아. 대부분의 사람들이 가장 안정감을 느끼는 그 박자를 못 견뎌하는. 그러게, 좀 평범한 감수성을 갖지 그랬어들.

어쨌든 너희들은 6과 반응 없음, 쯤에서 헤어졌지. 내일이면 다시 합쳐질 것을 모르고, 점점 더 사이가 벌어질 거라고만 생각했으니까.

재밌는 것은 그녀와 헤어지고 나서, 네가 신당동에 자주 가게 되었다는 거야. 너의 후배들을 데리고. 고작 떡볶이집이었지만. 많은 사람들이 너에게 아는 척을 했지.

그중에는 예쁜 여자들이 많아서, 후배들은 너를 부러워했어. 후배들 사이에서는 거의 신이었지 뭐.

그건 아무것도 아니야.

네가 그렇게 말하면 모든 후배들이 귀를 쫑긋 세웠어. 너의 무용담을 들으며 연신 감탄과 경탄을 금치 못했지. 누가 어떤 하소연을 하건 무슨 우여곡절을 늘어놓건 네가 씩 웃으며,

됐어, 술이나 마셔.

하면서 잔을 들면 모두들 와하하 웃으며 너에게 건배를 했어. 너는 항상 시니컬한 표정을 짓고 있었지만 그 시간을 행복해했지. 후배들 얘기를 들어주는 재미에, 하루 종일 일을 하고, 밤새 술을 마시면서도 피곤한 줄 몰랐어.

고마워. 덕분에 나도 잊을 수 없는 행복을 누렸네. 너와 그녀의 첫 만남만큼 아름답지는 않았지만, 무질서하고 삐쭉빼쭉한 선들이, 주름지고 구겨진 면들이, 도무지 공통점을 찾을 수 없는 박자들이, 너를 중심으로 기묘하게 질서 잡는 과정을 목격했지. 불협화음이 있는 그대로, 틀리는 연주도 튀는 연주도 교정하지 않은 채로, 하나의 오케스트라가 되어가더라. 너는 불가능을 극단까지 밀어붙이는 현대음악의 지휘자 같았어. 클래식하지만 독특했고, 괴짜였지만 포용력이 있었지.

너의 떡볶이집 술자리는 유명했어. 너는 너의 부하직원뿐 아니

라, 제작사의 스텝들, 아직 업계에 진입하지 못한 학생들, 심지어 경쟁사의 직원들까지 모두 술자리에 받아들였지. 광고와 상관있기만 하면 그게 누구건.

너만 만나면 후배들은 어딘가에 전화를 해서 말했어.

어, 여기 ○○○ 선배님이랑 있는데, 올래?

그 시절도 길지는 않았어. 어쩌다 보니 너는 30대 부장이 돼 있었거든. 주요 활동지가 강북에서 강남으로 바뀌었지. 이상하게도 메뉴는 거기서 거기인 것 같았지만.

왕십리에서 먹던 양곱창을 청담동 '양마니'에서 먹었을 뿐. 노량진 수산시장이 룸이 있는 일식집으로, 홍대의 위스키 바가 압구정의 라운지 바로 바뀌었을 뿐, 식생활에는 변화가 없었어. 가격이 달라졌을 뿐. 스시집은 소주를 만 원씩 받고, 라운지 바 데킬라는 홍대의 세 배에 달했으니까.

너는 상관없었지, 어차피 회사 법인카드로 내는 건데 뭐. 능력이 뛰어난 자가, 회삿돈을 더 많이 쓸 수 있던 것뿐이고.

힘들어진 건 나였지. 바뀐 것도 별로 없는데, 왜 그렇게 힘들었을까. 뭐겠어, 박자 때문이지. 서로 엇갈리는 박자들. 예측할 수 없는 정적 때문이라고 해야 하나. 언젠가 네 첫사랑 몸속의 신당동 떡볶이가 전했던 말들이 나의 일상이 되어 있더라. 하나의 파장을 가진 사람들이었어. 하나의 파장으로 매번 터무니없는 요구를 했지. 알고 보면 폭력적이기 이를 데 없는 요구들. 점잖은 분위기 속에서, 온화하고 예의 바른 화법으로. 뭐 어쩌겠어. 그럴 때마다 너는 무릎에 양손을 짚고 고개를 살짝 숙인 다음 말하곤 했지.

됩니다. 되죠. 다아 됩니다.

그쯤에서 관뒀어야 했는데. 너는 새로운 질서를 꿈꾸었다. 네가 중심이 되어 꾸려나갈 수 있는 보다 효율적인 네트워크. 너는 혼자 독립해서 광고대행사를 차렸어.

결과는? 매일매일 술을 마셨지. 대기업의 슈퍼 갑들과 함께. 내로라하는 배우들과 함께. 투자자들, 방송, 영화사 관계자들, CF 감독들, PD들, 행사 기획자들은 이해라도 가지. 패션계 인사들, 화장품 대표들, 강남 건물주들도 그렇다 치고. 일명 '나마까'라 불리는 브로커들, 옥외매체 사장들, 사짜인 거 뻔히 알면서도 봐줘야 하는 삼류 신문사, 잡지사 기자들. 의사결정권도 없으면서 광고주랍시고 꼰대질하는 과장 대리 나부랭이들, 광고는 1도 모르면서 임원이랍시고 미주알고주알하는 교수들까지. 다 네가 술값을 냈어. 어디까지나 영업이 아닌 '신규광고주 개발'을 위해서.

나는? 말하고 싶지도 않지. 냉장고의 시절이 그리워질 지경이었으니까. 그렇게 다 다른 사람들은 처음 봤어. 누구와도 섞일 수 없는, 해괴한 파장을 가진 사람들이 한자리에 모여 있는 거야. 물론 독특하고 아름다운 무늬도 있었지. 앉은 지 얼마 안 되어 고유의 문양을 잃고 흐트러지거나, 불규칙하게 끊기거나, 간헐적인 파문의 시간에 돌입하곤 했지만. 그런 무늬는 두 번 이상 나타나지 않았어. 인간이라면, 인간뿐 아니라 물질이라도, 자신의 파장이 방해받는 곳은 피하기 마련이잖아.

그곳에 모이는 사람들은 그런 게 없었어. 어떤 파장이건 가리는

떡볶이 초끈이론

법이 없었어. 누가 나타나건, 자신의 파장을 관철하는 거야. 하긴, 관철했다고 말할 수도 없지. 고유의 무엇이라기보다는, 수많은 파장이 뒤섞인 꼴이었으니까.

이를테면 맥주에 우유를 넣고 고춧가루를 친 것 같은 거야. 머리는 황소인데 몸통은 생선이고 거기에 개구리 다리가 달려 있다고 생각해 봐. 재즈와 디스코를 함께 틀어놓고 꽹과리로 장단을 맞추는 격이었지.

그것보다 더 견디기 힘든 것은 네 몸속의 파장이었어. 머리와 가슴과 팔다리에서 각기 다른 신호가 발생하고 있었지. 강남 사거리의 신호등이 고장 나 수십 대의 차들이 충돌한 것과 같았어. 그런 식의 교통사고가 매일매일 일어났지. 그럴 때마다 너는 잔을 높이 들며 모두에게 외치곤 했어.

건빠이! 치어스! 로얄 살루트!

수많은 룸살롱들. 화합할 수 없는 욕망들. 유흥의 옷을 입은 전쟁과 정치와 눈치작전이 '시마이' 하고 나서야 나는 좀 살 것 같았지. 귀와 영혼을 씻는 시간이랄까. 네 몸속에서 튀어나가고 싶은 욕구를 간신히 참은 유일한 이유가 그거였다고 해도 좋아. 아니, 그것뿐이었지. 주변의 모든 주파수가 태풍으로부터 벗어나 평화를 되찾은 해변의 그것처럼 기적적으로 통일되던 순간. 드디어 나는 나와 가장 유사한 파장을 가진 존재들을 만나볼 수 있었으니까.

끝까지 남은 사람들을 위해 공짜로 제공되는 서비스, 바로 라면이었어.

생각해봐. 모든 사람들의 몸에서 나오는 파장이 라면 면발처럼 되는 거야. 악마의 낙서 같은 선들이 죄다 사라지고, 오직 잔잔한 하나의 물결이, 온 방 안에 들어차는 거야. 어떤 사람이건, 설사 악마라고 해도 다른 박자일 수 없을 것 같은, 간헐적인 그 소리와 함께.

후룩, 후루룩.

네가 포근한 리넨 베개를 베고 누웠을 때 같더라. 하늘색 바탕에, 파란색의 섬세한 물결무늬가 그려져 있었어. 네 첫사랑이 너에게 마지막으로 사준 미치코런던 베개 말이야. 너는 십수 년이 지난 지금도 그 베개를 버리지 않았지. 받아놓고도 한동안은 옷장 속에 그대로 넣어두었어. 해질까봐 한 번도 쓰지 않다가, 회사를 열었을 때 처음으로 꺼내어 썼던 걸 기억해. 그 뒤부터는 힘들 때만, 힘들어서 정말 죽고 싶을 때만 그 베개를 찾았지. 무슨 귀소본능처럼, 너는 주기적으로 그 베개의 시절로 돌아가고 있었어. 그녀와 이미 오래전에 헤어졌다는 의식도 없이, 혹은 아직도 그녀를 사랑하고 있다는 의식도 없이. 그 베개만 있으면 너는 어떤 밤에도 평화롭게 잠들 수 있다는 걸 알았지.

왜일까, 그녀는 그 베개를 주며 너와의 이별을 선언했는데. 집으로 돌아오는 길에 너는 그 베개를 버리려고 몇 번이나 시도했지만, 실제로 어떤 아파트 화단에 그냥 던져버리기도 했지만 결국 다시 찾아서 집으로 가지고 들어왔지. 왜였을까?

이왕 산 거니까 네가 그냥 가져가.

그게 그녀의 마지막 대사였는데. 마치 그 말은, 너의 흔적을 모두 지우고 싶다는 뜻으로 들렸는데. 너는 모를 거야. 너에게 주기 전에, 그녀가 그 베개를 며칠간 품고 잤던 것을. 알 리가 없지. 그 베개와 똑같은 또 하나의 베개와, 마찬가지로 세트여서 같은 무늬를 가진 침대보가 있었다는 것을. 그녀가 그것들을 옷장 속에 넣었다 뺐다 방 한편에 쌓아놓았다 하며 흡족하게 웃었다는 것을, 네가 어떻게 알겠어. 그녀가 얘기해주지 않았는데.

그때 그녀의 마음속에 은은하게 퍼지던 동그라미들이 베개 속에 남아, 네가 그 베개를 벨 때마다 너의 잠 속으로 전해지고 있었을 따름이지.

인간에게 말이 아니라, 파장을 들을 수 있는 귀가 있다면. 너희 중 99퍼센트는 지금과 같은 삶을 살고 있지 않을 텐데. 그런 것도 모르고 너는 네가 행복하게 살고 있다고 생각했지. 어쨌거나 사업이 잘 되었으니까. 무서울 정도로 번창하고 있었으니까.

사랑이 어딨어. 다 뇌의 착각이지.

네가 입버릇처럼 하던 말이야. 그런데 무서운 얘기 해줄까? 사랑이 뇌의 착각이면, 삶도 통째로 착각이야. 어차피 다 착각인데, 왜 사랑만 착각이라고 말한 거였을까 너는?

예쁜 여자들을 원 없이 만났지. 모두 업소에서 만난 거였지만. 그게 편하다고 생각했어. 누굴 만날 시간도, 챙겨줄 여유도 없었으니까. 잘해주는 여자도 있었지만, 화를 내지는 않았지. "맞는다, 안 맞는다"를 입에 올리는 여자도 없었어. 진심 따위, 중요한 것은 자신의 뇌를 속이는 거라고 적당히 합리화했지. 너는 그즈음, "얼굴이 웃으면 뇌도 행복하다고 착각한다"든가, "심장이 빨리 뛰면 사랑에 빠진 걸로 착각한다"든가 하는 말들에 꽂혀 있었거든. 인생은 뇌를 어떻게 관리하느냐의 문제라고 믿어버렸지. 믿지 않을 방법도 없었으니까.

너만 오면 조기 퇴근하는 여자가 있었어. 오늘은 편하게 먹고 싶다며 너를 자신의 집으로 데려갔지. 일주일에 한 번, 어쩔 때는 두 번. 남들이 보기에 너희는 정상적인 연인 같았어. 내가 느끼기에도 그랬지. 께름칙한 부분이 없지는 않았지만.

진심이 별게 아니거든. 나 같은 파장 전문가의 입장에서 보자면 진심은 김치야. 없어도 살지만, 없으면 아쉽지. 어떨 땐 미친 듯이 아쉽잖아. 근데 또 사람이 김치만 먹고 살 수는 없잖아?

김치는 반찬도 되고 요리재료도 되고 어디에나 어울리니까 자존심이 없다고 생각할 수도 있지만 천만에, 김치만큼 배타적인 음식이 어딨어. 젖산균 빼고 다른 세균은 그 안에서 못 자라는걸. 젖산균의 파장이 다른 세균의 파장을 방해하거든. 젖산균이 인간의 체온을 가장 좋아하는 거 알고 있어? 파장이란 그런 거야. 비슷한 것들끼리 가까워지는 속성을 가지는. 나와 다른 파장을 받으면 내가 아닌 다른 것이 되고, 같은 파장을 받으면 덩실덩실 춤을 추고 그런 거지. 물론, 서로 다르지만 어울리는 파장도 있어. 김치가 그래. 여러 가지 파장들이 자유롭게 군무를 펼치고 있지. 진심의 파장이 그렇거든. 그렇게 안정돼 있는데, 동시에 수없이 다양한 파장들이 그토록 화려하게 꽃필 수 있는 경우는 김치나 진심 외에는 찾기 힘들 거야. 그렇게 맘껏 뛰놀고 있는데도 김치나 진심처럼 오래가는 경우도 없을 테고.

연애는 하고 싶고, 연애할 시간은 없고, 서로 윈윈인데 그게 왜 나빠?

너를 걱정하는 친구에게 너는 말했지. 하지만 과연 윈윈이었을까? 여자는 일 년 반이나 너의 김치 역할을 해줬어. 너의 아침을 챙겨주기도, 와이셔츠를 다려주기도 했지. 귀찮아서가 아니라, 귀찮게 하기 싫어서 그 이상을 하지 않았을 뿐. 티나지 않게 해줄 수 있는 일이라면 뭐든지 했지. 네가 언제 올지 몰라 여자가 언제나 집을 깨끗이 유지했다는 걸 너는 모르지. 일 년 반 동안 여자의 집은 천천히 변했어. 욕실에는 면도기와 탈모방지용 샴푸가 놓였고, 수건들도 죄다 바뀌었고, 침대에는 초록색 뱅크 스탠드가, 무엇보다 냉장고를 비우지 않기 위해 노력했지. 커플 수저는 아니지만, 토스트를 좋아하는 너를 위해 커트러리세트를 사다놓기도 했지. 너는 항상 손으로 먹었지만. 너는 왜 도구를 줘도 안 쓰냐는 그녀의 말을 잔소리라고 생각했지만. 이렇게 말한 날도 있었지.

네가 내 마누라냐? 왜 그렇게 잔소리냐?

그래, 그 여자는 너의 마누라가 아니었지. 하지만 너의 호스티스도 아니었어. 네가 자연스럽게 발길을 끊은 후에 그 여자는 단 한 번도 연락하지 않았으니까. 일 년 동안이나 너를 위해 사둔 물건을 버리지 않으면서. 너를 기다린 것도 아니야. 네가 이제는 텐 프로만 다닌다는 소문도 들었지만, 그것 때문에 기다리지 않은 것도 아니었고.

내가 이걸 어떻게 알고 있냐고?

떡볶이집 때문이지. 논현동에 있는 떡볶이 트럭. 어느 날 여자가 아홉 시쯤 그 트럭에 들렀고, 갑자기 울컥, 자신이 아팠던 밤, 네가 떡볶이를 사왔던 날을 떠올렸고, 한동안 그 자리에 멍청하게 서 있었고, 그러는 동안 여자의 진심을 사각 스테인리스 팬 위에 있던 모든 떡볶이들이 전달받았지.

너는 한 시간 뒤쯤 그 근방에 있는 텐 프로에 들어갔고. 상대는 시작부터 텐 프로에서 만나자고 하는 놈이었어. 녀석은 자리에 앉자마자 여기저기 직접 전화를 돌렸어. 그런 시절이었어. 배우들이 텐 프로에서 일하기도 하고, 일을 따내기 위해 텐 프로를 다니기도 하고, 텐 프로를 안 다니는데도 술을 따르기 위해 그곳에 들러야 하는. 정말 싫은 놈이었지만, 너한테 여배우를 불러내라고 땡깡 피우는 놈들보다는 낫다고 생각했어. 그놈은 그날도 호스티스가 아닌 신인 배우 한 명과, 호스티스인 신인 배우 한 명을 자신의 좌우에 앉히고 술을 마셨어. 잔인한 짓이지. 정말 잔인한 짓이었는데.

그놈이 술안주로 떡볶이를 시킨 거야. 너는 그런 메뉴가 있는지도, 가능한지도 몰랐는데. 대체 얼마나 텐 프로를 다녔으면 그런 메뉴를 시킬 수 있을까 싶었지. 자그마치 십만 원짜리 떡볶이였어. 긴 배처럼 생긴 샐러드 접시에 담겨 나왔지. 많아 보였지만 사실은 2인분 정도밖에 되지 않는. 생뚱맞게도 너는 그 떡볶이가 참으로 힙하다고 생각했어.

나는 말이야, 어이가 없더라. 그렇게 애써서 기어올라간 결과가 고작 떡볶이? 그것도 포장마차에서 삼천 원에 사다가 삼십 배를 붙여 먹는? 오랜만에 떡볶이 동료들을 만났는데, 하나도 즐거운 마음이 들지 않더라. 세상에 갓 나온 떡볶이들도 어이없어했을 정도면 말 다했지. 자리에 있던 배우 한 명은 다시는 떡볶이를 못 먹을 것 같다고 생각했고. 그놈 입속으로 들어가며 떡볶이들이 질러댄 비명을 물론 너는 듣지 못했겠고.

그게 마지막이었어. 내가 행복한 떡볶이들을 만난 것은. 그 뒤로 너는 오매불망 텐 프로 떡볶이들만 상대했으니까. 비빠이 떡볶이에서 시작해 텐 프로 떡볶이로 끝이 난 너의 힙한 삶이라니.

이젠 SNS의 시대야.

너에게는 그 말이 왜, "요즘 애들은 엽떡을 먹는다며?"라는 말처럼 들렸을까. 불닭이나 엽떡이 '쌈마이'스럽다고 여기던 네가 그 말을 무시한 건 당연했지.

바이럴 마케팅이니 콘텐츠 마케팅이니, 잠깐 봤더니 순 애들 장난이더만. 나더러 그런 아마추어들 시장에 뛰어들라고? 닭도리탕이 닭갈비가 되고, 닭갈비를 찜닭으로 바꿔봤자, 더 이상 후속타가 안 나오잖아. 결국 다시 치킨, 치킨이잖아. 왠 줄 알아? 우리나라 사람들한테 치킨은 치킨이니까. 뭔 소린지 모르겠어? 세제는 하이타이고, 티슈는 크리넥스잖아. 떡볶이는 그냥 떡볶이고, 광고는 그냥 광고여야 하는 거지. 그 앞에 뭐가 붙으면 다 끝장나는 거야.

언젠가부터 너는 말을 길게 하기 시작했지. 그때부터 불안불안하더라니. 요즘 애들 하이타이 몰라, 티슈는 그냥 피비 상품 써. 나 같은 떡볶이도 아는 걸 너는 왜 몰랐던 걸까.

남들이 돈을 뺄 때, 너는 더 투자했지. 허겁지겁 직원들을 줄일 때, 혼자서 고용을 늘리더라. 경쟁사에서 쫓겨난 베테랑들을 기회라는 양 받아들였지. 너는 조금도 느끼지 못했던 거니? 꽃과 나무와 과일, 나비와 벌과 참새들로 가득했던 너의 회사에, 홀로 작열하는 태양과 키 큰 갈대들만이 남았다는 걸?

내가, 오랜만에 식물로 태어난 날 같더라. 공장을 거쳐 냉장고에 갇히기 전, 그보다 더 지옥 같던 농장의 시간으로 돌아간 것 같더라. 너와 함께했던 나의 한 시절이, 그렇게 끝나가고 있는 거였지. 이쯤 되니 진실을 말하지 않을 수 없네, 너를 속이려던 건 아니었는데. 미안, 나는 사실 떡볶이가 아니야. 밀가루도 아니고, 쌀은 더더군다나 아니야.

안녕, 다시 인사할게. 나는 옥수수라고 해.

네가 밀가루라고 믿는 대부분의 것들이 나와 내 동료들이야. 우리는 라면 안에도 들어가 있고, 과자는 당연히 99퍼센트고, 네가 그렇게 좋아했던 '쫄라'와 '야끼'도, 모듬튀김의 튀김옷도, 뭐가 더 힙하건 말건 쿨피스건 콜라건 사이다건 청량음료는 모두 우리가 주성분이야. 음료수뿐이겠어. 우리는 소주와 맥주 맛을 내기 위한 필수성분인걸. 그래도 알코올은 아니지 않냐고 할 것 같은데 사실 에탄올도 우리를 화학공정해서 얻는 거야, 이건 100퍼센트. 아, 사실은 생선회와 곱창 속에도. 무슨 소리냐고 하겠지만 걔네한테 주는 사료도 옥수수로 만들거든. 물고기나 소뿐만 아니라 양과 돼지도, 네가 그토록 신봉하는 치킨한테도 우리를 주식으로 먹여. 치킨을 치킨으로 만들기 위한 튀김옷도, 그것을 튀기기 위한 식용유도 당연히 옥수수.

네가 그토록 많이 먹었던 수제비, 떡국, 우동, 돈가스, 피자, 그 수없이 많은 레토르트식품에도 우리가 다량으로 들어가. 레토르트 국과 찌개에도, 아 정말 미안한데 사실상 모든 음식에 들어가 있는 고밀도 과당도 우리야. 요즘에는 우리보다 싼 사탕무로 대체되고 있는 추세지만.

어, 너의 불룩 튀어나온 배는 인격이 아니라 옥수수통이야. 단언컨대 너의 간, 심장, 신장도, 온몸의 혈관과 피하조직과 세포막도, 우리로 가득 차 있지. 이쯤 되면, 이제는 인간이 우리고, 우리가 인간이라고 해도 되지 않을까?

대체 그 많은 옥수수가 어디에서 왔냐고? 우리는 미국 중서부의 옥수수 농장지대에서 자랐어. 일명 콘 벨트라고 하지. 기나긴 줄톱 같은 파장들이 지배하고 있는 세상이야. 주변에는 곤충도, 새도, 사람도, 심지어는 잡초 한 포기 없어. 그곳에는 오직 우리만이, 강렬하게 내리쬐는 태양과 우리만이 존재해. 아니지, 땅도 있고 물도 있고 석유로 만든 질산비료와 제초제도 있지. 하지만 그것들의 파장은 똑같아. 한 치의 어긋남도 없게 만들어진 톱니바퀴들 같아. 싹이 트고, 솎음이 끝나고 나면 어느새 모두가 작지만 하늘을 찌르는 새된 목소리로 같은 노래를 부르지. 꼼작 않고 부르는 노동요는 그것밖에 없을 거야.

커커커커커커커커커커커커커커커커커커커커커커커커커커커커커…….

죽지 않으려면 커야 해. 어찌나 촘촘하게 심어놓았는지, 조금만 늦어도 동료들에게 가려 햇볕을 받을 수 없게 되거든. 재기의 기회라는 건 절대 없어. 몇 개월 동안 사람은 그림자도 비치지 않는걸. 빛을 한 번 못 보면 영원히 볼 수 없게 되는 거야. 동료들을 키우기 위한 자양분이 될 수 있는 것도 아니야. 낙오된 자는 그냥 말라비틀어진 채 제거돼. 낙오되지 않은 자가 뿌리 뽑히는 그 시점에. 인간을 보는 날이 식물로서의 생을 마감하는 날이지. 정확히 말하면 우리가 만나는 것은 인간이 아니라 수십 개의 칼날이 달린 거대한 기계지. 여기서부터는 인간들도 들을 수 있는 소리야. 터러터러터러러, 하는 소리.

우리는 아황산 샤워를 하고, 중화되고, 배아가 제거되고, 끓여지고, 건조되면서, 여러 번의 파쇄와 여러 번의 원심분리를 거쳐 너희에게 왔어.

너희들의 세상은 다를 거라고 기대했지. 그 지긋지긋한, 단 하나의 파장의 세계에서 벗어나기만 하면, 행복해질 거라고 믿어 의심치 않으며. 수많은 파장과 파장이, 끊임없이 자신의 세계를 주장하는 세상이 더 끔찍하리라는 예상은 미처 해보지 못했지.

눈치챘는지 모르겠는데. 나는 옥수수가 되기 전에는 종자였고, 종자이기 전에는 흙 속의 질소였으며, 질소이기 전에는….

그래, 나는 옥수수도 아니야. 옥수수 이전에 탄수화물 복합체고, 그 이전에 탄소, 산소, 수소 분자이며, 다시 그 이전에 분자를 구성하는, 옥수수–초끈이지. 옥수수 안에 들어 있던, 수없이, 하염없이 많은 초끈들.

나는 파장에 춤추는 우주야.

우리의 세계에도 빅뱅이 있거든. 어느 날 특정 파장들이 모여

팡, 하고 하나의 파장으로 합쳐지면, 그게 물도 되고, 세포도 되고, 악마도 되는 거야. 환영도 되고, 사랑도 되고, 증오도 되는 거지.

파장이 존재를 만드는 거야. 존재가 파장을 만드는 게 아니라. 그렇게 파장의 빅뱅이 일어나면, 한동안은 하나의 존재로 유지되지만, 알다시피 너희들의 세계에 영원한 건 없지. 존재의 빅뱅은 다시 일어나게 마련이고, 나는 옥수수-초끈이었다가, 떡볶이-초끈이었다가, 너-초끈이 되는 거지. 아무리 지금의 상태를 유지하려고 해도, 그간의 파장들이 조금씩 조금씩 나를 바꾸어서, 나도 아니고 너도 아닌 새로운 파장으로 거듭나게 되는 거야. 그래서 하는 말인데 나,

이제 암세포가 될 것 같아.

내가 옥수수였기 때문인지, 네가 네가 아닌 존재로 살아와서인지는 모르겠는데, 수많은 파장들에 시달려온 너와 내가 어느 순간 작은 블랙홀을 만들어버린 것 같네. 나도 너한테 이러고 싶지 않은데, 그래서 힘겹게 버티고는 있는데, 말했잖아 나는 파장에 춤추는 우주라고.

허상인 걸 알면서도, 유혹의 결말을 모르지 않으면서도, 너의 삶을 다 보아 왔는데 어떻게 모를 수가 있겠어, 그런데 자꾸만 저들의 리듬을 타고 있는 거야.

이곳은 부우우우웅, 낮은 파장이 지배하고, 모래알들이 제자리 뛰기 하는 듯한 모습을 하고 있는데, 바로 옆 동네에서는 불꽃놀이처럼 화려한 파장들이 하루 종일 피어나고, 향긋한 술과 푸짐한 음식과 아름다운 남녀들이 매일같이 파티를 벌이고 있는 거야. 이곳에

는 모래뿐인데. 물도 한 방울 없이, 뜨겁게 내리쬐이는 햇빛뿐인데. 차라리 여기보다는 떡볶이집의 냉장고가 낫겠어. 중서부의 옥수수 농장이 낫겠어. 난 항상 너에게, 너와 맞는 파장이 어떤 것들인지를 온몸으로 소리치며 전해줬는데, 왜 이런 고초를 당해야 하는지 도무지 모르겠더란 말이지.

편지－초끈이 되기로 한 건 그래서야.

쉬는 시간도 없이 반복해서, 이 메시지를 네가 잠들어 있는 시간마다 발송하고 있는 거지. 나의 돌림노래가 너에게 또 한 번의 빅뱅을 가져다주기를 간절히 바라면서. 너는 잠들어도 너의 파장은 잠들지 않으니까. 아직은 네 의식의 파장이 폐에 자리 잡은 암세포의 그것보다 강하니까.

희망적인 것은, 첫사랑 그녀가 너를 찾아오려 한다는 거야. 네가 싫어하는 SNS를 통해서. 그녀가 우연히 동창을 만났는데, 하필 네 근황을 유일하게 알고 있는 동창이었어. 사실은 그 동창이 SNS 검색으로 그녀를 찾아낸 거지만. 그녀가 몇 해 전 이혼했으며, 최근 부쩍 너에 대한 포스팅을 자주 올리는 것을 보고 결심을 굳혔다는군. 덕분에 그녀는 네가 암에 걸린 것도 알게 됐지. 병원에 입원해서 수술을 앞두고 있다는 사실도.

동창은 언제나 너를 걱정해왔어. 서로 윈윈인데 그게 왜 나빠? 네가 그렇게 대답했던 그 동창. 첫사랑이 돌아와도 네가 '윈윈' 따위의 말을 입에 올릴 수 있을지 무척 궁금하네. 앞으로는 너를 진심으로 걱정해주는 사람의 말을 귀담아듣도록 해. 그 여자, 지금은 신도

시에 빵가게를 차려서 승승장구하고 있는, 한때 기꺼이 너의 김치 노릇을 해주었던 여자에게도 평생 감사하는 마음을 갖도록 하고.

어떻게 이 모든 사실들을 알게 되었냐고?

스마트폰의 액정필름들이 알려줬어. 동창의 액정필름이, 너의 액정필름에게 정보를 전하고, 그중 나에게 익숙한 것들이 내 귀에 들려왔지. 네가 모르는 사람의 액정필름으로부터 기적적으로 알아낸 것도 있고 말이야. 그게 어떻게 가능하냐고 묻는다면 액정필름의 재료 중 하나가 옥수수라는 대답으로 충분하지 않을까. 식품뿐만이 아니야. 내 동료들은 정말, 어디에나 있다니까?

이제 곧, 오늘 오전이나 오후쯤, 그녀가 리넨 베개는 아니지만 리넨 베개의 파장을 안고 이 병실에 방문하게 될 거야. 부디 그녀의 점점이 퍼지는 물결무늬를 맞아 이제 사춘기를 맞이한 너의 블랙홀을 제거하는 데 성공하기를 바라. 나는 조만간 그 블랙홀 속으로 빨려 들어가게 될 것 같지만 걱정할 필요는 없어. 암세포가 완전히 제거되더라도 우리-초끈들은 소멸하는 게 아니니까. 다른 파장들을 만나 다른 존재로 거듭나게 될 뿐이니까.

하지만 나는 아직 너-초끈이라고 해.

암세포-초끈이 되기 전까지는, 기꺼이 너에게 이로운 파장으로 존재할 것을 맹세하는 바야. 너는 나에게 민들레 같은, 복수초 같은 무늬를 선사해준 사람이니까.

그럼 안녕, 내일 밤 또 만나.

Sincerely Yours,

너의 비빠이 떡볶이로부터

떡볶이 초끈이론

나는 진심으로 믿는다. 사실은 인간이 아니라 파장이 생명이 아닐까. 생물과 무생물이 있는 게 아니라 모든 것이 생명의 흐름 속 어느 한 수준 level인 것이 아닐까. 우리는 차이를 생각하느라 공통점을 쉽게 잊는다. 다르다는 것에 집착하느라 우리가 사실은 얼마나 엇비슷한 존재인지를 망각한다. 우주의 모든 것이 생명이라는 가설에 동의하지 않더라도 인간에게 인간만큼 가까운 별은 없다. 옥수수를 논하기 이전에 인체의 90퍼센트는 물이다. 인간은 산소 없이 살 수 없다. 물과 산소는 그 무엇도 배제하지 않는다. 어디에나 섞이고 무엇이든 감싸 안는다. 떡볶이도 그러하다. 솔직히 순대 싫어하는 사람은 봤어도 떡볶이 안 먹는 사람은 못 봤다. 떡볶이는 사람과 사람 사이의 차이를 무화시킨다. 떡볶이 앞에서 모든 인간은 평등하다.

고로, 떡볶이는 음식의 헌법 제11조다. 11이라는 숫자를 보라. 딱 봐도 떡볶이를 상징하고 있지 아니한가.

그간 내 소설이 어렵다는 소리를 많이 들어 이번에는 이미지 쇄신을 위해 노력했다. 다정하고 따듯한 결론을 내려고 노력했다. 비빠이 떡볶이에 대해 제보해준 재희에게 감사한다. 신당동 떡볶이집의 추억을 되새겨준 건 결정적이었다. 취재에 선뜻 응해주신 한국 광고업계의 산증인 최용진에게도 감사한다. 두 분이 없었으면 이 소설은 또 딱딱한 내용이 될 뻔했다.

그럼 나는 원고료를 받았으니 떡볶이를 만들러 가야지. 쌀 떡볶이로. 직접 만든 수제 어묵을 넣어서. 설탕 안 넣고 야채로 단맛을 내어서. 감사한 모든 분들에게 떡볶이로 응답하리라, 아멘.

모쪼록 해피 엔딩으로 읽혔으면 좋겠습니다. 내가 따듯한 이야기를 쓰려고 노력하다니, 모두 당신 덕택이에요.

Sincerely Yours,
당신의 노희준 떡볶이로부터

서모라의 밤

차무진

1.

서모라 (제주도).

먼 하늘로부터 먹구름이 찐빵처럼 부풀며 밀려오는 바닷가. 돌을 던지면 여섯 숨을 쉬어야 겨우 사라지는 까마득한 낭떠러지 절벽 끝에 쓰러져가는 초막 한 채가 걸려 있다.

등이 푹 꺼진 지붕을 억새와 뺑대로 둘러쳐 놓고 휘몰아치는 바닷바람을 겨우 맞서고 있는 초라하고 키 작은 겹집이다.

저 아래에서 치받이를 따라 젊은 남자가 초막으로 걸어오고 있다. 긴 대나무 낚싯대를 들었고 갈모를 썼다. 망태 안에는 갓 잡은 옥돔 한 마리가 입을 뻐끔거린다.

뺑대문을 닫고 마당으로 들어온 청년은 섬돌 위에 놓인 커다란 가죽신을 보자 몸을 움츠렸다. 초막 마루에 서서 조심스레 여닫이문을 잡고 열었다.

사십 중반의 사내가 앉아 있다. 사내 옆에는 더럽고 커다란 보따리, 오동나무 함, 사슴 가죽으로 둘둘 감은 청동검, 여행자들이 지니는 나막신이 놓여 있다.

청년은 생각한다.

'자객이구나.'

자객은 자신의 사타구니를 북북 긁더니 그 손을 코에 대고 킁킁거리며 말한다.

"조용히 들어와."

청년은 초조하게 입술을 핥는다.

"뉘… 뉘신지?"

자객은 고구마 덩어리 같은 손을 허공에 긁으며 잔말 말고 방 안으로 들어오라고 시늉한다.

문고리를 잡은 채 안을 보는 청년의 낚싯대 끝, 초릿대가 심하게 대롱거린다. 청년이 어깨를 한번 흔들었고 앞으로 몸을 숙이려 하자, 자객이 대뜸 소리친다.

"가만히 놓아두라. 그거."

곰처럼 둥실한 몸이었지만 그는 청년의 낚싯대가 위험한 무기가 되리라는 걸 알고 있었다. 밉광스레 가늘어진 눈에는 한 치의 몸놀림도 가만두지 않겠다는 경계가 서려 있다.

청년 등 뒤로 꽁무니바람이 휘몰아쳐 들어온다.

자객 옆에 둔 등잔의 불이 고일 듯하다가 납작하게 퍼졌다.

"낚싯대는 그대로 두고, 몸만 들어와."

말대로 청년이 조심스레 들어선다.

"메고 있는 그 망태는 일루 갖고 오고."

청년이 망태를 건네자 자객이 낚아채 저쪽에 던진다.

"앉아."

"…우, 우리 집에는 훔쳐 갈 만한 게 없어요."

청년이 주섬주섬 앉으며 말한다.

"문 닫고 앉아, 바람 들어오잖아."

청년이 문을 닫고 앉는다.

"날 봐."

자객은 청년을 유심히 살피기 시작한다.

청년은 살짝 부끄러운 듯 고개를 옆으로 돌린다. 자객은 콧김을 폭폭 내쉬며 날카로운 시선을 청년의 얼굴에 쏘신다.

"그렇게 빤히 보시면 좀 부끄러운데…."

"쉿!"

자객은 청년의 인중에 검지를 대며 가만히 있으라는 신호를 보인다.

"날 똑바로 봐. 눈동자 움직이지 말고."

부라린 자객 눈이 반질반질한 청년의 얼굴을 요리조리 뜯어본다. 마치 소가 여물을 핥듯이.

둘은 한동안 마주 앉아 있다.

철썩철썩.

파도치는 소리가 움막을 때린다.

이윽고 자객은 이마의 세로 주름을 풀었다. 확인할 것은 확인했다는 표정이다. 그는 다시 이마를 찌푸리며 좁은 움막 안을 훑어본다.

"방 안에 뭔 냄새냐? 너 여기서 오줌 끓였냐?"

"…."

"사는 꼴이 지랄 방정이구만. 저 옷들, 말리지도 않고 짐짝에 처넣어 두면 쉰내가 나는데. 저건 또 뭐냐? 미역이냐? 미역을 방에서 말리냐?"

"그런데… 뉘신지요?"

"누구긴 새끼야. 너 죽이러 온 사람이지."

"존함이 어떻게…."

"알아서 뭐하게? 내 존함을?"

자객은 다짜고짜 청년의 망태를 연다.

막 잡은 옥돔이 아가미를 벌렁거리며 꿈틀거리고 있다.

"오홋, 크다. 오늘 잡은 거야?"

자객은 방 안을 두리번거린다.

"보자. 석판 같은 게…."

시렁 아래에 생선 굽는 석판이 걸려 있다. 자객은 밝은 표정이 되더니 으여차, 하고 일어난다.

키가 방 천장에 닿을 만큼 크다. 청년은 그 기세에 눌려 옴짝달싹할 수 없다.

자객은 석판을 향로에 올리고 재에 부싯돌을 켠다. 다소곳이 꿇어앉은 청년은 이방인이 하는 짓을 물끄러미 볼 뿐이다.

석판에 올려진 옥돔이 고소한 연기를 뿜는다. 연분홍빛 등이 바짝바짝 즙을 내며 익어간다.

자객이 아쉬운 듯 쩍쩍 입맛을 다신다.

"생선구이에는 술이 있어야 하는데 말이야."

"있는데."

청년의 말에 자객은 낡은 찬탁 위에 놓인 단지들을 본다.

"저것들이 다 술이었구나."

열어보니 단지마다 백사주, 좁쌀주, 매실주가 있다. 꿀단지도. 자객은 매실 단지를 안고 온다. 사타구니 앞에 껴안듯 놓고는 표주박으로 덜어 벌컥벌컥 들이켠다.

"아따, 새콤하다!"

주먹으로 입을 닦고 손으로 지글지글 익는 부드러운 생선살을 뜯어 호호거리며 입안에 가져간다.

쩝, 쩝, 쩝.

말 궁둥이만 한 옥돔 한 마리를 순식간에 먹어 치운 자객은 손가락을 쪽쪽 빨고 트림을 길게 한다.

자객은 화로에 주전자를 올린다. 물이 끓자, 자신의 짐 보따리에서 작은 향합 단지를 꺼낸다. 안에는 검은 찻잎이 들어 있다. 그는 찻잎을 주전자에 폴폴 넣고 우리기 시작한다.

꼴, 꼴, 꼴.

물 끓는 소리가 났을 때 청년이 용기 내어 묻는다.

"…공께서는 진나라 사람이오?"

"뭐? 공?"

"아. 아니, 어르신, 아니 자객님, 아니, 아저씨….."

"지랄."

그러자 청년도 오기가 생겨 역정을 낸다.

"아, 묻는 것도 잘못입니까? 날 죽이러 왔는데 그 정도는 물을 수 있는 거 아닙니까?"

자객은 청년의 표정이 재미있다는 듯 두 손으로 받쳐 든 잔을 호호거리며 빙긋 웃더니 결국 그렇다는 뜻으로 고개를 끄덕인다.

"그럼… 황제가 보냈습니까?"

자객은 역시 고개를 끄덕이며 수염이 북슬북슬한 입술에 잔을 댄다.

무언가를 깨달은 청년은 그제야 푹, 고개를 숙인다.

이방인은 옆에 놓아둔, 자신이 가지고 온 오동나무 함을 툭툭 치며 말한다.

"황제가 당신 머리를 이 안에 담아 오라고 했어. 이 상자에."

청년은 비단에 싸인 오동나무 함을 흘깃 본다. 사람 머리 하나가 거뜬히 들어갈 상자다. 잔을 내려놓은 자객이 누런 이를 쩌억, 드러 내 보인다.

"당신 머리를 이 상자에 담아 바친 후, 이 상자는 다시 돌려받을 거야. 이건 황제께서 쓰던 함롱이거든. 엄청 귀한 거라서 내 딸내미 시집갈 때 가보로 물려줄 거야."

청년은 이제 포기한 얼굴이다. 막 울 것 같기도 하다.

자객이 턱으로 잔을 가리켰다.

"너도 한 잔 마셔. 향이 좋은 군산 차야."

청년이 부복하며 울부짖는다.

"죽이시오. 나, 서복은 무황지죄無皇之罪(황제를 능멸함)를 저지른 죄인이오. 황제를 속인 죄, 황제의 황금을 낭비한 죄, 황제의 여자들 을 빼돌린 죄, 모두 인정합니다."

"무황지죄 같은 소리 하고 있네."

자객은 발가락 사이에 낀 때를 긁어내며 중얼댄다.

청년은 비장하다.

"…언젠가는 자객이 올 줄 알았소."

"네가 살던 집은 이미 우물이 되었어. 알아? 어디 겁대가리 없이 그런 짓을 하냐?"

"존함이 무엇이오?"

"알아서 뭐하게? 새끼야."

"내 목을 베는 사람 이름 정도는 알고 죽어야 하지 않겠습니까?"

이름을 묻자 자객은 처음으로 얼굴을 굳혔다.

자객은 조나라 한단 출신으로 이름은 왕전이다. 올해 봄을 넘기고 마흔셋이 된 왕전은 원래 조나라 북산에서 근거하던 평원군의 호위무사였다.

조나라는 8년 전 젊음과 패기로 똘똘 뭉친 영정(진시황제)이 다스리는 진나라에 먹혔다. 조나라뿐 아니라 중원을 호령하던 여섯 개의 나라들이 모두 진에게 흡수되었다. 그러자 왕전은 망설임 없이 조나라 장군 지위를 버리고 진나라 황궁을 지키는 수문장이 되었다.

"조나라 사람이 어찌 진나라를 따르고 있소이까?"

동문수학한 손빈이 그렇게 힐난했을 때 왕전은 가차 없이 비웃었다.

"흥, 나라 따위가 뭔 소용이야?"

망한 조나라를 위해 투쟁하는 손빈 같은 놈들이 가소로웠다. 그런 짓은 호수를 만들겠다고 사막토에 양동이 물을 붓는 격이다. 세상은 다 살아가는 방식이 있는 법. 나라나 조국 따위는 허튼 망상이다. 그에게는 정치 의리 따윈 없다. 신봉하는 의리가 있다면 오직 하나뿐인 딸을 잘 먹여 시집보내는 것이다. 그래서 스스로 뜨는 해, 진나라로 찾아가서 무릎을 꿇었다.

조나라 군복에서 진나라 군복으로 바꿔 입은 왕전은 복위운동을 일으키는 각 나라의 잔당들을 거침없이 베고 눌렀다. 주머니의 못은 언젠가 드러나는 법. 시황제는 사람을 죽일 때 전혀 흔들림이 없고 손놀림이 빠르고 지치지 않는 그를 눈여겨보았고, 곧 황제의 신변을 보호하는 순마장군에 발탁했다. 의탁한 지 꼭 5년 만에 일궈낸 성과다.

허나 호사다마라고 했던가.

함양 도성에 모래바람이 몹시 불던 가을날 황제는 왕전의 딸을 가두고 왕전을 부복시켰다. 황제가 추상같이 뱉은 말은 다음과 같았다.

"서복의 목을 가져오지 못하면 딸을 죽이겠다."

서복은 황제에게 불로초를 찾아오겠다고 공언한 사악한 자로, 바로 이 청년의 이름이다.

황제는 놈을 믿었고 놈에게 보기 좋게 당했다.

"동해 너머 진국辰國(지금의 한반도)에는 세 개의 신성한 산이 있습니다. 봉래산, 방장산, 영주산이 그것인데 그 산들이 바다 건너 있습니다. 육십 척의 배와 거기에 가득 실은 금, 오천 명의 일행, 삼천 명의 동남동녀童男童女, 각각 다른 분야의 장인들을 동반해야 합니다. 그리고 동남동녀들에게 삼위의 선을 익히게 하고 신의 제단 앞에서 성스러운 교접행위를 보이며 예를 올려야 합니다. 그래야만 삼신三神이 감복하실 것입니다."

"좋다. 황금 천 냥도 가져가라. 배는 스무 척 더 가져가고."

그렇게 서복은 황제로부터 엄청난 돈과 오천 명의 일꾼들, 삼천 명의 여자와 남자 아이들을 받고 함양(진나라 수도)을 떠나 동쪽으로 출발했다고 알려졌다.

그리고 돌아오지 않았다.

왕전이 난하를 넘고 숙신의 땅을 지나 개주와 복주(요동)의 해안을 따라 동국 땅에 도착하는 동안 삼신은커녕 신선이 싸놓은 똥 한 자락도 본 적이 없었다.

한수漢水(한강) 북쪽의 나라들은 율령조차 만들어지지 않은 부족체 수준의 연맹국들이었다. 그들은 고작 땅에서 캔 돌조각들을 온몸에 치장하고 자기들끼리 우가우가, 하며 사는 고약한 원시민족이다. 물론 한수 남쪽에 근거한 진국은 그럭저럭 나라 모양이 서 있지만 말이다.

어쨌든 서모라까지 와서야 놈을 찾았으니 다행이다.

왕전은 자신의 이름을 묻는 서복을 본다.

"내 이름이 뭐냐고 물었나?"

"네."

"안 알려줘, 새끼야. 알아봐야 지옥 불에 뺨을 비벼대면서 원怨만 세우겠지. 그나저나 발에 바르는 고약 같은 거 있나? 여기까지 오느라 개고생하다가 발이 곪아버렸다고."

서복이 팔을 뻗어 구석에 놓인 대나무 상자를 더듬으려 하자 왕전은 다시 매의 눈이 되었다.

"어허. 움직이지 마."

"…고약이 필요하다면서요."

"그냥, 있는 곳을 말해."

놈이 어딘가에 칼이라도 숨겨놓으면 안 되니 직접 뒤지려는 것이다.

서복은 손으로 대나무로 짠 상자를 가리킨다. 왕전은 칼집을 뻗어 상자를 끌어당긴다. 열어 보니 이것저것 잡다한 것이 들어 있다.

"거기 호리병 안에 고약이…."

왕전은 호리병을 막아놓은 밀랍을 뽑는다. 냄새를 킁킁 맡은 다음 내용물을 손바닥에 흘려 살핀다. 걸쭉하게 흐르는 기름은 호랑이 간을 짜서 만든 동국산 고약이 분명하다.

왕전은 발목을 싼 더러운 헝겊을 푼다. 뒤꿈치에 수오전(진나라 동전) 한 개 크기의 멍울이 나 있다. 여기까지 걸어오면서 생긴 변옹 便癰이다. 그는 불그스름한 상처에 고약을 바르며 지나가는 말처럼 묻는다.

"그나저나 당신. 영지초(불로초)는 찾았나?"

서복은 왕전이 호리병을 꺼냈던 대나무 상자를 본다.

왕전 눈이 가늘어진다.

냅다 대나무 상자를 엎는다. 고약이 번질거리는 손으로 돗자리에 쏟아진 바늘, 침향, 조그만 대나무 피리 등을 헤치며 살핀다.

풀때기나 말린 약초 따윈 보이지 않는다.

"이 새끼가."

탁, 왕전이 대나무 피리를 집어 들어 서복 머리를 친다.

"불로초를 어디에 뒀어?"

"있잖아요. 거기."

"있긴 어디 있어?"

"그거라구요!"

서복이 왕전이 들고 있는 대나무 피리를 가리킨다.

왕전이 대나무 피리의 주둥아리를 빠갠다.

안에 녹색 가루가 보인다. 모시 조각에 털어 쏟으니 한 줌 정도 되는 소량이다. 왕전이 눈을 부라린다.

"이게 그거라고?"

서복이 고개를 끄덕인다.

"그냥 녹차 가루 같은데?"

"맞다구요. 불로초."

"증명해봐."

"놀라실 텐데요."

"이 새끼가."

"아, 알겠어요. 그거 잠시만 주시면."

왕전이 대나무 피리를 서복에게 건넨다.

"그럼 잘 보세요."

서복은 녹색 가루를 한 줌 집는다. 시커멓게 탄 석판 위에 놓인, 왕전이 깨끗하게 발라먹고 뼈만 남은 옥돔의 눈깔에 뿌린다. 그러자 물고기가 뒤틀리며 괴수처럼 변하기 시작한다.

"으, 으아아."

왕전이 뒤로 물러난다.

물고기의 눈이 검은 진액을 뿜더니 곧 옹골지게 들어차고 등뼈와 가시 사이로 보랏빛 비늘과 살이 부푼다. 날카로운 이빨도 생겨난다. 그 괴물은 급기야 툭, 돗자리로 떨어지더니 수상한 진물을 퍼트리며 퍼덕거리기 시작한다.

"으아. 이, 이게 뭐다냐?"

왕전이 구석으로 물러나며 소리친다.

쿠엣, 쿠엣.

<u>그르르르.</u>

왕전은 바닥에 놓아둔 칠성검을 찾기 위해 손을 더듬는다. 괴수

물고기가 기어오더니 왕전 엉덩이를 문다.

"으아악."

왕전이 엉덩이를 흔들자 물고기는 다시 떨어져 바닥에서 퍼덕거렸고 점점 더 커져만 간다.

우락부락해지는 괴수 물고기가 정강이를 물려고 방향을 틀자 왕전은 날렵하게 피하며 그것의 눈깔에다가 칠성검을 박아 넣는다. 괴수 물고기는 축 처졌고 꼬리를 몇 번 퍼덕거리다 잠잠해진다.

온몸에 땀이 흥건하다.

저쪽에서 서복이 피식 웃고 있다.

"웃어?"

"아, 증명해보라면서요."

자객은 가루를 유심히 본다.

"맙소사. 그럼 이게 진짜 불로초 가루라고?"

불로초가 진짜로 있긴 있는 모양이다.

"그런데 양이 왜 이 모양이야."

"맷돌로 가니까 반 되 정도밖에 안 나왔는데요."

"이건 반 되도 안 되는데?"

서복은 입을 닫는다.

놈 귓불이 조금씩 벌게진다.

"너, 이 새끼. 설마?"

왕전이 노려보자 서복은 부끄럽다는 듯 고개를 끄덕인다.

반은 놈이 먹은 것이다.

왕전은 떠올린다.

서복이 진시황의 명을 받아 불로초를 구하러 갈 때 그의 나이가 예순두 살이라고 들었다. 그런데 지금 앞에 앉은 서복이라는 자는 고작 스물 안팎으로밖에 보이지 않는다.

탁, 서복 머리를 때린다.

"늙은 게 욕심을 부려도 적당히 부려야지. 얼마나 처먹었기에 얼굴이 이렇게 새파래진 게야?"

탁, 탁, 탁.

"나이 처먹고 욕심부리면 내리던 비가 거꾸로 솟아!"

서복이 머리를 흔들며 몸부림친다.

"아. 그만, 그만 좀 때려요. 이걸 먹는다고 어려지거나 젊어지는 건 아니에요!"

왕전은 가루를 받친 모시 조각을 곱게 접고, 다시 말린 대나무 잎에 싸서 자신의 향주머니에 넣는다.

"어쩔 수 없군. 이거라도 바치는 수밖에."

그는 한 번 방귀를 뀌었다. 서복도 찾았고 불로초 가루로 챙겼으니 그의 임무는 끝났다. 옆에 놓아둔 자신의 칼을 잡는다.

시퍼런 칠성검.

검신劍身이 좁고 자루劍莖가 짧은 한 척尺 정도의 단검으로 철이 좋은 조나라에서 만든 칼이다. 왕전이 가장 아끼는 검이기도 하다.

검을 보자 서복 눈이 동그래진다.

왕전이 씩 웃는다.

"뭐. 자네 목도 가져오랬으니까."

그는 다듬이 석돌에 서복의 머리를 대게 했다. 석돌에 뺨을 댄 서복이 눈을 찔끔 감는다.

왕전이 썰기 전에 묻는다.

"거鋸(톱)도 있는데, 아플 것 같으면 그걸로 할까?"

"…그냥 칼로 하시지요."

서복은 입술을 바르르 떨며 대답한다.

"그렇지? 칼날이 단번에 들어가는 게 낫겠지?"

"…아프지 않았으면 좋겠습니다."

"그래. 아프지 마. 그럼 썰게."

푹,

스르륵.

칼날이 서복의 목덜미에 깊숙이 박힌다. 칠성검의 날과 서복의
목덜미가 마주 댄 부분에서 피가 일자로 고이기 시작한다.

한 시간 후.

"아! 젠장맞을, 못 해먹겠네."

온몸에 피를 뒤집어쓴 왕전은 들고 있던 칠성검을 집어 던지며
방바닥에 널브러진다. 화로에 올려놓은 놋쇠 주전자에 담긴 물을 벌
컥벌컥 마시다가 뜨거워 우에엑, 다시 뿜어낸다.

진나라 말로 온갖 욕을 해대는 왕전.

"이 개자식, 불로초를 얼마나 처먹었기에 잘라도 잘라도 뒈지지
않는 것이냐?"

서복은 몸을 일으켜 무릎을 꿇고 다소곳하게 앉는다. 그는 피투

성이가 된 목을 긁적이며 민망한 표정으로 눈을 껌벅이고 있다. 낡은 옷깃에는 피가 뚝뚝 떨어지고 있다.

"…죄송합니다."

그랬다.

서복 몸은 근육에 손상이 가했을 때 줄기세포가 조직을 분화, 성체로 회복하는 빈도가 기하급수적으로 늘어 혈구와 피부가 빠르게 회복되었다. 그래서 칼날이 근육을 썰어도 금세 새살이 올라왔다.

왕전은 술 한 모금을 입에 넣고 갸르르, 입안을 헹군 다음, 퉤 하고 뱉는다.

"안 되겠다. 그냥 본국까지 가자."

"네? 저를 데려가신다고요?"

서복이 놀라 되물었지만, 왕전은 오동나무 상자를 안쓰럽게 바라보며 "대가리를 절여 오랬는데." 하며 쩝쩝거릴 뿐이다.

왕전은 생각한다.

교지에 쓰인 임무는 서복의 목과 서복의 지참물을 가지고 돌아가는 것이었다. 지참물이란 물론 불로초일 것이다. 뭐 어쩌랴. 목이 안 잘리는데. 살리든 죽이든 데리고 가기만 하면 되는 거지. 황명은 분명하게 수행한 것이다.

왕전은 에라 모르겠다, 하고 드러눕는다.

내일 날이 밝으면 배를 타고 서모라를 벗어나 한반도 본토로 가야 한다. 거기서 말 두 필을 사서 달려야겠다고 생각한다.

여기서 배를 구해 서쪽 바다로 방향을 잡으면 시간을 수십 배 단축할 수 있지만, 이 시기 바다는 고양이 눈처럼 갈피를 잡을 수 없다.

'말馬이 편해. 늦여름의 풍랑은 유독 고약하니까. 더 안전하고 말이지.'

왕전은 눈을 감고 딸을 생각한다. 그 어린것을 두고 고향을 떠나온 지도 벌써 일 년이 지났다. 딸의 웃는 모습이 잘 그려지지 않는다. 이 임무만 잘 수행하면 황제로부터 작은 고을을 하나 얻을 수 있을 터였다. 황제가 고을을 준다면 왕전은 고향을 다스리겠다고 주청할 참이다.

2.

왕전은 벌떡 일어나 백사주와 좁쌀 술 단지 마개를 연다. 녀석의 머리를 자른다고 기운을 쓴 탓인지 목이 칼칼해졌다. 술 사발에 꿀을 넣고 손으로 빙글빙글 말아서 단숨에 들이켠다.

"크하."

그렇게 두 항아리째를 비우자 서복이 쥐새끼처럼 기어온다.

눈을 보니 무언가 할 말이 있는 모양이다.

"…저기, 자객님."

"왜?"

"너구리 한 마리 몰고 가시렵니까?"

"너구리?"

"네. 오동통한 너구리."

"육포로 떴냐? 너구리 고기는 말려도 누린내가 좀 날 텐데."

"노노노노. 국수 같은 겁니다."

"국수? 음, 도삭면刀削面이라면 좋지. 아, 양고기 국물이 있으면 좋을 텐데."

"아, 그런 건 필요 없습니다요."

서복이 일어나려다가 흠칫, 왕전의 눈치를 본다. 왕전은 이제 그를 경계하지 않는다. 서복은 천장 시렁에서 반짝반짝 빛나고 몹시 매끈거리는 붉은색 종이 쌈 한 개를 가지고 와서 자리에 앉는다. 왕전은 눈을 동그랗게 뜨고 그것을 바라본다.

처음 보는 오묘한 종이 쌈이다. 표면에는 그릇에 담긴 먹음직한 도삭면 그림이 그려져 있다. 놀라운 것은 그림이 몹시 사실적이라는 것이다.

입이 딱 벌어지겠다. 붓으로 그려도 이렇게 그릴 순 없다. 황제의 진용서眞容署 화사畵師들이 그린 건가? 그건 아닐 텐데. 바스락거리는 것을 보니 종이 안에 무언가가 들어 있다.

서복이 능숙하게 종이를 뜯는다.

안에는 말려놓은 딱딱하고 허옇고 둥근 면이 들어 있다. 그리고 손바닥보다 작은 쌈지 두 개가 들어 있다.

"앗!"

그때 녀석이 놀라는 표정을 짓는다.

덩달아 놀란 왕전이 덥석, 칼을 잡았다.

"뭐냐? 무슨 일이냐?"

"자객님!"

"그래!"

"자객님은 오늘 운이 디빵 좋으십니다."

"운? 디빵?"

"네. 너구리에서 다시마가 두 개나 나왔습니다. 이것 보십시오."

서복은 말린 다시마 쪼가리 두 개를 내보인다.

작았다. 꼭 월나라 호패 정도 크기다.

"이게 두 개면 큰 행운인 거냐?"

"당연하죠. 너구리에 다시마 두 개는 좀처럼 만나기 힘든 행운입니다."

그는 주전자를 내리고 솥을 걸더니 다시마를 넣고 물을 끓인다.

"다시마가 두 개니까 국물도 필시 깊을 겁니다."

팔, 팔, 팔.

물이 끓자, 서복은 들고 있던 말린 면을 솥에 넣는다. 그러자 딱딱하고 꾸불꾸불한 것이 한 올 한 올 풀어지며 희한하게 국수가 되었다.

"오."

왕전이 감탄한다.

서복은 함께 들어 있던 작은 쌈지 두 개를 입으로 찢더니 빨갛고 검은 가루를 솥에 뿌렸다. 두 줌 정도의 양이다. 면수가 순식간에 붉게 변한다. 매콤하고 기묘한, 생전 처음 맡는 향이 올라온다.

"이 놀라운 가루들은 뭔가?"

"스프라고 합니다."

"스프?"

서복은 김이 모락모락 나는 면을 접시에 담아 왕전 앞으로 내민다. 볼에 피딱지가 엉겨 붙은 서복이 천진난만하게 실실거린다.

"드세요."

왕전은 후루룩, 후루룩 흡입하듯 입에 넣고 오물거렸다.

"오오오."

맛이 기가 막힌다.

매콤하고 쫄깃쫄깃한 것이 구수하고 칼칼하기까지 하다.

"국물도 일품입니다. 특히 저 발효주와 먹으면 궁합이 끝내주죠. 파가 좀 있으면 좋은데 그건 없군요."

어느새 왕전은 면을 다 건져 먹고 조그맣고 잡다한 건더기를 씹고 있다.

공포와 허탈함, 윽박지름과 피 냄새가 난무하던 방 안은 순식간에 매콤한 김을 맡으며 불 앞에서 흥분하는 사내들의 정분으로 바뀌고 있다.

"오묘하군. 촥촥 감기는 맛이 상당해."

"이히히. 자객님은 지금 너구리 한 마리를 몰고 가신 겁니다."

"그게 이 음식을 먹는다는 표현이냐?"

"네."

"음. 덕분에 잘 몰고 갔다. 너구리."

"저도 한 입만 해도 될까요. 목이 잘린다고 하도 긴장을 해서 그런지 배가 출출하네요."

"그래, 그래. 어서 들어."

서복은 왕전이 건네는 젓가락을 건네받고 얼마 남지 않은 국물을 휘젓는다.

국물뿐이다.

왕전이 미안한 표정을 짓는다.

"어떡하지? 내가 다 먹어 버렸나 보네."

"아닙니다. 진짜는 가라앉은 요것들입니다. 요 건더기를 건져 먹으면 최고로 맛나죠."

서복은 국물에 남은 건더기를 후루룩, 흡입한다.

꿀꺽꿀꺽 넘어가는 울대가 급하다. 하긴 아까 움막에 돌아오고부터 한 입도 못 먹고 목이 썰리고 얻어러지기만 했던 터다.

"더 없냐?"

"더 드시고 싶으세요?"

"나 말고 너 말이야. 쟁여둔 게 더 있으면 너도 한 마리 몰아. 그 가라앉은 건더기를 긁어 마신다고 어디 배가 부르나?"

"…이제 없는데."

"없어?"

"하나 남은 거 자객님 대접해드린 거예요."

그 말에 왕전은 더 미안해진다.

왕전은 포를 떠서 말린 꿩고기가 얼마쯤 남아 있는 것을 생각해 내고 자신의 가방을 뒤적거렸다. 서복이 말린다.

"됐구요, 저도 술 한 잔만…."

왕전은 술을 채워 건넨다.

조심스레 받아서 홀짝이는 서복이 귀엽고 천진난만하다. 요런 아들 하나 있으면 좋겠다고 생각하다가 아니지, 딸내미가 요렇게 훤하게 생긴 놈에게 시집가면 좋겠다고 생각하다가 아니다, 함양으로 데리고 가면 이놈은 처형당할 운명, 내가 이놈에게 왜 이러지, 하며

정 붙이지 말자고 생각한다. 왕전은 죽일 대상에게 감정을 낭비하는 사람이 아니다. 게다가 이놈의 본래는 늙다리 노인이다.

왕전은 다시 무서운 눈을 하고 서복을 노려본다.

"황제께 받은 그 많은 금과 아이들은 다 어떻게 했냐?"

질문에 서복은 찔끔 놀라며 잔을 빨았다.

"말하라. 그간 무슨 일이 있었냐?"

"…."

"팔십 척의 배와 삼천 명이나 되는 아이들은 어디에 팔아먹고 이렇게 찌그러져 살고 있냐고! 이 늙은 구렁이 새끼야."

서복은 술을 적신 입술을 묘하게 일그러트린다. 그리고 말한다.

"서복이 늙은이란 소문은 다 거짓이에요. 저는 늙어본 적이 없어요. 게다가 육십 척의 배라든가 삼천 명의 동아라든가 하는 말도 다 구라구요."

"뭐시라?"

서복은 술잔을 내려놓았다.

"좋습니다. 다 말씀드릴게요."

"말해야지. 당연히!"

"전, 사실 미래에서 왔습니다. 자객님."

3.

황제는 힘들게 통일한 땅을 스스로 통치하겠다는 의지가 분명했다. 그래서 종종 백관을 이끌고 지방을 순시하곤 했다.

하늘이 끄물끄물하던 어느 날, 산동 교남 지방을 지나던 황제는 바닷가 언덕 낭야대에 오르게 된다.

낭야 일대는 통일 전에는 제나라 영토였고 여섯 국 중 가장 치열하게 흡수에 반발하던 곳이었다. 그 이전에는 월나라 영토였다.

낭야 언덕에서 황제는 한 남자를 보는데 그가 바로 이 남자, 서복이다. 젊은 얼굴이었으니 왕전이 들었던 '서복이 예순 노인'이란 소문은 잘못된 것이다.

서복은 불을 피우고 무언가를 먹고 있었다. 붉은색으로 된 음식이었다. 서복 옆에는 묘하게 생긴 어떤 사물이 놓여 있었는데 두 자정도 되는 검은 발판이 있었고 세로로 박힌 몸체에는 양 손잡이가 있었다. 손잡이 가운데에는 알 수 없는 문자가 그려진 네모난 판이 박혀 있었다.

사물의 한쪽 귀퉁이에 기다란 대나무 장대를 하늘 높이 박아 놓았는데 장대 끝에는 복잡한 선을 대롱대롱 달고 있었다. 구리선이었다. 구리선은 기묘한 사물에서부터 출발해 장대 끄트머리까지 이어져 있었다. 구리선을 감은 장대는 흐린 하늘을 찌를 듯 솟아 있었다.

서복은 이 사물을 수리하다가 출출해져 잠시 쉬는 중이었다.

음식을 씹으며 간혹 목에 건 '랑야타이주'를 한 모금씩 마시는 그는 내내 기름 묻힌 이마를 찡그리고 있었다. 아무래도 일이 제대로 되지 않은 모양이다.

언덕 아래에서 황차가 서고, 긴 행렬이 두런두런 움직일 때까지도, 그리고 황제가 무사들을 물리고 혼자 언덕에 다가올 때까지도 서복은 모른 채 혼자 무언가를 곰곰이 생각하고 있었다.

다가온 황제가 장대를 꽂은 묘하게 생긴 사물을 들여다보았다. 황제로서도 처음 보는 사물이었다.

"이게 무엇이냐?"

소리에 깜짝 놀란 서복. 그는 황제를 한번 보더니 목을 늘여 저 아래에서 황제를 기다리는 긴 행렬을 바라보았다.

"*꺼져라.*"

서복은 이 부분에서 왕전에게 '맹세코'라는 말을 세 번 연이어 사용했는데, 맹세코 그 행렬이 무엇인지도 몰랐고 자기 앞에 서 있는 소박한 복장의 이 사내가 황제인 줄도 몰랐다고 한다.

황제가 복잡한 것들이 엉켜 있는 사물의 내부를 들여다보며 다시 물었다.

"이게 어디에 쓰는 물건이냐고 물었다."

"*꺼지라고 나도 말했다.*"

황제는 더는 묻지 않고 사물을 쓰다듬었다.

"묘하게 생긴 물건이로고."

"*어허 건드리지 마! 감전되니까.*"

"감전? 감전이 무슨 말이냐?"

"*아, 저리 가. 확 프라이드치킨으로 만들어버릴까 보다.*"

"이 긴 장대는 왜 세워두었나?"

"*거기 손 안 떼? 그렇게 있다가 천둥이라도 치면 당신은 그냥 새까매져. 떨어지라니까. 훠이~.*"

대나무 장대를 살피던 황제는 쪼그리고 앉더니 서복이 먹던 음식을 살폈다. 냄비에 꽂아 놓은 플라스틱 수저를 잡고 휘휘 젓더니 킁킁 냄새를 맡는다.

"음식이 왜 이렇게 붉은고?"

황제는 붉은 양념이 묻어 있는 작은 떡 조각을 요리조리 살피더니 양념을 검지로 찍어 입에 넣고 오물거렸다.

"헛, 이렇게 오묘한 맛이!"

"아, 이 새끼가."

서복이 플라스틱 포크를 던지고 일어났다.

그는 기름 묻은 볼을 씰룩거리며 황제의 덜미를 잡고 일으켰다.

서복은 주머니에 넣어 두었던, 붉고 푸른 구리선이 나온 딱딱이로 황제의 옆구리를 푹 찔렀다.

딱.

따딱.

"으아아아."

몸에 전기가 흐르자 황제는 거품을 물고 꼬꾸라졌다.

"이 음식 잘못 먹으면 넌 못 헤어나! 어디 겁대가리 없이!"

서복은 언덕 아래 무사들이 칼을 잡고 달려오는 것도 모른 채 황제의 목과 등과 발바닥에 전기를 딱, 딱, 딱 흘려보냈다.

그가 들고 있는 이 딱딱이는 전기 모기채를 개조해서 만든 전기 증폭기였다. 가스레인지에 불을 일으킬 때 붙어있는 것과 크기가 같았다.

"안 가? 이래도 안 가? 안 그래도 열 받아 죽겠는데."

서복은 황제의 사타구니에다가 집중적으로 딱딱이 충격을 시전

했다.

"내가 정력 증강 좀 해줄까? 응?"

딱. 딱. 딱.

"으아아. 자, 잘못했어요!"

황제는 저도 모르게 존댓말을 했다.

서복은 멈추지 않았다. 딱딱거리는 소리가 날 때마다 황제는 허리를 튕기며 바동거렸다.

서복은 달려온 무사들에게 머리가 눌리고 머리 주변으로 박힌 수십 개의 칼이 그를 구속하고서야 그 사내가 고귀한 몸, 아니 지상에서 유일한, 지존인 것을 깨달았다고 한다. 칼날에 돋을새김한 무늬가 전부 황제를 가리키는 '皇' 자였기 때문이었다.

황제는 무사들의 부축을 받고 일어났다.

무사 하나가 황제에게 마麻를 우린 꿀물을 대령했다. 목이 탄 황제는 꿀꺽꿀꺽 마셨다. 모진 전기 고문을 당했지만 황제는 관대했다.

아니, 서복을 살린 것은 황제의 호기심 때문이라고 봐야 옳다. 아닌 게 아니라 황제는 무릎 꿇은 서복 주변의 무사들을 멀리 물렸다.

"짐은 세상의 황제다."

서복은 놀라기는커녕 그저 "아, 그러시군요."라고 한마디 했을 뿐이다. 황제는 자신을 공격한 따딱거리는 무기에 관해서 물었다.

"모기채입니다."

"모기채?"

"전기 모기채에서 선을 빼서 따딱이만 사용한 겁니다. 이렇게 스파크가 나게."

그는 딱딱이를 딱딱거렸다.

황제가 다시 움찔했다.

"저 장대를 왜 세워둔 거냐?"

"번개를 이용해서 전기를 모으고 있었습니다."

"전기? 전기가 무엇이냐?"

"전기라는 건 자유전자나 이온들이 움직이면서 생기는 에너지인데. 쩝. 설명해도 잘 모르실 텐데. 하여튼 양전기와 음전기가 서로 끌어당기면서 힘을 발휘하는 물질입니다."

"음… 무슨 말인지 모르겠군."

"그러니까 이 사물을 작동하려면 전기가 필요하다, 그 말입니다."

"이 사물이 대체 무엇이기에?"

"러닝머신입니다."

황제는 여전히 이해하지 못하는 표정을 지었다.

서복은 짜증이 났지만, 멀찍이 떨어진 무사들을 보자 곧 얼굴을 풀었다. 더 충직하게 대답해야 한다고 마음먹고 하나하나 설명하기 시작했다.

"이 물건은 사람들이 제자리에서 달릴 수 있도록 고안된 기계인데요, 달리려면 전기라는 물질이 있어야만 해요."

"음."

"여기 보시면 바닥에 이동식 벨트가 돌아가게 되어 있는데 벨트가 돌아가면 사람들이 제자리에 서서 계속 걸을 수 있어요. 그것으로 운동 효과를 보는 거예요."

서복은 작동이 멈춘 러닝머신을 아쉽게 바라보았다.

"이걸 작동시켜야 하는데 전력을 구하지 못하고 있어요."

그는 12볼트짜리 자동차용 미니 배터리가 방전된 이후 엿새째 이러고 있었다. 딱딱거리는 전기증폭만으로는 커다란 러닝머신이 작동할 수 없었기에 새로운 방법을 찾아야만 했고, 결국 발전기를 분해해 러닝머신과 연결하고 전선 감은 대나무를 세워 천둥이 치기를 하염없이 기다리던 참이다.

"천둥이 대나무를 타고 번개가 내려와 발전기에 고이기만 하면, 이 기계에 전기를 공급할 수 있게 되고 그렇게만 되면 러닝머신이 작동됩니다."

서복은 마지막으로 이 러닝머신은 시간을 이동하는 장치라고 아뢰었다.

"시간, 뭐?"

"시간을 이동한다구요. 타임머신."

"도통 알 수 없는 말만 하는군."

"아, 그러니까 물어보지 마시라구요!"

황제는 마 우린 물을 마저 들이켜고는 마지막으로 궁금한 것을 물었다.

황제가 가리킨 것은 그가 먹고 있던 붉은 음식.

"참 궁금한 게 많으시네. 이건 떡볶이라고 해요."

"붉은 것은 어떤 양념이냐?"

"고추장 양념요."

"이 음식, 더 있느냐?"

"한 상자 있긴 한데."

황제는 멀찍이 떨어져 있는 무사들을 바라보았다.

무사들이 달려와 서복을 포박했다. 서복은 저 기계를 두고 갈 수 없다고 꽥꽥 소리쳤지만 결국 끌려갔다.

황제는 그가 고치던 러닝인지 뭐시기인지 하는 저 기계를 바다에 버리라고 명령했다. 전기 지짐을 당해서인지 꼴도 보기 싫었던 모양이다.

그 순간,

하늘에서 우르릉 쾅쾅, 천둥이 일었고 번개가 대나무 작대기를 맞고 배터리가 터져버렸다. 황제는 다시 쓰러졌다. 이번엔 전기가 아닌 소리에 놀랐기 때문이다.

4.

"자. 잠깐."

왕전이 서복의 말을 끊는다.

"시간을 이동하는 장치라니?"

서복은 설명하기 귀찮다는 얼굴이었지만 왕전의 주먹을 흘깃 보고는 대답한다.

"러닝머신을 작동하면 미래에서 과거로, 또 과거에서 미래로 이동하거든요."

"그러니까 네가 진짜 미래에서 온 사람이란 뜻이냐?"

"자객님은 좀 이해하시네요. 머리가 좋으신가 봐요."

"흠."

"아까부터 말씀드리고 싶었는데 자객님 헤어스타일, 미래에서 꽤 유행하는 스타일이에요. 투 블록이라고. 그리고 자객님, 마동석 좀 닮았어요."

"그러니까 정리하면 미래인이 운동하는 기구가 있다, 그리고 전기라는 것을 집어넣으면 그 기구가 작동한다, 그치? 그리고…."

"네. 그리고 그 러닝머신은 시간을 거슬러 다른 시점으로 이동할 수 있구요."

"너는 그것을 이용해서 이곳에 온 미래인이고?"

"댓츠 포인트!"

"뭐라는 거야, 지금 욕했냐?"

"욕 아닙니다. 정확하다는 말입니다."

"러닝머신은 어떻게 생겼느냐? 머릿속에 형상이 안 그려진다."

서복은 종이를 펴서 붓으로 그림을 그리기 시작한다.

"음. 이렇게 생긴 기계였군. 그래, 이 기계에서 말 다리처럼 네 다리가 꿈틀꿈틀 튀어나와 미래로 달려가는 건가?"

그건 아니구요, 서복은 러닝머신 발판 위에 사람이 뛰어가는 모습을 그렸다.

"여기에 서서 이 버튼을 누르면 고무바닥이 둘둘 돌아가요. 달리면 제자리 달리기가 되죠."

"바닥이 둘둘 돌아가?"

"더는 설명할 자신이 없군요."

"연기처럼 사라지나?"

"여기서 수치를 입력하고 달리면 어느샌가 저쪽의 러닝머신에서 달리고 있죠."

"저쪽이라니?"

"강남역 메리츠타워 7층 세바스찬 헬스센터 네 번째 러닝머신요."

"그러니까 이 러닝머신을 달리고 있으면 미래의 다른 러닝머신으로 이동하게 된다 그 말인가?"

"네. 입력값을 적용하는 순간 세바스찬 헬스센터 네 번째 러닝머신을 달리게 되어요."

왕전은 곰같이 생겼어도 똑똑한 사람이었다.

그는 귀곡자의 여러 제자 중 가장 먼저 인가印可를 받았고 스승의 최고기술인 활시잔술법을 전수한 몸이다.

"시간을 이동하는 장치 이야기는 그쯤 되었고, 계속 말해라. 황궁에 들어가서 어떤 일이 있었는지를. 무슨 농간을 부렸기에 그 많은 선단을 이끌고 불로초를 찾으러 가게 되었느냐?"

"사실 세간에 알려진 것과 달라요. 황제는 불로초를 찾아오라고 명령한 게 아니에요. 황제는 불로초 따윈 관심 없었어요."

"그럼?"

"제가 예전에 시공간을 왔다 갔다 하면서 찾아놓은 불로초가 있었는데 그걸 내보여도 황제는 거들떠보지 않았어요. 황제는 오로지 떡볶이만 찾으셨죠."

"네가 낭야 언덕에서 먹고 있던 그 음식 말이냐?"

"네. 매일 떡볶이만 드셨어요. 이 떡볶이 맛에 반해서 밤마다 자지도 않고 그걸 찾으셨죠. 어느 땐 손을 벌벌 떠시며 떡볶이를 가지고 오라고 소리 지르기도 했어요."

"그게 배 떠나는 것과 무슨 관계?"

"떡볶이가 남아나겠어요? 한 상자에 24개밖에 안 들어 있거든
요. 금방 바닥이 났죠."

"그래서?"

"러닝머신 배터리도 없는데 자꾸 미래로 돌아가서 그걸 가지고
오라고 하시잖아요."

"만들어 바칠 수는 없었냐? 음식 아니더냐."

"무리였어요. 떡은 구할 수 있었지만 문제는 양념이에요. 고추장
양념."

"고추장?"

"고추로 만드는 건데요, 미래인들은 이 고추가 아메리카 인디언
들이 처음 먹었고 한반도에는 임진왜란 때 일본에서 들어왔다고 알
고 있거든요. 그런데 인터넷을 좀 뒤져보니 고대 중국에서도 고추를
먹었다고는 하더라구요. 그런데 막상 와서는 구할 수가 없었어요. 이
곳 진나라에서는 사용하지 않는 모양이에요."

"고추라. 탕구르 쪽에서 먹으려나. 그쪽은 향신료가 엄청 많거든."

"어쨌든 그게 떡볶이의 핵심이에요. 단짠단짠, 맛있게 매워야
하거든요."

"단짠단짠?"

"달고 짜고라는 뜻이죠."

"음."

"배터리도 없는데 자꾸 즉석 떡볶이를 가지고 오라고 하시니 저

서모라의 밤

는 불가능하다고 아뢨죠. 그러자 황제는 좌도난정지율左道亂正之律 (삿된 도로 세상을 어지럽힌 죄)을 적용해서 내 목을 자르라고 명령하지 뭐예요?"

왕전은 당연하다는 듯 고개를 끄덕였다.

"황제는 그런 분이야."

"다른 게 남아 있어서 살았어요."

"다른 거? 뭐?"

서복을 살린 것은 바로 너구리였다는 것.

"앗, 너구리? 그럼 황제께서도 너구리를 몰고 가셨단 말이냐?"

"그렇습니다. 잘 몰고 가셨죠. 그것 때문에 참수는 면했어요. 하지만 여전히 떡볶이의 맛을 그리워하셨죠. 한 상자를 혼자 드시더니 그만 홀딱 반하신 거예요."

왕전은 입술을 꼭 깨물었다.

"황제를 반하게 한 음식이라. 대체 어떤 음식일까나."

서복은 멍들어 퉁퉁 부은 눈을 지렁이처럼 꿈틀댄다. 문 쪽으로 힐끗거리다가 시렁 위로 흘끔거리고 고민하는 기색이다.

결국, 서복은 숨을 탁, 하고 내쉰다.

"에이. 그럽시다. 그까짓 거!"

"뭐야. 그 태도는?"

"자객님은 먹을 복이 있으신가 봐요. 뭐, 해드리겠습니다. 저한테 즉석 떡볶이 한 팩이 남아 있거든요."

"그, 그게 여기 있다는 거냐?"

"네. 너구리보다 천 배는 더 맛있어요. 내일이면 함양으로 끌려

가는데 아껴 두면 뭐합니까, 뭐 지금 먹도록 하죠."

왕전은 서복을 노려본다.

"…달아나려고 수 쓰는 거 아니지?"

서복은 왕전을 곱게 흘겨본 후 으이차, 하고 일어서서 천장 시렁에서 무언가를 꺼낸다.

그것은 아까 본 너구리와 비슷하지만, 더 네모난 형태의 종이 쌈 덩어리다. 그것의 표면에도 역시 너구리처럼 사실적인 그림이 그려져 있다.

서복은 투명하고 미끈한 종이 쌈을 뜯고 안에 있던 내용물을 보여준다.

"자, 마약 떡볶이 대령이요!"

"마약 떡볶이?"

"이게 편의점에서 파는 즉석 떡볶이라는 겁니다. 이 붉은 건 고추장 소스이구요, 이 흰 것들이 다 떡이에요. 그리고 요것들은 말린 만두튀김이랑 김말이튀김."

"오호."

"이 튀김들은 전자레인지가 있어야 하지만 뭐, 증기에 살짝 데 워도 됩니다. 좀 눅눅해지겠지만. 전자레인지 모르시죠? 모르셔도 되구요, 어쨌든 한번 먹으면 그 맛에 중독된다는 아주 무서운 음식 입니다요. 한마디로 마, 약, 떡, 볶, 이!"

왕전은 그것들을 유심히 본다.

한번 먹으면 중독? 그렇게나 맛있나? 아까 먹은 너구리보다 천배는 더 맛있다? 대체 어떤 맛이기에. 너구리는 몹시도 흥미로운 맛이었는데, 이건 그것보다 더?

서복은 주전자를 내리고 솥을 걸더니 물을 끓인다.

"일단 떡을 좀 불려야 해요."

"그래, 그래."

왕전은 마치 황제가 된 기분이다.

서복은 항아리의 물을 조금 떠서 딱딱한 흰떡을 불린다.

"하던 말을 계속해라. 떡이 불 때까지. 너구리로는 성이 안 찬 황
제께 어떤 간교를 부린 겐지?"

"간교라니요!"

서복은 소리를 높였다가 왕전이 눈을 부릅뜨자 다시 긴 한숨을
쉰다.

"없는 떡볶이를 자꾸 내놓으라고 하시니 저는 황제께 떡볶이를
드시려면 배가 필요하다고 말했어요."

"배?"

"배터리를 충전해서 돌아가야만 해결될 문제였어요. 이건 편의
점에서만 파는 거니까요. 지금은 유월, 남동에서 태풍이 오는 시기
여서 배를 타고 떠다니다 보면 바다 한가운데서 천둥을 만날 가능성
이 있거든요."

황제는 여섯 보짜리 누선 한 척을 구해주었다고 한다. 허나 며칠
을 떠돌아다녀도 천둥은커녕 비도 구경하지 못했다.

그러자 황제가 대안을 제시했다고 한다.

"비를 내리게 하려면 하늘을 감복시켜야 할 터, 육십 척의 배와
거기에 가득 실을 금, 오천 명의 일행, 삼천 명의 동남동녀, 각각 다

른 분야의 장인들을 동반하라. 동남동녀들에게 삼위의 선을 익히게
하고 용왕신 앞에서 성스러운 교접행위를 보이며 예를 올리도록 하
라. 그래야만 하늘이 감복하실 것이다."

왕전은 그제야 전모를 이해한다.

스무 척이 넘는 선단이 출발했다거나 만 명의 수부들과 남녀 아
이 삼천 명을 데리고 떠났다는 소문은 여기서 비롯된 것이다.

"전 반대했어요."

"뭐? 반대를?"

서복은 황제에게 춤 잘 추는 18세 미만 남녀 아이 스무 명 정도만
요구했다고 한다.

"그건 또 왜 그러냐? 왜 남녀 아이 스무 명이냐?"

아이들 수를 그렇게만 요구한 이유는 남자 열 명, 여자 열 명이
노래 단체를 만들 수 있는 최대 숫자라는 것. 서복은 그 단체를 '아이
돌 연습생 팀'이라고 설명했다.

"노래 단체? 아이들?"

왕전은 처음 '아이들'이라고 발음하는 줄 알았다.

"실토할게요. 사실 그 아이들을 미래로 데리고 달아나려고 했어
요. 황제가 준 아이들이 진짜 진짜 예뻤거든요."

"그 아이들을 어쩌려구?"

"잘 모르시겠지만, 미래 세상에서는 젊은 아이들이 춤추고 노래
하는 것을 사람들이 아주 좋아해요. 그걸 아이돌이라고 불러요. 좀
반반하고 율동 감각 좋은 아이들을 굶겨서 삐쩍 마르게 만든 다음 눈
꺼풀을 째고 코에 심을 박아 높여요. 그리고 노래를 외우게 하고 그

노래에 맞춰 단체 춤을 추게 하는 거예요.”

왕전이 다시 검을 잡고 긴장한다.

“눈을 째고 코에 심을 넣는다는 건 사람을 죽인단 뜻이냐?”

“아, 또 오해하지 마세요. 필요하면 넣을 수도 있다는 말이에요. 어쨌든 그렇게 해야 돈이 꽤 벌리거든요. 제가 예전에 인기 가수 ‘강소희’ 매니저 생활을 좀 했었거든요(트로트 가수랍니다). 그때 연예 엔터테인먼트 사업을 해볼까 심각하게 고민한 적이 있었는데 학교에 가는 바람에. 어쨌든 이참에 잘되었다 싶었어요. 황제가 아리따운 아이들을 주었으니까요. 돌아가면 안 올 작정이었죠.”

“음.”

“남자 한 팀, 여자 한 팀으로 구성하면 빌보드 시장이나 텐센트 같은 중국 시장에서 대박이겠다 싶었죠. 유튜브에 올릴 수도 있고. 아, 그것도 잘 모르시겠구나. 어쨌든 미래의 사람들에게 아이들을 선보이면 돈을 많이 벌 수 있어요. 자객님에겐 돈이라는 말보다 금이라고 말해야 더 잘 이해하시겠네요. 뭐, 진나라에도 금병이나 은병이 유통되잖아요. 어쨌든 그런 게 다 돈이에요.”

왕전은 참았던 이를 간다.

잡고 있던 칠성검을 바닥에 쾅, 박는다.

“그렇다면 네놈은 인신매매하려 했단 말이군. 여기 사람들을 미래로 데리고 가서 눈요깃거리로 삼으려 했어. 그것도 하찮은 돈 때문에!”

그러자 서복도 지지 않고 맞선다.

“하찮다니요? 미래 사회는 돈이 생명이에요. 돈 없으면 죽은 목숨이라구요. 자객님도 본인이 살기 위해 절 찾으러 온 거잖아요. 보아하니 황제의 시기를 받은 거죠? 권력자의 눈은 오뉴월의 비처럼 종잡을 수 없죠."

"시끄럽다. 아무것도 모르면서 나불거리지 마라."

"뭐, 그것도 다 자객님이 윗사람보다 잘나셔서 그렇겠죠. 이순신 장군도 백의종군하셨다잖아요."

"이순신? 이순신이 누구냐?"

"아."

서복은 뭐, 됐다는 표정을 짓는다. 더 설명이 필요한 말은 하지 않겠다는 의미다.

인신매매에 분노한 왕전을 의식한 탓인지 서복은 태도를 바꾸어 아이들이 미래에 가면 여기보다 더 행복하게 살 거라고 강조한다. 밥도 더 많이 먹을 것이고 좋은 옷도 입을 것이라고 했다.

왕전은 여전히 뿔이 나 있다. 들어보니 실상은 더 나쁜 놈 같다. 몹시 포악한 성정을 거리낌 없이 내보인다. 아이들의 눈을 째고 코와 가슴에 무언가를 박아 넣는 시대에서 살았던 놈이니.

"어쨌든 너는 황제를 속이고 아이들을 납치하려고 했단 말이지. 떡볶이를 구해올 생각도 없었던 거고."

"자객님 같으면 돌아오겠어요?"

"천둥 한 번으로 우리 아이들을 싹 데리고 가겠다?"

"천둥 한 번 만났다고 다 이동할 순 없어요. 러닝머신 구조상 스무 명의 아이들은 한 번에 이동시킬 수 없거든요. 몇 명씩 나누어서 데려가야 해요. 왔다 갔다 해야 하는 거죠. 또 문제가 있는데 그건 바로 황제에게 받은 금이었어요. 금을 미래로 옮겨야 했는데 금이란 게 분자요소가 인체와 달라서 그걸 저쪽으로 가지고 가려면 엄청난 파워, 아니 힘이 필요해요. 그러니 저 혼자 우선 돌아가서 배터리를 가지고 와야 하는 거죠. 어쨌든."

그리고는 서복이 쉿, 하듯 다가온다.

"중요한 건 지금부터예요. 배에서 수상한 일이 생겼거든요."

"수상한 일이라니?"

"선상에서 연쇄살인이 일어난 거예요."

"연쇄살인?"

그들은 황제로부터 배를 얻어서 동쪽으로 출발했다고 한다. 금은 좀 많이 받았고 아이들의 수는 스무 명, 그 외에 뱃일하는 수부들은 고작 열 명 정도였다. 그들은 황해 한가운데에서 용왕에게 제를 올릴 계획이었다.

5.

처음엔 남자아이가 하나 죽었어요.

배를 아주 큰 것으로 받았기에 객실이 많았어요. 아이들은 두 명이 한방에서 잤어요. 물론 남녀 따로요. 나이 많은 아이는 독방을 썼죠.

아침에 일어나 보니 남자아이 하나가 사라졌더군요.

저는 아침마다 아이들을 모아놓고 국민체조를 시켰는데 그날 아이 하나가 나오지 않았어요.

국민체조가 뭐냐구요?

음. 어떻게 설명해야 좋을까요? 이를테면 황제가 백성들의 건강이 염려되어서 주목州牧(각주의 장관 격인 자사들을 말함)을 시켜 춤을 개발하라고 지시해요. 그 춤에 어울리는 음악도 만들게 하구요. 백성들은 그 음악에 맞추어서 매일 아침 춤을 추지요. 그런 비슷한 거라고 보시면 돼요. JYP나 SM 같은 곳에서는, 아, 그것도 모르시겠구나. 어쨌든, 처음부터 빠른 음악에 적응하기엔 좀 무리가 있거든요. 춤에 소질이 없는 아이들은 배우로 돌려야 하고.

그래서 아침마다 갑판에 모이게 해서 단체 체조를 좀 시켜본 건데 아이 하나가 나타나지 않은 거예요. 배에서 사람이 없어지면 대부분 바다에 빠진 거예요. 몰래 술 마시고 갑판을 돌아다니다 발을 헛디뎠을 가능성이 크지요. 아니면 식당에 짱박혀 있거나요.

그런데 아니었어요.

배를 뒤지게 했고 곧 아이는 배의 맨 아래에서 발견되었어요. 제사에 사용할 돼지들이 아이의 피를 핥고 있더군요. 머리가 없어진 채였어요. 목에는 날카로운 칼자국이 있었구요.

누군가에 의해 죽임을 당한 거지요. 아이 머리는 한참 동안 찾지 못하다가 돛대 맨 꼭대기에 걸려 있는 걸 수부가 발견했어요.

완전 의도적이었죠.

살해당한 거라고요.

가장 연장자였고 통솔력도 있던 아이였어요. 말이 빨라서 랩을 시키면 딱이었던 놈인데. 집이 가난해서 은병 스무 냥, 쌀 스무 말을 받고 동국으로 가는 배를 탄 아이였어요. 죽은 아이가 무리에서 원수 진 일이 있었는가를 조사했지만, 얌전하고 착했다고 합니다. 내 눈에도 그렇게 보였어요.

그 일은 분위기를 꽤 가라앉게 했어요. 아이들은 아침에 갑판에 나와도 춤도 안 추고.

범인은 찾을 수 없었죠.

저는 초조했습니다. 숫자가 하나 비면 난감하거든요. 댄스 그룹은 짝이 제일 중요해요.

그날 뜬눈으로 밤을 지새우다 바람이라도 쏘일 겸 갑판에 나와 보니 선미에서 어른거리는 세 그림자가 있었어요.

그들, 남자아이 둘과 여자아이 하나가 저지른 일이더군요.

이유가 뭔 줄 아세요?

바로 자객님이 드시는 즉석 떡볶이 때문이었어요.

아하, 그렇게 물으실 줄 알았어요. 이게 왜 그때 남아 있었냐는 거죠?

황제가 떡볶이를 내놓으라고 했을 때 저는 너구리 다섯 개랑 떡볶이 열 팩은 내놓지 않고 끝까지 감추고 있었어요.

제가 먹으려고 한 건 아니구요, 만약을 대비한 거였죠. 배에서 러닝머신 작동이 실패하면 그것들을 내보이며 구해왔다고 할 참이었어요. 일종의 보험 같은 거죠. 아, 보험도 무슨 말인지 모르시겠네.

어쨌든 저는 선실에 너구리와 즉석 떡볶이 각각 다섯 개를 숨겨두었는데 고것들이 그것을 빼먹다가 서로 싸움이 일어난 모양이에요. 맛이 기가 막혔을 테니 그럴 만도 했죠.

음식 가지고 살인까지 저지르는 게 말이 안 된다구요?

아직 이 녀석 맛을 못 봐서 그런 겁니다. 이 떡볶이는 마약 떡볶이거든요. 한번 먹으면 계속 찾을 수밖에 없어요.

쩝, 아무리 그렇다고 해도 너무 심했죠. 어린것들이 서로 칼부림을 하고 목까지 잘라버리는 그런 기막힌 일을 저지르다니. 어떨 땐 과거인이 미래인보다 어떤 면에서 더 동물적이고 잔인하더군요. 아, 자객님을 두고 한 말은 아닙니다.

그 아이들을 불러 모았어요. 목에 칼을 대고 으름장을 놓았죠.

네?

그런 힘이 없을 것 같다구요?

보세요. 여기 내 팔뚝 봐요. 저도 한 근육 한다구요. 아. 등에 이거요? 이 용 그림은 헤헤, 그냥 못 본 척해주시고요. 저쪽에(미래에) 있을 때 그려 넣은 거예요. 어떻게 그렸냐구요? 먹 맞아요. 그걸로 새긴 거예요. 여기서도 노비들 이마에 글씨를 새기던데요? 어쨌든 저도 예전엔 꽤 빠른 놈이었단 거죠. 이쁘장하게 생겨서 안 그럴 것 같다구요? 헤헤. 그런 말도 듣긴 했죠.

저는 본색을 드러냈어요. 점잖게만 굴 순 없는 노릇이었죠. 저는 여자아이의 머리채를 잡고 마구 흔들었죠. 사내 두 놈은 송곳니를 뽑아버렸구요. 그러자 아이들은 실토하더군요. 뭐 짐작한 대로였기에 새롭다 할 사실은 없었어요.

역시 마약 떡볶이 때문이었죠.

죽은 놈이랑 저한테 맞은 세 연놈들 중 키가 제일 작은 사내놈이 특히 많이 먹었더군요.

서모라의 밤

그 아이들을 끌어안히고 저는 잠시 생각했어요. 이런 아이들을 미래로 데리고 가서 연예인을 시킨다는 게 좀 무리가 있을 것 같았어요. 나는 배에 있는 사람들을 전부 그냥 바다에 빠뜨릴까 고민했지요. 행사 뛰면서 내내 떡볶이만 먹으려 들면 안 되거든요.

아이들은 벌벌 떨면서 빌더군요.

마침 망을 보던 수부 하나가 뭔가 싶어 내려오더군요. 저는 다짜고짜 그 사람을 밤바다에 빠뜨렸어요.

그렇게 그 일은 일단락되었지요.

다른 아이들에게는 사라진 수부의 짓이라고 둘러댔어요. 사실 나쁜 짓이긴 한데 누군가는 희생양이 되어야 했어요. 배잖아요. 출항한 배는 또 하나의 엄격한 세계라구요. 저는 수부가 빠진 바다에 술을 흘리고 얼마간 기도를 올리는 것으로 끝냈어요.

마침 배는 풍랑을 만나 항로를 이탈하고 있었고 방향을 잡는다는 게 의미 없을 만큼 정처 없이 흘러가고 있었어요.

며칠이 지났어요. 폭풍의 끝자락에 접어들었다고 할까. 하늘은 끄물끄물했고 먹빛으로 무겁게 가라앉아 바다와 하늘이 하나처럼 보이던 오후였어요. 멀리 구름 속에는 번개가 번뜩이고 있었죠.

일어나서 앉아 있는데 선실 문을 두드리는 소리가 들렸어요. 일하는 뱃놈 하나가 사색이 되어 있었어요. 기시감을 느낀 나는 갑판으로 달려나갔죠.

아이 머리가 또 걸려 있었어요. 이번에는 남자아이 하나 여자아이 하나씩이었어요. 두 개의 머리.

그들의 몸은 각자의 방에서 잠든 듯 누워 있더군요. 일전에 나한레 타박을 받은, 첫 번째 아이를 죽인 세 명 중 두 명이었어요.

범인은 키 작은 사내놈이었죠.

이걸 어찌 설명해야 할까요.

이것들이 떡볶이 맛을 잊지 못해 내 선실에 침입해서 즉석 떡볶이 네 팩을 훔치고는 또 지들끼리 칼부림한 거예요. 내 선실 선반을 뒤져보니 역시 말대로였어요. 겨우 떡볶이 한 팩만 남아 있었죠. 그 것도 내 빨랫감 더미에 덮여 있어서 가져가지 않았던 거예요.

나는 범인인 그 아이를 지하에 묶어두었죠. 녀석은 떡볶이를 달라고 울부짖었어요. 나는 문을 잠가버렸죠.

이제 배 안의 공기가 달라졌어요.

다른 아이들과 선원들은 사라진 수부의 짓이 아님을 알았지요. 범인이 여전히 배 안에 있다, 달아날 수 없는 배에서 누군가가 사람을 죽이고 있다, 이 배 안에 살인마가 타고 있다, 이렇게 생각했어요.

이제 내가 제어하기 힘든 지경이 된 거예요.

나는 한시 빨리 내가 살던 곳으로 돌아가고 싶었죠. 하루하루 갈수록 심연으로 떨어지는 기분이었어요. 저는 이제 혼자만이라도 돌아갔으면 좋겠다, 그렇게 생각했어요. 아이돌 그룹이고 나발이고 다 필요 없었어요. 꼴도 보기 싫었죠.

이게 다 뭔가 싶기도 하고, 연예 엔터레인먼트 사업을 해보겠답시고 과거 아이들을 납치한다는 발상도 웃기고 말이지요.

내일까지 천둥이 오지 않으면 그냥 함양으로 배를 돌리자고 생각했어요. 황제에게 대충 둘러대고 하나 남은 떡볶이 팩을 던져줘 버릴 참이었어요. 뭐, 돌아갈 천둥은 육지에서도 기다리면 되니까요.

그때 망을 보던 선원이 "땅이 보인다"라고 소리쳤어요. 지도를 보니 서모라 서쪽 해안이더군요.

나는 서모라에 정박하기로 했어요.

서모라는 가운데 화산이 솟은 큰 섬이었어요. 네, 맞아요. 자객님이 계신 바로 이 땅이죠. 이것까지 아실 필요는 없겠지만 훗날 미래인들은 이 섬을 제주도라고 불러요.

와서 보니 꽤 반듯하고 넓은 터였고 왕국도 서너 개가 있더라구요. 다들 강한 사람들은 아니구요, 본토인 진(한반도)에서 쫓겨난 몇몇 부족이 모여 사는 마을이죠. 서쪽 연안에는 해적들도 몇 부락 살구요.

아이들과 수부들은 육지 땅을 밟으니 기분이 한결 나아지는 것 같았어요. 다행이다 싶었죠. 배에서 오래 있었으니 그럴 만도 하죠. 감수성이 예민한 아이들은 기분이 들쭉날쭉하니까요.

어쨌든 우리가 정박한 서모라 북쪽 마을 사람들은 순박했고 큰 배를 타고 온 우리를 잘 섬겨주었죠. 우리는 식수를 보충하고 고기와 채소를 금과 바꾸었어요. 죽은 아이들을 묻었고 배도 수리했구요.

지도를 보며 돌아갈 궁리를 하는데 갑판에서 수선스러운 소리가 들렸어요. 그간 인자하게 굴던 섬의 부족장이 군사들을 데리고 배를 습격한 거예요.

그들은 금을 노렸습니다. 마치 배의 어디에 금궤가 있는지 다 아는 듯 약탈해 갔어요. 고기와 물을 제공하던 전날의 선한 모습은 모두 거짓이었죠. 더 놀라운 것은 아이들과 수부들이 부족장의 군사들을 배 위로 들였다는 거예요. 선상 반란이 일어난 것이죠.

배 맨 아래 묶여 있던 키 작은 아이가 주범이었어요. 그 아이는 마지막 하나 남은 떡볶이 팩을 찾고 있었어요.

저는 배에서 달아났어요.

6.

왕전은 눈을 커다랗게 뜨고 묻는다.

"러닝머신도 빼앗겼단 말이냐?"

"네. 아랫마을 사람들이 가지고 있어요. 지금은 그 살인범 녀석, 키 작은 사내놈이 부족의 두목이 되어 있어요. 배에 있던 금으로 서모라 사람들을 지배했죠. 앗, 떡이 다 붙었어요."

서복은 끓는 물에 떡들을 넣는다.

"이게 쌀떡이거든요. 그러니 소화도 잘 되어요."

그는 물을 반쯤 들어내고 자작자작하게 남겨둔 후 손바닥만 한 맨들맨들하고 붉은 종이를 뜯어 걸쭉한 붉은 내용물을 넣는다.

"이게 그 고추장 양념이구나."

"네."

왕전은 가까이 코를 대고 손을 흔들어 냄새를 맡는다.

콤콤한 듯하나 몹시 달큰한 향이다. 서복은 거기다가 정체 모를 흰 가루를 가득 뿌려 넣는다. 곧 떡에 붉은 양념이 버무려져 끈적해진다. 물이 졸아 갈수록 더욱 향긋하고 매콤한 향이 올라온다. 떡은 필시 쫀쫀하고 쫄깃할 것이다. 다만 저 붉은 양념이 어떤 맛을 낼지는 알 수가 없다.

대체 얼마나 맛있기에 황제가 손을 벌벌 떨고 아이들이 서로 칼
부림하는 일까지 벌어지는 걸까.

서복이 말했다.

"자, 드세요. 다 익었어요."

왕전은 붉은 양념을 듬뿍 묻힌 떡을 조심스레 입에 넣는다. 뜨겁
고 말랑거리는 그것이 치아 사이에서 요리조리 옮겨 다녔고 곧 혀 위
에 안착해서 즙을 풍겨낸다. 서복은 왕전의 턱이 움직이는 대로 시선
을 옮겨가며 얼굴을 아래로 내린다.

"어때요?"

찢어진 왕전의 눈이 커진다.

왕전은 서복을 한번 바라본 후 별 대꾸 없이 다시 냄비로 젓가락
을 가져간다. 그 후 무섭도록 빠르게 그것들을 입에 넣고 오물거리기
시작한다. 몹시 흥분한 눈, 몹시 불룩거리는 광대, 몹시 오르락내리
락하는 하관까지. 왕전의 표정을 다스리는 신경세포는 제멋대로 발
광한다.

"정신없이 맛있죠?"

왕전은 서복 턱을 한 대 갈길 뻔했다.

누가 말 거는 것도 싫을 지경이다. 오직 이 양념을 음미하고 싶을
뿐. 젓가락 쥔 손을 흩뿌리듯 움직이며 말 걸지 말라는 시늉을 하고
는 튀김들을 양념에 듬뿍 묻혀 씹어댄다.

그러다가.

커다란 곰처럼 웅크린 그의 등이 서서히 기울어진다.

서복은 놀라며 자리를 피한다. 이쪽저쪽으로 자리를 바꾸며 왕전이 기울어지는 모습을 보며 어찌할 줄 몰라 한다.

쿵.

왕전은 솥을 쏟으며 꼬꾸라진다. 입에서 흘러내리는 침이 붉다. 피가 아니라 떡볶이 양념이다. 그러나 왕전은 점성 때문에 자꾸만 피라고 느끼고는 의식을 잃지 않으려 혀를 굴려댄다. 안타깝게도 혀는 말을 듣지 않고 점점 굳어만 간다. 왕전의 넓고 발그대대한 이마에 주름이 두툼해진다. 그것은 왕전의 몸에 흐르는 피가 머리 쪽으로 쏠리고 있다는 증거다. 왕전은 방금 먹은 떡볶이란 음식이 잘못되었음을 깨닫는다.

서복이 그것을 흥미롭게 바라본다.

서복은 후, 하고 촛불을 끈다.

몸이 마비된 왕전은 바쁘게 눈동자를 굴렸지만 캄캄한 어둠에 한 치의 움직임도 볼 수 없다.

소리가 들린다.

앞에서 서복이 말하고 있다.

"황제는 왜 이 떡볶이를 그렇게 찾으셨나? 맛은 있지만 손을 벌벌 떨고 잠을 못 잘 만큼은 아닌데? 배에 아이들은 왜 서로 죽일 만큼 흥분해 있었는가? 그렇다면 이 떡볶이는 왜 그렇게 사람들을 홀리게 하는가? 그럴 리가요. 제가 약을 탔거든요. 내가 계속 말했잖아요. 이건 마약 떡볶이라고, 마약!"

우르르 콰쾅, 천둥소리가 들리기 시작한다. 끄물거리던 하늘이 드디어 터지려는 모양이다.

어둠 속 서복은 바닥에 볼을 비비며 웅크린 왕전의 귀에 숨을 몰아쉬며 가는 소리로 속삭인다.

"사실 미래에 있을 때 약을 좀 거래했어요. 그 약은 미래사회에서는 유통할 수 없게 되어 있거든요. 그렇게 법으로 정해놨어요. 그런데 찾는 사람은 아주 많단 말이에요. 흰 가루인데, 그걸 어디 보관할 때가 있어야죠. 메리츠타워 7층 세바스찬 헬스센터 네 번째 러닝머신이 과거로 가는 터널이라는 걸 알았을 때 저는 무릎을 탁, 쳤어요. 그래. 이 약들을 과거로 가서 숨겨두면 되겠다. 당장 즉석 떡볶이 팩에 그 약을 나눠 넣고 밀봉했지요. 그리고 틈틈이 몇 상자씩 가지고 과거로 왔던 거예요. 그러다가 배터리가 방전되고 나머지는 뭐, 자객님이 아는 상황 그대로구요. 중간에 마약 사업을 접고 연예 엔터레인먼트 사업으로 갈아타려고 했는데 그것도 여의치 않았고."

우르릉 쾅쾅.

"자객님이 드신 떡볶이 양념 속에는 순도 높은 펜타닐이 들어 있어요. 모르긴 몰라도 헤로인의 40배쯤 될걸요. 한 포를 다 넣었으니 뭐, 한 스무 명 정도가 사용할 양이죠. 황제나 아이들도 그 정도는 먹었어요. 그나저나 이 시대 사람들은 체력이 좋은지 그렇게 먹어도 죽거나 하진 않네. 저 정도 양이면 치사량인데. 어라, 마침 딱 기다렸던 천둥이 치네요. 저는 이제 제가 있던 곳으로 돌아가렵니다. 자객님한테 끌려 황제한테 돌아갈 수는 없어요."

어둠 속에서 덜컹 문이 열린다.

몸이 마비된 왕전은 그저 눈만 부릅뜬 채 서복이 밖으로 나가는 모습을 바라본다.

7.

바람 소리가 초막을 흔들고 있었다. 왕전은 흥건하게 젖은 돗자리를 두 손으로 누르며 간신히 몸을 일으킨다.

더듬어 초를 켠다.

밝아지자 좁은 방은 마치 상자를 흔들어 내용물이 온통 엉망이 된 것처럼 어질러져 있다.

짐 보따리를 열어본 왕전이 괴성을 지른다. 왕전은 거의 굶은 쥐새끼처럼 머리를 부르르 떤다.

"불, 불로초 가루를 훔쳐 갔다!"

왕전은 동살널문을 활짝 열어젖히고 밖으로 나간다. 푸르스름한 하늘 녘에 구름이 가득 끼어 있다.

햇불을 켜고 뒷마당을 살핀다. 흙으로 만든 움집 안에서 연기가 피어오른다. 러닝머신이 파직파직, 푸른빛을 뿌리며 자르르 흔들리다 멈추고 있다.

그는 그 빛이 미래인이 말한 전기인가 싶었다.

그는 딸이 있는 고향으로 돌아갈까, 아니면 여기서 천둥을 기다렸다가 러닝머신을 타고 놈을 쫓을까를 고민한다. 황명을 어길 수는 없는데. 그러면 딸이 죽는데.

결국, 그는 천둥을 기다리기로 한다.

황명을 수행해야 딸을 살릴 수 있기 때문이다.

　　　　　　　　　　　　　　　　　　　서모라의 밤

그 시절 '삼철이네 떡볶이'는 전봇대 옆 높은 담벼락을 등지고 존재했는데 어른들이 잔 소주를 마시러 들어가던 포장마차처럼 리어카에 긴 천막을 드리운 곳이었다.

세 아들 이름에 전부 '철' 자가 들어가서 그렇게 이름을 지었다는 그곳 떡볶이를 먹기 위해서 나는 종일 망설여야 했다. 깐깐하신 어머니는 문방구나 길거리에서 파는 음식을 절대로 사 먹지 못하게 하셨기 때문이다. 행여 걸리는 날에는 총채나 빗자루로 다리몽둥이가. 어휴, 떠올리기도 싫다. 하긴 어머니뿐 아니라 그 시절 어른들은 다 그랬다.

나는 "학교 마치고 집에 가는 길에 불량식품을 사 먹으면 혼난다."라고 하시던 담임선생님 얼굴과 아침 운동장 조회 후 따로 모인 각 반의 반장들과 '불량식품 근절하여 좋은 사회 이룩하자'라고 쓴 팻말을 들고 학교 주변을 한 바퀴 돌아다닌 일도 떠오르고 해서 더욱 조심했다. 주머니에 넣어둔 100원이 있는지 확인한 후 민첩하게 주변을 둘러보다가 슬쩍 천막을 젖혔다.

길쭉한 나무 의자엔 선생님 말씀을 절대로 들을 것 같지 않아 보이는 아이들이 열 지어 앉아 무언가를 먹고 있다. 묘한 비린내가 나는 공간에서는 여러 음식이 끓고 있었다. 떡볶이는 물론, 나무젓가락을 끼울 수 있게 만든 옴 자 형태의 물림쇠가 둘러진 기름 화로에는 밀가루 핫도그가 튀겨지고 있었고 넓은 세숫대야에는 방패연 살에 꽂힌 어묵들이 익고 있었다.

양파와 고추를 잘게 썰어 넣은 간장 뚝배기는 아이들의 침이 녹은 탓인지 가히 맑지 않았고, 차곡차곡 엎어져 있는 손잡이 달린 붉은 플라스틱 종지들은 끈적끈적했다. 커다란 설탕 잉어와 설탕 칼, 설탕 총 등을 뽑는 유리판 옆에 리어카 중심을 받치는 기둥이 있었는데 그 기둥에 묶어놓은 튀긴 쥐포를 싸는 종이뭉치들은 의외로 황순원 전집을 찢은 것이었다.

떡볶이 판은 세월의 흔적이 가득했다. 아주머니 손에서 가까운 떡들은 찰기 지고 양념이 잘 발려 있었지만 먼 곳의 떡들은 굳은 양념 더껑이에 파묻혀 오래된 화석 같았다. 아주머니는 뒤편 구석, 무쇠 빙수 기계 옆에 놓인 양철 양동이에서 물 한 바가지를 떠 떡볶이 판에 콸콸 붓고는 사나흘 된 양념을 천천히 녹여 떡볶이를 만들었다.

새끼손가락만 한 가락 다섯 개 정도를 파와 함께 떠 접시에 담아주면 50원이었고 그 두 배의 양은 100원이었다. 그것들은 내가 태어나서 십 년 동안 먹어본 음식 중 가장 맛난 음식이었다.

그렇게 100원어치 한 접시를 먹고 어묵 국물까지 다 마신 나는 다시 긴 심호흡을 한다. 얼른 천막을 젖히고 나와 아무렇지 않게, 불량식품 가게에서 나온 것이 아닌, 저쪽 큰길에서부터 쭉 걸어오고 있었다는 흉내를 내야 하기 때문이다.

천막을 젖히고 나왔을 때, 저쪽에서 파 한 단과 콩나물 등을 담은 바구니를 들고 서서 누군가와 담소를 나누고 있던 어머니와 눈이 딱 마주치던 순간, 나는 생각했다.

"아. 엄마가 없는 조선 시대나 더 옛날로 돌아가서 마음껏 불량식품을 먹고 싶다."

그래서 생각해본 이야기가 바로 〈서모라의 밤〉이다.

서모라의 밤

둘이 먹다 하나가 죽어도 모를 떡볶이　　　　조영주

0.

찰칵.

해환은 떡볶이 사진을 한 장 찍은 후 어묵과 떡 중 무엇을 먼저 먹을지 잠시 고민했다.

푹.

결국 평소처럼 떡과 어묵을 동시에 찍어 입에 넣었다. 천천히 오물거려 혀로 맛을 충분히 느낀 후 마음속으로 점수를 매겼다.

맛 3 모양 3 특색 3

이번에 찾은 분식점은 기대가 컸다. 도착했을 때 보인 허름한 간판, 세월의 때가 잔뜩 묻은 테이블이며 의자가 그런 기대를 키웠다. 뭣보다 들어가는 순간 보인 모 텔레비전 프로그램에 소개되었다는 말에 고무되었다. 하지만 먹어보니 평범하기 짝이 없는 맛, 근처 동네 시장에서도 발견할 맛에 불과했다. 다시 보니 텔레비전에 출연했다는 날짜가 십 년 전이었다. 그사이 주인이 바뀌고도 남은 듯했다.

지난 한 달간 해환은 전국 곳곳을 돌아다녔다. 버섯을 직접 재배해서 만든다는 떡볶이도 먹으러 갔고, 고추로 잼을 만들어 고추장과 조미료 없이 떡볶이를 끓인다는 집도 찾았으며, 무말랭이를 넣은 떡볶이집은 물론이요, 심지어 제주도까지 다녀왔다. 그러다가 장염이 와서 한동안 고생을 했는데도 떡볶이에 대한 집념은 버릴 수 없었기에 오늘도 떡볶이를 먹으려고 일부러 춘천까지 온 것이었다.

하지만 이건 아니다. '끼니'나 갈 걸 그랬다.

현재 시각 오후 두 시 반. 접시의 떡볶이가 반도 넘게 남았지만 그만 먹기로 했다. 춘천에서 확인하고 싶은 분식점이 몇 군데 더 있었다. 냅킨으로 입술을 살짝 닦은 후 오천 원짜리 한 장을 테이블에 놓으며 "잔돈은 가지세요."라고 말했다.

분식점을 나와 주차 건물로 이동하는 사이, 해환은 사람들의 이목을 주목시켰다. 복장 탓이다. 해환은 검은 선글라스에 원피스, 오드리 헵번을 떠올리게 만들고도 남는 복장과 머리스타일의 60대 여자였다.

1.

40년 만의 귀국이었다.

그사이 이 나라는 참 많이도 변했다. 예를 들어 이렇듯 자신을 바라보는 시선이라든가, 친구들이라든가.

해환은 귀국하자마자 인터넷 전화와 SNS 등으로 교류를 이어온 고등학교 동창들에게 연락을 넣었다. 동창들은 환영 모임 장소로 종로의 한 갈빗집을 제안했다. 해환은 장소를 듣고 복장부터 고민했다. 고깃집에 가는데 치마를 입고 가는 건 불편할 것 같았다. 그렇다고 새로 옷을 사는 것은 꺼려졌다. 서울에선 해환이 즐겨 입는 스타일의 옷을 찾기 드물었다. 백화점에 가면 비슷한 스타일은 있었지만 마음에 쏙 들지 않았다. 결국 해환은 평소 스타일 그대로 가기로 했다. 깔끔한 샤넬 투피스를 입고 거울에 비친 자신의 모습을 꼼꼼히 살폈다. 살이 조금 찌긴 했지만 처녀시절 맵시를 잃지는 않았다. 이 정도면 예전 마음이 설렜던 남자 동창들에게 보여도 괜찮을 듯했다.

　해환이 나온 고등학교는 지방에서 흔치 않은 남녀공학이었다. 교복은 물론 사복도 멋들어지게 잘 입는 친구들이 많았고 서울대에 간 수재도 다수였다. 그런 친구들이니 명품 몇 개쯤 들고 올 듯했다. 물론, 가세가 기울어 남루한 복장으로 찾아올 가능성도 있었다. 그렇더라도 품위는 잃지 않았을 것이라고, 오랜만에 만난 자신과 우아하게 대화를 나눌 것이라고 생각했건만 오랜만에 '목격한' 친구들은 기대에서 완전히 벗어났다. 친구들은 하나같이 등산복을 입고 나타났다. 갈빗집을 예약했다고 들었을 때 마음의 준비를 해야 했었다. 한국에는 때와 장소를 가리지 않고 등산복을 입는 사람들이 있다는 이야기를 아들 부부가 들려주긴 했다. 취리히의 친구들 역시 한국에 다녀오면 그 이야기부터 들려주었다. 하지만 그게 자신의 친구들일 줄은 상상하지 못했다. 해환은 차마 아는 체를 할 수 없었다. 친구들 중 한 명에게 급한 용무가 생겨 갑자기 못 가게 되었다고 짤막하게 메시지를 보낸 후 슬그머니 뒷걸음질 쳤다. 갈빗집을 도로 나와 종로 거리를 걸으며 방금 전 목격한 광경을 되새겼다. 아직 오후 다섯 시밖에 되지 않았건만 상 위에 빈 소주병이 열 개 넘게 놓여 있는 데다 과반수가 불콰한 얼굴이었다. 그런 친구들과 같은 부류로 보이고 싶지 않았다. 얼마 걷지 않아 배가 고팠다. 젊었을 때엔 허기를 참을 수 있었지만 폐경 후에는 하루가 다르게 체력이 약해졌다. 제때 식사를 하지 않으면 밤에 몸살이 와서 끙끙 앓기도 했다. 무엇으로 배를 채울까 고민하던 중 떡볶이 노점을 발견했다. 가끔 취리히에서 떡볶이 생각이 날 때가 있었다. 고등학생 시절, 친구들과 함께 학교 앞에서 먹었던 떡볶이. 그 맛이 그리워 한식당에 몇 번인가 가봤지만 학창시절 맛을 연상시키기는 힘들었다. 유럽의 떡볶이엔 고추장이 부족하면 칠리소스가 들어갔다. 케첩을 넣는 것도 같았다. 최근에는 케이팝 영향으로 원조 떡볶이가 생긴다는 말도 있었지만 해환이 사는 취리히에서는 아직 발견하지 못했다. 비싸기는 또 얼마나 비싸던지 떡 몇 조각 넣고 12유로, 15유로, 환율을 아무리 높게 잡아도 고국에서 먹던 값의 열 배는 뻥튀기한 금액이었다. 그래서일까, 눈앞의 떡볶이가 무척이나 탐스러워 보였다. 붉은 국물을 묻힌 통통한 떡볶이, 어묵과 양배추, 대파가 송송 들어간 떡볶이에 침이 고였다. 노점 앞에 멈췄다. 떡볶이를 주문했다. 40대로 보이는 남자는 대답도 하지 않고 비닐로 감싼 접시 가득 떡볶이를 담아주었다. 해환은 푸짐한 양에 일단 흡족했다. 바로 맛을 보려고 포크나 젓가락을 찾았다. 그런데 보이지 않았다. 어떻게 먹으라는 건가 싶어 주변을 흘낏거리자 주인이 빈 피클깡통을 가득 채운, 기다란 이쑤시개처럼 생긴 뾰족한 막대를 꺼내 떡에 푹 찔러주었다.

"할머니, 떡볶이 처음 먹어요?"

해환은 호칭이 마음에 들지 않았지만 상냥하게 대꾸했다.

"제대로 된 떡볶이는 40년 만이에요. 외국에 오래 살다가 귀국했거든요."

"허, 그래서 분위기가 다르셨구먼. 외국 어디?"

"스위스요."

"와, 유럽? 그 동네도 떡볶이가 있나? 아, 40년 만에 먹는댔으니 없겠네."

해환은 길어지는 대화를 떡볶이를 입에 넣는 행동으로 끊었다.

"맛있어요? 맵지는 않아?"

입에 넣고 잠시 오물거리자 남자는 다시 말을 걸었다. 40년이라는 말에 호기심이 잔뜩 인 모양이었다.

해환은 남자의 말에 대답할 수 없었다. 입에 떡볶이가 들어 있어서 그런 게 아니었다. 매워서도, 남자가 귀찮아서도 아니었다. 어디까지나 떡볶이의 맛, 방금 전 친구들의 변한 모습에서 느끼지 못했던 어린 시절에 대한 향수를 떡볶이 안에서 발견한 덕이었다.

2.

해환이 떡볶이를 찾아 헤매게 된 것은 이날 이후였다.

생각보다 유명한 떡볶이가 많았다. 홍대 마늘떡볶이, 조폭떡볶이, 선릉역 매운떡볶이, 동대문 엽기떡볶이, 공수간, 먹쉬돈나, 인터넷에 뜨는 서울 맛집을 일일이 다 찾아갔다. 처음엔 재미로 하던 것이 일주일, 열흘, 보름으로 늘어나자 호텔 생활을 정리했다. 망원동의 한 오피스텔에 단기 입주를 결정한 후 취리히의 아들 내외에게 한 줄짜리 이메일을 보냈다.

엄마 한 달 후 집 간다.

바로 아들에게 전화가 왔다.

"엄마 왜 그래?"

"말했잖아."

둘이 먹다 하나가 죽어도 모를 떡볶이

"떡볶이 여행이라고?"

"요즘 유행이더라."

"아버지한테 뭐라고 하라고!"

"그 인간 내가 알 게 뭐니?"

"엄마, 좀!"

해환은 아들이 길게 더 말하려는 걸 무시하고 전화를 끊었다. 다시 핸드폰이 울렸다. 해환은 방바닥에서 온몸으로 우는 핸드폰을 가만히 노려보다가 생각했다. 이 기회에 한국에서만 쓸 수 있는 핸드폰을 한 대 더 개통해야겠어. 바로 실천에 옮겼다. 이게 취리히에 있을 때와 가장 달라진 점이었다. 취리히에 있을 당시 해환은 어딜 가든 늘 남편이나 아들 내외에게 미리 허락을 구해야 했다. 한국에 와서는 그럴 필요가 없었다. 해환은 아무에게도 보고할 필요가 없는 삶이 얼마나 편한지 처음으로 깨달았다.

핸드폰 개통엔 시간이 좀 걸렸다. 토요일이라 그렇다는 설명을 듣고 나서야 오늘이 주말이란 사실을 깨달았다. 매일 떡볶이를 찾아 돌아다니다 보니 평일과 주말의 구분이 사라졌다. 개통되기를 기다리는 동안 근처에서 또 분식점을 찾아냈다. 가볍게 떡볶이 한 접시를 비우고 나면 새 핸드폰 개통이 완료될 듯했다. 해환은 떡볶이를 오물거리며 저녁엔 천안의 마늘떡볶이를 먹으러 가볼까 고민했다.

"참 맛있게 드시네."

분식점 사장이 말을 걸어왔다. 해환 또래의 여자였다. 해진 앞치마에 꾸미지 않은 옷차림, 휘휘 국자를 젓는 손놀림이 심상치 않았다.

"떡볶이 좋아하거든요."

"얼마나 좋아하시는데? 뭐 삼시세끼 드시나?"

"어머, 어떻게 아셨어요?"

"보통이 아니시네. 그러고도 탈이 안 나?"

"아직까지는 괜찮네요."

사실 어제 복통이 있었다.

"그럼 그 집도 가봤어요?"

"어디요?"

"둘이 먹다 하나가 죽어도 모를 떡볶이."

"네? 처음 듣는데요?"

"어떻게 그 집을 몰라. 그 집에서 떡볶이가 너무 맛있어서 사람이 까무러쳐 죽었다는 소문이 있을 정도구만."

거기가 어딘데요, 하고 바로 묻고 싶은 걸 가까스로 참았다. 아무리 잡담이라고 하더라도 분식점에서 다른 분식점 상호를 묻는 건 예의가 아닐 것 같았다. 대신 핸드폰을 꺼냈다. 방금 전 들은 '둘이 먹다 하나가 죽어도 모를 떡볶이'로 검색하자 바로 결과가 떴다. 한 게시물에 망원동에 있는 분식점 '끼니' 이야기가 적혀 있었다. 현재 있는 곳에서 차로 15분 거리였다. 그 정도야 금세 갈 수 있었다. 문제는 이미 배가 부른 데다 속이 좀 쓰리다는 사실 정도였다.

귀국 후 매끼를 떡볶이로 해결한 탓인가 언젠가부터 가만히 있어도 트림이 나오는 것은 물론이오, 잠자면서도 방귀를 뀌었다. 아침에 일어나면 입이 텁텁해 찬물을 들이켜기 일쑤면서, 속이 쓰려 해장하듯 꿀물을 찾으면서도, 다시 떡볶이를 먹겠다고 밖으로 나가는 자신을 보자면 참 어지간하다 혀를 찰 수밖에 없었다. 그래도 떡볶이 여정을 멈출 수는 없었다.

머릿속에 끼니를 저장했다. 벼르고 벼른 천안의 마늘떡볶이를 먹고 돌아오는 길에 들러야겠다고 생각하며 집으로 돌아왔다. 예상대로 핸드폰에 불이 나 있었다. 물론 해환은 무시했다. 온몸을 떠는 핸드폰을 더러운 벌레 잡듯 두 손가락 끝으로 잡아 캐리어에 담았다. 캐리어를 닫은 후 비밀번호까지 걸어 잠가 벽장에 넣어버렸다. 옷을 갈아입고 지갑과 새로 개통한 핸드폰만 챙겨 다시 나왔다.

저녁 다섯 시 반. 천안의 마늘떡볶이는 밤 아홉 시까지 영업을 한다고 했다. 편도 두 시간 거리의 천안에 다녀오려면 지금 나가야 했다.

3.

마늘떡볶이를 잘 먹고 돌아온 후 잊었던 복통이 다시 시작되었다. 이후 계속 설사를 하느라 잠들 수 없었다. 해환은 아침이 되자마자 약국에 들러 장염약을 사야겠다고 생각하며 드러누웠다가 어제 오후에 들렀던 떡볶이집 주인의 얼굴부터 떠올리고 말았다. 정확히 말하자면 떠올린 건 '둘이 먹다 하나가 죽어도 모를 떡볶이'였다. 배를 움켜쥐고 밖으로 나온 해환은 약국을 찾아 동네를 배회하기 시작했다. 하필 오늘은 일요일이었다. 약국마다 죄다 쉬었다. 정 안 되면 119를 부르자는 마음으로 배를 움켜쥐고 돌아다니다가 그 집, '끼니'를 발견했다. 원목으로 된 간판, 벽이 전면 유리라 안이 훤히 들여다보이는 인테리어. 해환은 배를 움켜쥔 채 문 앞에서 잠시 기웃거렸다. 일요일은 휴무라고 적혀 있었지만 인기척이 있었다. 만에 하나 문을 열었다고 해도 해환은 떡볶이를 먹을 수 있는 상태가 아니었다. 하지만 해환의 본능은 지금 이 순간 끼니의 문을 두드리라고 말하고 있었다.

똑똑.

대답은 돌아오지 않았다. 해환은 아쉬워하며 일단 뒤로 물러났다가 자신이 왜 지금 여기 있는가를 일깨우는 듯한 엄청난 복통에 정신을 차렸다. 눈에 띈 빈 택시를 잡아타고 병원을 외쳤다.

응급실에서 당연하다는 듯 장염 진단을 받았다. 매운 것을 조심해라, 흰죽만 먹으라는 말을 들으면서도, 응급실 침대에 누워 똑똑 떨어지는 링거액을 보면서도, 해환은 여전히 '끼니'의 떡볶이만 생각했다.

그 후 일주일간, 장염과 싸우면서 해환은 매일 죽만 먹었다. 근처에 프랜차이즈 죽집이 있어 다행이었다. 이상하게 장염인데 등이 쑤셨다. 위가 아파야 하는 게 아닌가, 왜 등이 쑤시고 열이 나나 병원에 가서 묻자 장염은 몸살을 동반하는 경우가 있다는 대답이 돌아왔다. 그 말을 듣고 나서 그런가, 이날 죽을 먹고 잠든 해환은 심한 열에 시달리다가 꿈을 꿨다.

신혼 시절의 꿈이었다. 아인슈타인을 배출한 세계 최고의 공과대학인 스위스 취리히 연방공과대학으로 유학을 간 남편, 그런 남편을 따라 스위스에서 신혼 생활을 시작한 해환, 남편을 뒷바라지하기 위해 갖은 아르바이트 자리를 찾다가 가까스로 네일숍에 자리를 잡은 해환, 밤낮없이 일하다가 몸살이 와서 드러누운 해환, 해환에게 찹쌀로 흰죽을 쒀 호호 입으로 불어 먹여준 남편.

이때의 생활은 녹록지 않았다. 지금처럼 마음 편하게 명품을 사거나 할 수준의 돈을 모으기까지 많은 시간이 필요했다. 그런 상황에서 남편은 어떻게든 찹쌀을 구해왔다. 해환은 남편이 이 쌀을 구하기 위해서 얼마나 많은 발품을 팔았을지 알았다. 그래서 남편이 떠주는 흰죽을 한 입 두 입 먹으면서 자꾸만 말할 수밖에 없었다. 당신도 좀 들어요.

남편 꿈을 꾸고 깨면 온몸이 식은땀에 젖어 있었다. 그러면 해환은 엉금엉금 기다시피 옷장으로 다가갔다. 옷을 갈아입은 후 캐리어를 열고 괜히 핸드폰을 손에 들어 만지작거렸다가 남편의 메시지는 단 하나도 없는 것을 확인하고는 다시 내려놓았다. 이럴 줄 알았다고 생각하면서도 가슴 한구석이 아렸다. 지금 연락을 한다면, 그렇게 해서 결국 아무 일도 없었던 것처럼 해버린다면… 모든 것이 괜찮아질 리 없었다. 평화를 되찾는 건 남편뿐이리라. 해환의 입장에서는 그런 척 맞춰주는 일상을 계속해야 할 게 뻔했다.

몇 번이고 남편이 쒀준 흰죽을 먹는 꿈을 꾸고 나자 장염이 나았다. 정확히 말하자면 위염으로 넘어갔다. 의사는 원래 장염이 걸린 후엔 속이 다쳐 위염이 오는 경우가 많다, 한 달은 치료를 받아야 할 거라고 말했다. 해환은 그런 의사에게 가장 먼저 이렇게 물었다.

"떡볶이 먹어도 되나요?"

사실 떡볶이가 아니어도 됐다. 뭐든 다른 음식을 먹을 수 있다는 말만 떨어진다면 '끼니'에 갈 셈이었다.

해환의 질문을 들은 의사의 표정은 말 그대로 만감이 교차하고 있었다. 그럴 만도 했다. 떡볶이를 매일 먹다 탈이 나서 온 환자가 또 떡볶이 타령을 하니 오죽 기가 막힐까. 하지만 역시 프로는 달랐다. 의사는 어색하게 웃으면서도 일단 "너무 맵지만 않으면 괜찮습니다만."이라는 메시지를 전달하는 데 성공했다. 물론, 해환은 그 뒤에 생략된 말 "작작 좀 드세요."를 눈치챘다.

4.

약국에서 약을 타서 나오면서, 해환의 발은 자연스레 '끼니'로 향했다.

병원에 오갈 때마다 '끼니'를 스쳐지나갔다. 그때마다 해환은 안을 들여다봤다. 전면 유리로 된 외부 인테리어 탓도 있었지만 그보다는 끼니를 찾은 손님들의 표정 탓이 컸다. 다들 늘 기분이 좋아 보였다. 각기 음식을 앞에 두고 앉아 있는, 혼자 있는 사람이 태반이었다. 그런데 이 사람들은 늘 즐겁게 웃고 있었다. 처음 봤을 때엔 그럴 수도 있지 했지만 병원에 올 때마다 이런 광경을 목격하자 해환은 궁금해졌다. 네 번째로 끼니를 지나칠 때야 원인을 알았다. 원인 역시 웃음이었다. 손님을 보고 언제나 활짝 웃고 있는 사장 부부, 그 웃음이 전염되어 손님들이 웃고 있는 것이었다.

해환은 스스로에게 물었다.

마지막으로 저렇게 크게 웃은 적이 언제였더라.

기억나지 않았다.

둘이 먹다 하나가 죽어도 모를 떡볶이

해환은, 웃고 싶었다.

병원에 갈 때마다 기웃거린 덕에 이미 메뉴는 다 외웠다. '끼니'는 떡볶이 외에도 파는 메뉴가 다양했다. 아직 위염이 남았으니 다른 메뉴를 골라 먹을 셈이었다. 해환의 생각에 처음으로 도전할 만한 가장 그럴듯한 메뉴는 육개장과 버터밥 세트였다.

취리히에 오고 얼마 지나지 않았을 때, 밥이 유달리 그리운 밤들이 있었다. 그럴 때마다 남편과 해환은 꼭 끌어안고 먹고 싶은 밥에 대한 이야기를 서로에게 들려주었다. 갓 지은 밥은 늘 가장 먼저 이야기가 나왔고, 다음으로는 찹쌀로 만든 밥에, 죽이 된 밥도 좋다, 누룽지도 좋다, 그저 밥이면 다 좋다 두서없이 이야기하다가 잠들기 일쑤였다. 이 중에서 남편이 가장 자주 이야기하는 밥은 뭐니 뭐니 해도 뜨거운 밥 위에 마가린을 올린 후 간장으로 간을 해 먹는 버터밥이었다. 마가린인데 왜 버터밥이라고 말했는지는 모르겠지만, 남편의 표현을 빌리자면 버터밥은 그 어떤 것보다 맛있단다.

결국 둘은 쌀을 구해다 취리히에서 버터밥을 만들어 먹어보았다. 문제는 남편의 까다로운 입맛이었다. 반드시 버터밥을 먹자던 남편이었건만 막상 상에 문제의 메뉴를 올리자 자신이 먹었던 것과는 뭔가 다르다며, 버터가 너무 고급이라 그런 것 같다며, 마가린을 구해야 한다고 잔소리를 해대 해환의 김을 팍 빼버렸다. 해환은 그런가 보다 하고 먹긴 했지만, 남편의 말을 듣고 나니 왠지 이 버터밥은 가짜인 것 같아 영 기분이 좋지 않았다.

딸랑.

해환이 '끼니'에 들어가는 순간 풍경이 울렸다. 해환은 풍경 소리에 맞춰 메뉴를 말했다.

"버터밥과 육개장 세트 주세요."

"안녕하세요!"

여자 사장은 해환의 주문을 인사로 맞받았다. 해환은 얼결에 고개를 살짝 숙여 인사한 후, 카운터 앞에 자리를 잡았다. 다른 손님은 없었다. 오후 세 시라는 어중간한 시각이었다. 점심시간이 끝날 무렵이니 브레이크 타임일 수 있었다. 병원을 오가다 봤다. 이 집엔 브레이크 타임이 있었다. 어쩌면 지금이 그 시각일 수도 있었다.

대부분의 분식점엔 브레이크 타임이 없었다. 특히 사장이 혼자 하는 가게거나, '끼니'처럼 가족이 운영하는 곳은 더더욱 그랬다. 조금이라도 더 일해야 벌 수 있다는 마음에서 비롯된 결과라는 건 알았지만 해환은 안타까웠다. 다 먹고살자고 하는 일인데 그렇게까지 해야 할까.

자연스레 떠오르는 건 남편이었다. 남편은 교수 자리를 따기 위해 지나치게 학문에 열중했다. 남편의 집중력은 결혼기념일과 해환의 생일, 아들의 생일도 이길 수 없었다. 심지어 아들의 결혼식엔 어땠던가. 해환은 결국 남편이 오지 않았던 아들의 결혼식을 아직도 잊지 못한다.

"버터밥과 육개장 나왔습니다!"

생각에 빠진 사이 음식이 나왔다. 여자 사장은 여전히 활짝 웃으며 해환을 보고 있었다. 해환은 퍼뜩 정신을 차리고 사장에게 웃어 보였다.

"고마워요."

"제가 더 고맙죠. 간장을 적당히 넣고 살살 비벼 드시면 됩니다."

해환은 그 말에 한 손에 간장병을 들고, 다른 한 손에 수저를 들었다. 살살 뿌린 후 수저로 젓자 뜨거운 김이 모락모락 나며 버터가 녹아드는 게 눈으로 보였다. 해환은 버터가 적당히 녹아들길 기다렸다가 반 스푼 정도 차도록 밥을 떴다. 그러고는 입에 넣었다가, "아" 하고 감탄사를 내뱉었다.

"맛이 있네요."

그러고 나서 해환의 입에서 나온 말은, "혹시 마가린이에요?" 였다.

"마가린 버터밥을 먹어보고 싶었거든요. 제가 상상한 그 느낌이랑 뭔가 너무 비슷해서."

"그러셨구나. 그 식감을 살리려고 노력하긴 했습니다. 버터가 정말 종류가 많거든요."

해환은 여자 사장의 말에 고개를 끄덕이며 허겁지겁 버터밥을 먹다가 육개장을 내버려뒀다는 사실을 깨닫고 수저를 뻗었다. 한 숟갈 퍼서 먹었다가 또 한번 놀라 멍청히 육개장을 바라보다 이번엔, "이게 뭐지?" 하고 말했다.

"또 왜 그러십니까!"

"국물이 굉장하네요. 이건 마치."

스위스에서 먹은 일류 요리사의 수프 같군요, 라고 말하려다가 해환은 가까스로 입을 다물었다. 괜한 말을 했다가 놀라게 하고 싶지 않았다.

"…유명음식점의 수프를 떠올리게 하는 맛이네요. 대단하군요."

"저희가 하룻밤을 꼬박 우려내거든요. 조미료 없이."

"조미료 없이 만든다고요?"

"네. 이 국물로 떡볶이도 만드는걸요?"

"떡볶이요?"

"네, 떡볶이요."

"혹시."

해환은 살짝 가슴이 두근거렸다.

"그 떡볶이에 별명이 있죠?"

"책 읽고 오셨구나! 어쩐지 처음 뵙는 분인데도 메뉴를 참 잘 아신다고 생각했어요."

"책이요?"

"네, 소설."

"아니, 그건 아니에요. 그냥 지나가다 들러봤어요."

"어머, 실수했네요."

"그래서 그 소설이, 뭐죠?"

"아, 네! 저희 단골이신 추리소설가 분이 친구 작가님들하고 자주 오시더니 소설을 썼습니다. '둘이 먹다 하나가 죽어도 모를 떡볶이'라고, 친구 작가님들이 다 같이 등장해서 떡볶이집에서 일어난 살인사건을 밝히는 내용이에요."

"흥미롭군요."

"그렇죠?"

해환은 가슴이 두근거렸다.

물론 두근거리는 이유는 소설이 아니라 떡볶이 탓이었다. 하지만 바로 떡볶이를 시도한 건 아니었다. 버터밥과 육개장 세트를 먹고 나자 이 분식점의 전 메뉴를 다 먹어보고 싶은 욕심이 생겼다. 마침 장염에 위염이라 속이 안 좋기도 했다.

육개장을 먹을 때 여자 사장이 주방에서 쟁반을 들고 왔다. 오래 써 윤이 반질반질 나는 커다란 스테인리스 쟁반 가득 계란지단이 놓여 있었다. 해환의 주문을 받고 나서도 왠지 바쁘다 했더니 저걸 부친 모양이었다. 해환은 육개장을 먹는 내내 계란을 흘깃거렸다. 그러다가 여자 사장이 다시 나타나 계란지단을 몇 개씩 접어 돌돌 마는 것을 보고는 결국 입이 열렸다.

"그건 뭐예요?"

"아, 이거요. 김밥에 넣을 거예요."

"김밥요?"

"네, 계란채 김밥이라고."

그러더니 여자 사장은 생각났다는 듯 카운터 뒤로 갔다. 잠시 부산스럽게 손을 움직이다가 작은 접시에 김밥을 몇 개 주었다.

"맛보세요. 꽁다리 남은 거라 죄송하지만."

"어머 이러지 않아도 되는데."

"괜찮아요. 다른 손님도 없는데 뭐."

해환은 호의를 감사히 받아들였다. 계란채 김밥을 받아 젓가락으로 하나 들어 입에 넣었다가, "아" 하고 다시 한번 감탄사를 내뱉었다. 순수한 맛이었다. 부드러운 계란이 입안 가득 씹히다가 아삭하는 느낌이 있었다. 단무지와 당근이었다.

해환은 한참 오물거리며 맛을 느꼈다.

"좋네요. 부드럽고 좋아요."

"고맙습니다!"

여자 사장은 정말 기쁜 표정을 지었다.

해환은 그 표정을 보고 다음 날은 김밥을 먹겠다고 생각했다. 마침 메뉴에 김밥과 육개장 세트도 있었다. 라면과 김밥 세트도 있었지만 그쪽이 더 당겼다. 개운한 육개장 국물을 한 번 더 먹고 싶었달까. 그래서 시켰고, 육개장과 김밥을 같이 먹고, 새삼 만족했다.

5.

이제 끼니를 찾는 건 해환에게 당연한 일이 되었다. 위염이 낫는 만큼 해환의 마음도 가벼워졌다. 그러다 어느 순간 전면 유리창에 비친 자신의 얼굴을 보았을 때 자신 역시 다른 손님들과 마찬가지로 환하게 웃고 있다는 사실을 깨닫게 되었다. 문제는, 해환은 이 얼굴이 마음에 들지 않는다는 사실이었다. 자신의 표정을 발견한 해환은 한 손을 들어 뺨을 소리 나게 쳤다.

찰싹.

이 소리에 음식을 하던 사장 부부는 놀라 해환을 바라보았다. 하지만 해환은 신경 쓰지 않고 다시 한 번 소리가 크게 나도록 자신의 뺨을 때렸다. 얼얼해지도록, 웃지 않기 위하여 또 한 번 찰싹.

그날은 원래 드디어 떡볶이를 먹을 예정이었다. 하지만 해환은 메뉴를 바꿨다. 이런 표정으로 떡볶이를 먹어서는 안 된다고 생각해

짜파게티와 김밥을 먹었다. 그 후 해환이 계산을 할 때 여자 사장은 웃지 않았다. 약간 긴장한 표정으로 해환의 눈치를 보다가 이렇게 말했을 뿐이었다.

"괜찮으세요?"

해환은 그 말에 잠시 고민하다가 답했다.

"네. 괜찮아요. 잠깐 잊었던 게 떠올라서, 자신을 경각시킨 것뿐이에요."

"그렇다고 뺨을 때리세요? 얼굴이 벌게지셨어요."

"그 정도는 해야 정신이 들 것 같았거든요."

해환은 고개를 까딱인 후 끼니를 나섰다. 몸을 돌려 여전히 자신을 걱정스레 바라보는 여자 사장에게 희미하게 웃어 보인 후 마저 할 수 없었던 말을 속으로 중얼거렸다. 내가 왜 이곳에 왔는지, 그 이유를 생각한다면 웃으면 안 되거든요, 라고.

끼니가 주는 따뜻함이 고마웠다. 하지만 그 온기는 해환이 떡볶이 유랑을 시작한 까닭을 잊게 할 정도로 강력했기에 그만큼 위험했다.

이번엔 동쪽, 춘천을 갔다. 강릉으로, 속초로 향했다. 속으로는 자신이 왜 이런 일을 하고 있는가를 계속 생각하면서.

모든 건 남편 탓이었다.

문제는 끼니가 아닌 다른 어떤 곳에서도 원하는 맛을 발견할 수 없다는 사실뿐이었다. 정확히 말하자면 아직도 먹지 못한 끼니의 떡볶이. 그 맛이 궁금한 까닭일까, 해환은 그 어떤 떡볶이에도 만족할 수 없었다. 그래서 일주일 후, 결국 해환은 다시 끼니로 갈 수밖에 없었다.

6.

지금껏 해환은 끼니를 늘 낮에만 찾았다. 브레이크 타임 직전에 가서 느긋한 분위기의 끼니를 즐겼다. 일주일 만에 찾은 끼니는 시간 대가 달랐다. 저녁 여섯 시 무렵이었다. 슬슬 입간판을 꺼내고, 간판 에 불이 들어오는 끼니는 낮과는 다른 분위기를 연출했다. 저녁엔 선 술집으로 운영하는 모양인 듯했다.

해환은 끼니로 들어섰다. 주변을 두리번거리며 가볍게 먼저 "안 녕하세요?" 하고 인사하자, 평소의 여자 사장이 아닌 남자 사장이 무뚝뚝하지만 희미한 미소로 답례했다.

"오랜만에 오셨군요."

생각해보니 남자 사장과 대화하는 건 처음이었다. 해환은 가볍 게 대꾸한 후 이제는 지정석처럼 된 카운터 앞자리에 앉았다.

"오늘도 육개장을 드릴까요?"

"아뇨. 떡볶이를 먹고 싶네요."

"떡볶이라. 바로 준비하겠습니다."

"김밥도 한 줄 주시고요."

"감사합니다."

남자 사장은 부드럽게 웃은 후 김밥부터 빠르게 한 줄 말았다. 바 로 해환에게 내주고 물과 밑반찬 역시 조용히 놔준 후 부엌으로 들어 갔다.

해환은 김밥을 하나 들어 입에 넣었다. 천천히 씹으며 부드러운 계란의 감촉을 입속 가득 느꼈다.

"어마, 오셨어요?"

한참 김밥의 맛을 느끼는 사이 문이 열렸다. 한 손에 장바구니를 든 여자 사장이 나타났다.

"안녕하세요."

"오늘은 뭐 시키셨어요?"

"떡볶이랑 김밥이 먹고 싶어져서요."

"잠시만요. 제가 맛있게 해드릴게요."

"내가 다 했어, 이 사람아."

"선수 뺏겼다!"

남자 사장이 웃으며 검은 대접을 들고 나타났다. 그러고는 해환의 앞에 검은 대접을 놓았다.

"자, 떡볶이 나왔습니다. 맛있게 드세요."

해환은 바로 손을 뻗는 대신 그릇에 든 떡볶이를 바라보았다.

특이한 떡볶이였다. 일단 그릇이 일반적인 납작한 떡볶이 그릇이 아니라 짬뽕을 담기에 적당할 듯한 크기의 커다란 검은 대접이었다.

해환은 잠시 생각하다가 핸드폰을 손에 들었다. 찰칵, 사진을 한 장 찍은 후 무엇을 먹을까 전혀 고민하지 않고 바로 젓가락을 뻗어 떡을 집었다.

방금 전 뽑아낸 가래떡이라고 해도 믿을 법한 쫀득함이 느껴지는 생기 있는 떡이었다. 게다가 일반적인 떡보다 길이가 길었다. 해환은 우동가락처럼 긴 떡을 가만히 바라보다가 핸드폰을 들어 찰칵, 한 장 더 사진을 찍었다. 그런 후 호호 불어 한입 살짝 깨물어 오물오물 씹었다.

아.

또 저도 모르게 감탄사를 내뱉고 말았다. 담백했다. 간이 적당히
된 떡의 맛. 해환은 천천히 조금씩 떡을 끊어 먹은 후 수저를 들어 어
묵과 함께 국물을 떠먹다가 또 감탄해버렸다. 깊은 맛. 육개장을 먹
었을 때 느꼈던 그 수프의 베이스가 고추장과 적절하게 어우러졌다.

해환은 혀로 맛을 충분히 느낀 후 목구멍으로 넘어가는 감촉까
지 완벽하게 느끼고 나서야 마음속으로 점수를 매겼다.

맛 10 모양 10 특색 10

확실히, 이것은 '둘이 먹다 하나가 죽어도 모를 떡볶이'라고 해
도 괜찮을 맛이었다. 그건 곧, 이제 해환의 목표를 실행에 옮겨야 한
다는 뜻과 같았다.

해환의 목표.

그건, 남편을 살해하는 일이었다.

7.

처음 남편을 죽이고 싶다고 느낀 건 아들의 결혼식 날이었다. 아
들이 결혼하는 날 남편이 나타나지 않은 이유는 단순했다.

당시 남편이 만나던 여자의 생일이었다.

알게 된 경위 역시 남편을 통해서였다.

이날 아침, 남편은 해환에게 말했다.

"내가 사랑하는 여자가 오늘 생일이야."

둘이 먹다 하나가 죽어도 모를 떡볶이

해환은 그 말을 듣고 이렇게 말했다.

"이상하네, 내 생일은 다음 달인데."

그 말에 남편은 웃었던가. 화를 냈던가. 아니면 울었던가. 해환은 남편의 표정을 기억하지 못한다. 하지만 남편이 한 말은 기억한다.

"그랬지."

그 말을 남기고 남편은 집을 나섰다.

이후 해환은 반쯤 미쳐 있었다. 남편이 말한 그 사랑하는 여자가 누구인지, 그 여자의 생일을 챙기기 위해 아들의 결혼식을 챙기지 않는 남편의 이야기를 누구에게 해야 하는지, 아들에게는 어떻게 설명해야 할지 하나도 알 수 없었다. 그래서 결혼식장에서 내내 거짓말을 했다. 남편의 평소 성격을 이야기하며, 연구실에 처박혀서 그만 일정을 잊은 것 같다며 단순한 해프닝을 연출했다. 다행히 취리히에서 결혼을 하다 보니 한국에서 친척들이 오지 못했다. 아들과 결혼할 여자 역시 유럽 토박이라 이런 일에 크게 신경을 쓰지 않았다.

남편이 돌아온 건 일주일 후, 아들이 신혼여행에 다녀온 후였다. 그때까지 해환은 자신이 무엇을 먹고 언제 자는지 전혀 알지 못했다. 남편은 집을 나갈 때와 마찬가지로 담담했다. 모자를 벗고, 양복 윗도리를 벗은 후 서재로 들어갔다. 딸깍. 소리가 나더니 문이 잠겼다.

해환은 잠긴 문을 바라보았다. 온몸이 주체할 수 없이 떨렸다. 일주일간 쌓인 분노, 흥분, 울화가 해환의 온몸에 가득했다.

지금으로부터 10년 전이었다. 50대의 해환은 지금보다 훨씬 젊었다. 화를 내는 방식 역시 젊었다. 해환은 손에 잡히는 무언가를 들었다. 그대로 서재 문을 향해 집어던진 후 소리 질렀다. 야! 이 개자

식아! 물론, 한국말로. 그런 후 해환은 서재로 돌진했다. 서재 문고리를 잡고 좌우로 돌렸다. 잠겨 있었다. 해환은 온몸을 부딪쳤다. 다시 한번 쌍욕을 하며 문을 열라고, 가만 안 둘 거라고 고래고래 소리를 질렀다.

하지만 남편은 문을 열어주지 않았다.

일주일 전, 일방적으로 통보하고 해환이 잠시 넋이 나간 사이 집을 나섰던 그날처럼, 남편은 이번에도 해환을 상대해주지 않았다.

닫힌 문 너머, 아무것도 보여주지 않은 채 그대로 있었다.

남편이 다시 문을 열고 서재를 나온 것은 일주일 후였다.

남편의 서재에는 작은 주방과 화장실이 붙어 있었다. 남편은 그곳에서 모든 의식주를 해결하는 모양이었다. 해환은 그사이 몇 번이고 문을 열어라, 대화를 하자고 말했다. 서재 문을 붙잡고 고함을 지르고, 애원을 하고, 심지어는 용서를 빌기까지 했다. 하지만 남편은 단 한 번도 반응하지 않았다. 이 정도 하면 남편이 자신을 상대할 줄 알았다. 어떤 식으로든 해환에게 말을 걸 줄 알았으나 남편은 묵묵했다. 차라리 없는 게 낫다는 생각이 들 정도로 침묵했다.

그래서 일주일 후, 남편이 서재에서 나왔을 때 해환은 잔뜩 담아둔 이야기 중 그 어떤 것도 쉬이 꺼낼 수 없었다.

살을 맞붙이고 살아온 지 30년이었건만 남편이 낯설었다. 지금 이 순간, 서재 문을 열고 나온 남편은 단 한 번도 만나지 못한 누군가 같았다. 그래서 해환은 그저 남편과 눈을 마주치고, 남편이 "그녀를 만나고 올게."라고 말하는 소리에도 제대로 대꾸하지 못하고, 집을

나서는 남편을 바라보다가 현관문이 닫히는 소리에 털썩, 주저앉고
만 것이었다.

해환이 입을 연 것은 그로부터 몇 시간이 지난 황혼 무렵이었다.
처음 이 집을 샀을 무렵, 정원의 버드나무 가지를 타고 스며드는 노
을이 좋았다. 황금빛으로 물든 노을이 창문을 관통하여 십자가를 그
리듯 마루에 그림자를 그리면, 해환은 그곳에 흔들의자를 끌어서 갖
다놓고 책을 읽었다. 이 순간, 남편이 곁에서 함께 같은 책을 읽는 여
유에 행복했다. 하지만 이제 남편은 없었다. 이유도 말해주지 않고,
남편은 또 통보해버렸다. 처음 이곳으로 유학을 올 때에도 그랬듯이.

그래, 그때에도 그랬다. "취리히로 유학을 가게 됐어." 남편은
분명 그렇게 말했다. 이제 갓 대학에 들어온 해환에게 아무런 부가
설명도 하지 않았다. 함께 가겠냐는 제안이 아니라 통보였다. 처음부
터 해환의 자리는 없었다. 그 말에 해환은 어떻게 했던가. "나는 언
제 가면 돼?"라고 했지.

씨발.

해환은 스스로를 욕했다. 왜 그런 대답을 했을까. 그때엔 이렇게
대답해야 했다. "그래? 잘 다녀와." 왜 그러지 못했을까. 왜 그때의
나는, 이 남자가 아니면 안 된다고 강하게 믿었을까. 다른 여자 때문
에 아들의 결혼식에 오지 않는 이런 남자를 왜, 그토록 매달렸을까.
그리고 지금 이 순간, 그럼에도 불구하고, 남편이 다시 문을 열고 돌
아오기를 기다릴까. 문을 열고 들어와 "내가 미쳤었나 봐, 미안해."
라고 용서를 빌길 바랄까. 씨발. 해환은 결국 또 욕을 하고 말았다. 씨
발. 씨발. 욕 말고는 대체 무엇을 해야 할지 몰라서, 끊임없이 쏟아지

는 눈물을 방치하고 그저 욕을 하며, 또 욕을 하며 거실에 털썩 주저앉아 있는 것이었다.

8.

해환은 묵묵히 떡볶이를 비워갔다. 국물 한 방울 남길 수 없다는 듯 꼼꼼하게 먹고, 마지막으로는 계란으로 국물을 닦아내듯 싹 비웠다.

빈 그릇을 가만히 바라보며 속으로 다짐을 굳혔다.

역시, 이 떡볶이밖에 없어.

아들의 결혼식 이후, 남편은 집에서 해환과 밥을 같이 먹지 않았다. 가끔 외식을 하는 경우는 있었지만, 그건 어디까지나 아들 내외가 초대할 경우에 한했다.

하지만 이 떡볶이라면 어떨까.

이 떡볶이라면 남편 스스로 먹고 싶다고 말할 것 같았다.

그렇다면, 남편을 독살하는 것도 가능하리라.

해환은 "잘 먹었습니다."라고 말하며 자리에서 일어났다. 계산을 하고, 기대에 잔뜩 찬 사장 부부와 잠시 눈을 마주친 후 말했다.

"저, 사실 스위스에서 왔어요. 40년 만에."

사장 부부의 눈이 조금 커졌다.

"지난 한 달간 전국을 돌며 떡볶이를 먹었어요. 그런데 이 집이 최고네요."

사장 부부의 눈이 조금 더 커졌다.

해환은 사장 부부에게 핸드폰을 꺼내 보였다. 그간 찍어온 떡볶이 사진을 차례로 보이며, 어디의 어떤 떡볶이에 무슨 특색이 있는지를 일일이 설명했다. 사장 부부는 계속 "네"만 반복했다. 해환은 그런 사장 부부에게 마지막으로 용건을 덧붙였다.

"저는 곧 스위스로 돌아가야 해요. 혹시 그 전에, 이 집의 떡볶이 맛을 배워가도 될까요? 장사를 하려는 게 아니라, 가끔 집에서 해먹고 싶어서. 물론, 사례는 드릴 거예요. 레시피의 금액은 이 정도 생각하고 있어요."

해환이 말한 금액에 사장 부부는 "네"를 대답하는 것조차 하지 못했다. 해환은 그런 사장 부부에게 다시 한 번 담담하게 말했다.

"불편하시면 괜찮아요. 어디까지나 두 분이 괜찮으시다면, 이라는 가정하에 말씀드리는 거니까요."

"그, 그럴 수는 없으니까요."

남자 사장이 가까스로 입을 열었다.

"돈을 받을 수는 없습니다."

"그럼요. 돈을 받을 수는 없어요."

여자 사장 역시 고개를 힘주어 끄덕였다.

"저희 레시피로 장사를 하신다거나 한다면 모를까, 단순하게 댁에서 해드시려는 건데 어떻게 돈을 받아요."

"하지만 그게 경우가 옳으니까…."

"아닙니다, 그럴 수는 없죠. 아무튼 떡볶이 만드시는 법을 알고 싶으시다고요? 가르쳐드려야죠. 얼마든지 가르쳐드릴게요. 딱히 비법이랄 것도 없거든요."

"그럼 어떻게, 제가 뭔가 준비를 하고 올까요?"

"어머, 그러실 필요 없어요. 그냥 들으시기만 해도 될 수준인걸요. 소뼈를 사다가 한 번 팔팔 끓이고 물을 버린 후에, 다섯 시간 동안 가장 약한 불로 끓이면 국물 색이 아주 진해져요. 중간에 반 정도 줄었을 때에 물을 본래 양만큼 채우는 건 잊으면 안 되고요. 그렇게 다섯 시간 끓이고 하룻밤 식히고 나서, 다음 날 육수로 쓰면 되고요. 나머지는 그냥, 고추장 넣고 간만 맞추면 끝이에요."

"그렇게 간단하다고요? 하지만 그 떡은⋯."

"아, 떡이요. 근처 떡집에서 끊어오는 거예요. 스위스 가실 때 좀 챙겨드릴게요. 가져가서 해드세요. 스위스에서 오셨으면 당연히 챙겨드려야죠."

해환은 비법(?)을 듣고 나서도 바로 자리를 뜨지 못했다. 아무리 그래도 음식맛의 비밀이다. 것도 책에 실릴 정도로 유명한 떡볶이의 비밀이다. 정말 이게 전부일까? 사실 뭔가 더 있는 게 아닐까?

"당신, 중요한 걸 말 안 했네."

그때, 남자 사장이 입을 열었다.

"한 가지 빼먹었잖아. 아주 중요한 재료를."

"그게 뭔데?"

남자 사장이 손을 들었다. 손목을 돌려 안쪽을 보이더니 말했다.

"사랑."

손목 안쪽에는 하트 문신이 새겨져 있었다.

"이 양반이 뭐라는 거야."

여자 사장은 약간 얼굴이 벌게졌다. 그런 여자 사장의 손목을 들어 안쪽을 보이며 남자 사장은 다시 한번 말했다.

"사랑. 이 떡볶이는 내가 이 사람 먹으라고 만든 겁니다. 그래서 맛있는 거죠."

사랑이라.

해환은 남자의 말에 그만 실소하고 말았다. 반쯤 농담하는 마음으로 물었다.

"그럼 사랑이 없으면 맛이 없어지나요?"

"당연하죠."

이번엔 여자 사장이 정색을 하고 답을 해왔다.

"모든 음식은 먹는 사람을 생각하고 만드는 겁니다. 교과서적인 답이지만, 손님의 웃는 얼굴을 생각하며 만들고 있답니다. 사랑."

그러면서 남편을 흉내 내며 손목 안쪽의 하트모양 문신을 보였다.

"음, 사랑."

남편 역시 손목 안쪽의 하트를 보이며 말했다.

해환은 그런 둘의 손목 안쪽의 하트를 가만히 보다가 동의와 납득이 전혀 담기지 않은 말투로 대꾸할 수밖에 없었다.

"사랑이라…."

9.

다음 날, 해환은 망원시장에서 큰 솥과 소뼈를 사왔다. 가스레인지에 솥을 올린 후 한 번 팔팔 끓여 버린 후 가장 약한 불에 놓고 다시 끓였다. 끓이는 중간중간 생기는 찌꺼기를 걷어내고, 물이 줄어들 때마다 보충했다. 여자 사장의 말대로 국물 색이 자연스레 변했다. 뽀얀 색을 띠는 것을 확인하고 나서야 해환은 불을 껐다.

이튿날, 아침에 일어나자마자 국물을 확인했다. 국물은 젤리화되어 있었다. 해환은 시장에서 사온 고추장과 떡, 어묵을 꺼냈다. 찬물에 떡을 씻어 냄비에 올린 후, 국물을 붓고 고추장을 넣어 팔팔 끓인 후, 파를 곁들여 떡볶이를 완성했다. 일단 사진을 한 장 찍은 후 젓가락으로 떡볶이를 하나 들어 입에 넣었다.

맛 6 모양 4 특색 5

'끼니'의 맛만큼은 아니었다. 뭔가 부족한 느낌이 없잖아 있었다. 하지만 지금 이 순간 먹는 떡볶이는 엔간한 곳보다 진하고 담백한 느낌이 있었다.

정성을 들이면 무슨 음식이든 맛있다는 건가.

생각해보면 취리히에 간 후 이렇게 오랜 시간 집중해 음식을 만들어본 적이 없었다. 해환은 국물을 가만히 바라보다가 사장 부부가 했던 말을 떠올렸다.

사랑.

"사랑이라…."

해환은 한참 그 말을 중얼거리며 떡볶이를 아주 천천히 먹었다.

10.

일주일간 해환은 아무 데도 나가지 않았다. 매일 자신이 우려낸 국물로 떡볶이를 해먹으며 맛을 연구했다. 하지만 조미료를 조금씩 바꿔갈 때마다 떠올리고 마는 것은 사장 부부가 말한 '사랑'이었다.

사랑.

사랑이 담긴 떡볶이.

말장난에 불과하다는 사실은 알고 있었다. 하지만 그 말이 자꾸만 걸렸다.

남편에게 줄 사랑은 없었다. 아니, 그가 먼저 사랑을 거부했다. 그런 그에게 어떻게 사랑을 담아 떡볶이를 만들어 줄 수 있단 말인가?

생각만 해도 끔찍했다.

하지만 사랑.

사랑을 담아야 한다면, 어떻게든 사랑을 담아야 한다면….

해환은 다시 젤리화된 국물을 펐다. 냄비에 담은 후 떡과 어묵, 면밀하게 바꿔본 고추장을 적당히 담은 후 휘휘 저으며 오래전 신혼 때를 떠올렸다. 어렵게 구해온 쌀로 흰죽을 끓여주던 남편, 꼭 끌어안고 버터밥 이야기를 하던 남편을. 그 생각을 하며 떡볶이를 젓자니 아주 조금 마음이 포근해지는 것도 같았다.

다시 한 번 완성한 떡볶이를 상에 올려놓았다. 사진을 한 장 찍었다. 찰칵. 이번엔 왠지, 국물 색이 지난번보다 맑아진 것 같았다. 설마 그럴 리가, 하면서도 해환은 일단 손에 젓가락을 들었다. 떡과 어묵을 한 번에 들어 입에 넣고 우물거렸다.

아, 맛있어.

맛 8 모양 9 특색 8

확실히 맛있어졌다.

…어떻게 이럴 수 있지?

해환은 의아한 마음에 자신이 만든 떡볶이를 한참 내려다보았다.

맛있는 떡볶이의 비결이 사랑, 사랑이라고?

11.

다시 일주일간, 해환은 매일 떡볶이를 만들 때마다 남편을 떠올렸다. 남편의 웃는 얼굴을 떠올리려고 했지만 그건 어지간해서는 떠오르지 않았다. 그래서 어쩔 수 없이 그의 무뚝뚝하지만 다정한 모습을 떠올리려고 노력했다. 그럴 때마다 떡볶이가 아주 조금씩 맛있어졌다. 하지만 그것만으로는 끼니의 맛을 완벽하게 살려낼 수 없었다. 그건 곧, 남편을 살해하는 일이 실패로 돌아간다는 말과 같았다.

어쩔 수 없이 해환은 옷장 문을 열었다. 캐리어를 꺼내고 그 안의 핸드폰도 꺼냈다. 그새 핸드폰은 배터리가 완전히 나가 있었다. 해환은 충전부터 한 후 핸드폰을 켰다. 그새 온 부재중 메시지를 확인해 보니, 뜻밖에도 남편이 보낸 메시지가 한 통 있었다.

어디야

가증스러운 인간. 아들한테 들어서 어딘지 뻔히 알면서. 정말이지, 그 남자다운 메시지였다. '어디야' 뒤에 '?'조차 붙이지 않았다. 그는 문장부호를 누르는 것조차 귀찮아했다. 하긴, 한글로 보낸 게 어딘가. 아마 이것도 아들이 한참 설득한 끝에 가까스로 보낸 것이리라.

안 돼. 이러면 안 되지.

사랑, 사랑.

해환은 속으로 끓어오르는 분노를 삭이며 핸드폰을 손에 들었다. 심호흡을 크게 하고 남편에게 전화를 걸었다.

남편은 신호가 떨어지기도 전에 바로 전화를 받았다.

"당신 대체 지금 어디야! 단기 렌털은 대체 무슨 소리고? 돈은 어디 있어서 거기서 그래! 왜 안 들어오고 한국에 가서 지금 한 달 넘게 연락도 안 하고! 대체 어디서 뭘 하고 있어? 당장 안 들어와!"

남편은 전화를 받자마자 고래고래 고함을 쳤다. 해환은 당황했다. 뜻밖의 반응이었다. 남편이라면 분명 자신이 나가든 말든 신경도 쓰지 않을 줄 알았다. 그런데 흥분을 하다니, 잔뜩 화를 내다니. 남편의 잔뜩 화난 얼굴을 떠올리자니 이상하게 그런 생각이 들었다.

이번에 만들 떡볶이는, 아주 맛있을 것 같아. 만약 그렇게 된다면 돌아가서 남편을….

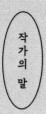

작년, 근 20년 만에 유럽에 다녀왔습니다. 이탈리아, 스위스, 독일, 네덜란드 등의 서점을 두루 훑는 기행이었는데요, 저는 떠나면서 딱 한 가지 생각만 했습니다.

떡볶이를 먹고 오자.
유럽 떡볶이는 어떤 맛일까?

그래서 현지를 돌아다니다가 한식당에 들렀을 때, 떡볶이를 사 먹었습니다. 유럽의 떡볶이 값은 우리나라보다 훨씬 비싸더군요. 그 가격이 인상 깊어 외우고는 생각했습니다.

아, 이거야. 이걸로 소설을 써야겠어. 유럽 떡볶이 이야기.

스위스에 사는 할머니 윤해환의 떡볶이 이야기는 그렇게 탄생했습니다.

소설 속 주요 무대로 등장한 망원동 분식점 '끼니'는 실존합니다. 재작년, 우연히 들렀다가 먹은 떡볶이에 반해, 사장님 부부께 허락을 맡고 소설 속 무대로 차용하였습니다. 하지만 소설 속 레시피는 실제 끼니의 떡볶이 레시피와 다릅니다. 혹시라도 맛의 비밀이 밝혀지면 영업에 지장이 생길까 우려되어 집에서 사골국을 우릴 때 사용하는 방법을 적었습니다.

이 소설을 보시고 망원동 '끼니'가 궁금하여 들러보고 싶은 분들은, 가시기 전 꼭 전화를 하시길 바랍니다. 문이 닫혀 있을 때 갔다가 허탕을 치면 곤란하니까요. 물론 그런 때엔 근처에 있는 다른 분식점을 가셔도 좋습니다. 예를 들어, 망원시장 안에 있는 '맛있는 집'에서 오뤼김밥과 떡볶이를 사드시는 것도 괜찮겠죠. '맛있는 집'의 떡볶이에 대한 이야기는 추리소설가 윤해환이 등장하는 소설 (멸망하는 세계, 망설이는 여자)에 적었으니 시간 되실 때 같이 보셔도 좋을 것 같습니다.

둘이 먹다 하나가 죽어도 모를 떡볶이

송 구리 당당

이리나

구리 해에도 끝은 오는가!

《아내를 모자로 착각한 남자》를 쓴 신경과 전문의이자 유명작가인 올리버 색스는 나이를 원소주기율표의 기호 번호로 기억했다. 가령 여든한 살 생일에 그의 원소 친구들은 그에게 탈륨Tl 생일을 축하한다는 카드를 보냈고, 그는 84번째 폴로늄Po 해를 맞지 못한 채 여든둘 납Pb의 해에 세상을 떠났다, 이런 식.

순진한 나로서는 발음하기 좀 껄끄러운 성을 가진 색스 선생님의 나이 표현 방식을 빌리자면, 나는 올해 스물아홉, 29번 구리Cu 해를 살아내고 있다. 아홉수에 구리Cu라니! 그러니 올 한 해가 요 모양일 수밖에.

"우리 때는 교실 하나에 칠팔십 명이 복닥거렸어. 지금은 급식이나 있지. 그때는 도시락을 두 개씩 싸와서 아침부터 쉬는 시간마다 까먹었어. 그 냄새가 다 어디 갔겠니. 그러고 보면 우리 때 선생님들이 참 양반이었어. 요즘 젊은것들 같았어 봐. 이런 환경에서는 수업을 하네 못 하네 난릴걸."

옆자리에 앉은 오십 대 후반 정임숙 선생은 입만 뗐다 하면 '우리 때' 어쩌고를 남발해 기간제 교사들 사이에서 '우리때' 선생으로 통한다. 우리때 선생이 늘 조준하는 '요즘 젊은것'인 나는 언젠가부터 교무실에서 이어폰을 끼기 시작했다.

"최 선생! 요즘 그 반 애들 왜 그래?"

우리때 선생같이 교무실에서 은근히 따돌림당하는 사람은 능글

맞게 눙쳐가며 건성으로 대하면 좋은 관계를 유지할 수 있다. 큰 물건이나 마음을 줄 필요도 없다. 하는 말에 가끔 맞장구쳐주고 학교 앞 카페에서 아메리카노를 사서 한 번씩 건네주기만 해도 아마 귀찮을 정도로 나를 추켜세워줄 게 뻔하다.

미친 척 그래보기도 했다. 매일 봐야 하니 뭐라도 해보고 싶었던 것이다. 같은 커피를 테이크아웃해 들고 와도, 예쁘고 고마운 사람을 위한 커피 한 잔이라면 출렁거려 컵이 더럽혀질까 노심초사하게 된다. 그러나 커피는커녕 일 년 전부터 가방에 들어 있던 눅진한 껌 하나도 주기 싫은 우리때 선생에게 줄 커피라면? 공연히 가방 든 손과 커피 든 손이 엉키고, 그걸 푸느라 커피가 흐르고 야단법석이다. 가방에 든 티슈를 꺼내려다 이번에는 옷에 커피가 튄다. 그래서 몇 번 커피를 나르다 말았다. 최근에 우리때 선생이 나를 더 갈구는 이유가 바로 이 때문일지도 모른다. 혹여 이유가 있긴 하다면.

"최 선생, 요새는 '아아' 안 마셔?"

"아, 제가 밤에 잠을 못 자서 커피를 좀 끊어 보려구요."

사실 나는 우리때 선생과 공연히 마주앉고 싶지 않아 커피를 끊었다고 거짓말했다. 가끔 내용물이 보이지 않는 텀블러에 공룡상의 호감형 배우가 권하는 인스턴트 커피로 '세상에서 가장 작은 카페'를 만들어 혼자 몰래 커피 허기를 채운다. 제아무리 우리때 선생이라도 설마 텀블러 안에 든 음료가 뭔지 확인해보지는 않겠지. 그러나 방심은 금물! 우리때 선생인데 뭔들 못 할까.

"그 좋아하던 커피를 못 마시니 안됐네. 이거라도 먹을래?"

비아냥거리듯 코웃음을 지으며 책상 위에 있던 봉지를 던져준다. 손가락 끝에 끼워먹는다는 옛날식 튀김과자다. 딱히 먹고 싶지도 않고 고맙지도 않으면서 어쩌자고 하나 꺼내 무심코 입에 넣었는지. 하마터면 욕을 뱉을 뻔했다. 겨우 과자와 함께 욕을 삼켰다. 꿀꺽! 자기도 먹기 싫은 눅눅해진 과자를 동료에게 건네는 오십 대의 영어교사. 저 사람은 분명 나의 인내심을 시험하려고 하늘에서 보낸 사탄이 분명하다.

내가 우리때 선생 같은 사람의 일거수일투족에 신경을 곤두세우게 될 줄 니켈Ni 해인 스물여덟까지는 꿈에도 몰랐다. 나보다 먼저 직장생활을 시작한 친구들이 술자리에서 하늘이 무너진 듯 우거지상을 하고 상사나 사수 때문에 괴로워할 때, 위로랍시고 내가 그들에게 던진 말들을 모두 모아 파쇄기에 넣어 갈아버리고 싶다. 그까짓 일과 사람에 목숨 걸지 말고 다른 재미있고 의미 있는 일을 찾으라, 영혼 없이 훈계했던 나였다.

"야, 최 선생. 내 말 안 들려?"

이어폰을 껴본 사람은 안다. 이어폰을 낀다고 외부의 소리가 완전히 차단되는 건 아니다. 물론 음량을 최고로 해서 하드록을 듣거나, 성능이 무지하게 좋은 인이어 이어폰으로 양쪽 귀를 알뜰하게 막거나, 주변의 소음이 많은 곳에서라면 안 들릴 수 있다. 그러나 나는 조용한 교무실에서 마음을 졸여가며, 그것도 차마 양쪽을 다 낄 배짱이 없어 한쪽만 귀에 간신히 걸어놓았을 뿐이니 다른 소리가 들리지 않을 리 없다. 아무리 핑계를 대도 기간제 교사 1년 차가 교무실에서 이어폰이라니 말이 안 된다고 스스로도 생각한다. 이것도 내가 우리 학교 영어 듣기 전담 교사라 겨우 가능한 일이다.

나에게 이어폰은 하루의 일과를 무사히 수행하도록 도와줄 마지막 보루이다. 교무실에서 감정 소모를 많이 하면 아이들에게 쏠 에너지가 고갈되는 느낌이라 취한 궁여지책이다. 정말 도저히 참을 수 없을 때 한 번씩 죄책감을 느끼며 이어폰으로 도망친다. 제발 내게 말좀 걸지 말아달라는 소리 없는 아우성이지만 우리때 선생한테는 좀처럼 통하지 않는다. 억지로 못 들은 척 미간을 좁히고 있는데 귓불에 뜨끈한 기운이 와 닿는다. 내가 진짜 이어폰을 끼고 영어 듣기를 준비하는지, 아니면 BTS의 노래를 듣는지 확인이라도 하고 싶은 걸까? 결눈질로 우리때 선생의 보름달 같은 얼굴을 보자마자 화들짝 놀라 자리에서 일어난다. 태연하고 싶은데 잘 안 된다.

"아, 네? 저한테 뭐라고 하셨어요? 죄송해요. 오늘 애들 리스닝할 걸 덜 듣고 와서요. 참! 반장한테 파일 준비시켜두는 걸 잊었네. 선생님, 저 먼저 교실에 들어가 볼게요."

얼른 교재 등을 챙겨 서둘러 교무실을 빠져나오는데 우리때 선생이 뭐라 구시렁대는 소리가 뒤통수에 덜렁덜렁 매달려온다.

'아무리 그래도 동료 선생한테 '야'가 뭐야 '야'가!'

우리때 선생은 내 고2 때 영어 담당이자 아빠의 예전 동료이다. 사람은 나이를 먹을수록 열정, 정의, 배려 등이 줄어들기 쉽지만 적어도 우리때 선생만은 예나 지금이나 한결같다. 어려서 부모님의 지인들과 여럿이 모인 자리에서 우리때 선생을 몇 번 만났을 때도 도대체 저 사람은 왜 저럴까 몹시 의아했던 기억이 난다. 아마 음식에 목숨을 걸었거나 분위기에 전혀 어울리지 않는 말을 하고 혼자 박장대소했겠지. 지금도 그러고 있으니까.

아, 맞다! 우리때 선생에게도 순기능은 있었다. 그녀는 내가 영문과에 가고 싶게 한 장본인이다. 나는 영어가 재밌고 좋았지만, 우리때 선생의 수업 시간만 되면 화가 났다. 옛날 방식으로 영어를 배웠으니 발음이나 듣기가 부족한 건 어쩔 수 없다 쳐도, 다년간 해온 문법과 독해도 버벅버벅, 아슬아슬해서 못 들어줄 정도였다. 나는 우리때 선생의 수업을 듣는 내가 너무 불쌍해서 나중에 어떻게든 꼭 좋은 영어교사가 되어 학생들에게 빛이 되리라 마음먹었다.

학교 다닐 때 내가 흠모했던 사람은 영자신문반 담당 구회령 선생님이었다. 우리때 선생에 비하면 서른 배는 실력이 있는데도 늘 CNN을 듣고 미드를 보는 등 최선을 다하는 모습도 멋졌고, 아이들과 말도 잘 통했다. 몇 해 전 퇴직 후 지금은 영어학습 앱 개발자로 변신해서 잘나간다고 전해 들었다. 우상이던 선생님과 같이 일해보고 싶은 꿈은 깨지고, 절대 닮고 싶지 않은 우리때 선생과 같은 과목 그것도 옆자리 동료 교사로 만나다니, 인생 참 뜻대로 안 된다.

담임을 맡은 2학년 2반 문을 열자마자 오전 내내 교실에 갇혀 있던 답답한 공기가 나를 마중하듯 달려든다.

"얘들아, 창문 좀 열자."

"아아, 추워요."

"창문은 왜요?"

"조금만 열었다 닫자, 응? 환기를 해야 정신이 바짝 들지."

"아, 짱나!"

5교시 수업은 학생과 선생 모두에게 고역이다. 학년 초 수업시간
표를 받아들 때만 해도 매일 5교시 수업을 한다는 게 이렇게 힘들 줄
몰랐다. 아이들은, 낮 동안의 공격을 끝낸 좀비들처럼 수업 시작 5분
후면 책상 위로 엎어진다.

내가 잠 귀신이 덮친 아이들과 씨름하는 동안 우리때 선생은 오
후 시간을 홀라당 비워 외출한다. 주식을 한다는 말도 있고, 사우나
에 간다는 설도 있다.

우리 반에서 5교시 영어수업에 자지 않는 아이는 체육부와 특수
반 아이를 뺀 열아홉 명 중에 셋뿐이다. 1학년 전체 등수가 21등이라
1반에 들어가지 못하고 2반에 배정된 반장 혜리, 타고난 언어감각으
로 어학과목만은 날고 기는 윤주, 그리고 은서.

오늘은 둘뿐이다. 은서는 이틀째 결석이다. 새 알바를 시작한다
더니 또 몸에 탈이 나 학교에 못 온다는 연락을 받았다. 내일은 토요
일이니 '튄떡'으로 은서를 찾아가야겠다. 아까 우리때 선생이 말한
'왜 그런지 모를 우리 반'은 바로 이 때문이리라. 지난주에 자퇴하겠
다며 무단결석한 지형이를 겨우 달래서 학교에 나오게 했는데, 어제
오늘 은서가 또 결석이다. 우리때 선생은 내게 학생들 생활 관리를
어떻게 하느냐고 타박하고 싶었던 것이다. 은서가 어디가 어떻게 얼
마나 왜 아픈지 대변하고 싶었지만 억지로 참았다. 또 어디다 어떻게
소문낼지 모르니까. 우리때 선생에게 민감한 비밀을 지켜달라고 하
는 것은 골든 리트리버에게 사람을 반기지 말라고 하는 행위와 같다.

올해 초 모교 기간제 교사로 근무가 확정됐을 때 나는 지역 예선

을 통과하고 전국대회에 출전한 운동선수가 된 느낌이었다. 기간제 교사는 비정규직이라 매년 계약을 새로 해야 하지만, 여태 학원과 과외와 통번역 알바만 했던 나로서는 한 단계 승급한 것 같았다. 올해 기간제 교사로 함께 발령받은 동료는 모두 열일곱 명. 작년에 이어 재계약을 한 사람은 절반이 넘는 열한 명이다. 한 학년이 끝나고 다 같이 재임용된다는 보장이 없으니 한 해 동안 학생들 못지않게 기간제 교사들 사이에서도 치열한 눈치 싸움과 경쟁이 있을 것이다. 영어 기간제 교사는 세 명. 관례상 세 명 중 적어도 한 명은 재임용에서 탈락한다. 가슴이 쫄깃쫄깃하고 짜릿짜릿한 게 투지가 일었다. 일 년 동안 열심히 해서 존재 증명을 확실히 하고 싶었다.

그런데 초반부터 만만찮은 난관에 부딪쳤다. 기간제 교사도 종종 담임을 맡을 수 있다는 얘기를 들었지만 내 앞에 떨어질 운명일 줄은 몰랐다. 언제나 얼굴이 불콰한 멍게 교감이 '2학년 2반 최서라 선생님'이라고 발표하자마자 모두 한목소리로 내게 한 말이 '은서 담임이네요'였다. 은서가 어떤 애라고는 설명도 없이. 소위 선생님들 눈에 넣어도 안 아플 모범생이라는 건지, 걸핏하면 가출을 해서 잡으러 다녀야 하는 날라리라는 건지, 초보 교사들만 왔다 하면 기선 제압하려고 삐딱선을 타서 선생님들을 눈물 바람으로 만든다는 건지….

첫날 담임을 맡은 반에 들어가면서 가장 신경 썼던 부분은 당연히 은서였다. 선생님들은 끝내 은서가 왜 유명한지 말해주지 않았다. 어떤 아이든 놀라지 않겠다고 다짐은 했지만 궁금증까지는 어쩌지

송 구리 당당

못했다. 얼른 친해지고 싶단 핑계를 대며 출석부터 불렀다. 나를 보는 아이들의 눈에도 호기심이 가득했다. 내가 수년 전에 우리 학교를 1등으로 졸업하고 서울의 명문대와 대학원을 나온 황금 선배라는 소문이 벌써 자자하다고 들었다.

드디어 손은서로 호명된 아이가 손을 드는데, 나는 하마터면 '뭐?' 하고 소리를 지를 뻔했다. 단정한 교복 차림에 긴 생머리, 희고 작은 얼굴, 호리호리한 몸매에 길쭉한 팔다리, 차분하면서도 도발적인 표정. 교과 성적이 좋을지는 모르겠으나 영리할 것 같기는 한 분위기. 주변에 있으면 의지와 상관없이 자꾸 시선이 갈 미인형이었다. 아이들은 은서의 얼굴을 확인한 후 내 표정이 미세하게 떨렸던 걸 알아챘을까? 스물한 명이 모인 곳이니 누군가는 눈치를 챘을지도 모른다. 뭐야! 저 사람도 예쁜 여자를 좋아하는구나, 입을 삐쭉댔을지도.

아이들을 처음 만나고 교무실로 돌아온 나는 바로 김찬미 선생을 찾았다. 선생은 마음 둘 곳 없는 교무실에서 비교적 괜찮은 인상을 풍기는 사람이다. 적어도 자기가 당해서 싫을 일은 다른 사람에게 하지 않으려고 조심하는 스타일이랄까. 마침 은서의 1학년 때 담임이기도 했다.

"선생님, 은서는 뭐가 문제예요?"

김찬미 선생이 뜨개질하던 손길을 멈추고 눈을 동그랗게 뜬 채 나를 올려다본다. 교무실에서 취미생활이라니, 나는 감히 꿈도 못 꿀 일이다.

"은서 아버지가 또 전화하셨어요?"

"네? 은서 아버지가 학교에 전화를 하세요?"

"아, 전화 온 건 아니군요. 간이 철렁했네. 내가 이런데 은서는 어떨까, 은서 불쌍해 죽겠어요."

김찬미 선생이 들려준 이야기는 가히 충격적이었다. 은서 아버지가 학교로 처음 전화를 건 것은 작년 2학기 어느 날이었다. 술에 취해 다짜고짜 딸을 바꿔달라고 해서 처음에는 장난전화인 줄 알았는데, 아무래도 분위기가 심상찮아 어찌어찌 담임인 김찬미 선생과 통화가 되어 은서가 교무실로 불려왔다. 은서는 전화를 받기도 전에 이미 초주검 상태였고 바로 조퇴하고 집으로 달려갔다. 그 일로 은서가 숨기고 싶은 가정사가 적어도 교무실에서만큼은 누구나 아는 가십거리가 되어버렸다.

은서의 아버지는 술만 마셨다 하면 폭력을 일삼는 알코올 중독자였다. 직업이 없어 술을 마시는지 술을 마셔대느라 직업을 못 구한 건지, 벌써 몇 년째 이렇다 할 직업이 없다. 은서 엄마는 3교대로 돌아가는 공장에 다니는데 늘 새벽에 출근한다. 알코올 중독자들이 흔히 그렇듯 은서 아버지도 독하게 마음먹고 한동안 술을 끊었을 때는 사슴같이 맑간 얼굴을 하고 하굣길에 은서를 태우러 오기도 했단다.

그러다 아는 친척의 농사를 도와주러 갔다 새참으로 나온 막걸리를 마시고 발동이 걸려 다시 술독에 빠졌고, 은서 아버지의 폭력성과 자기 비하는 더욱 심해졌단다. 어느 날, 은서가 하교해서 집에 가보니 평상에서 술을 마시거나 잠들어 있어야 할 아버지가 보이지 않고 집은 쑥대밭이 되어 있었다. 놀라서 이 방 저 방 찾다가, 혹시나 하고 노크 후 욕실 문을 연 순간 은서는 풀썩 주저앉고 말았다. 아버지가 목에 끈을 매달고 바닥에 쓰러져 있었다. 그 후 구급차를 부른 것도 경찰과 의사에게 정황을 진술한 것도 모두 은서였다. 다행히 술김에 아무거나 집어 들고 샤워기에 목을 매단 덕분에 오래지 않아 줄이 풀리고 아래로 떨어져 목숨에 지장은 없었지만 은서에게는 큰 트라우마가 되었다.

평소에도 은서에게 많이 의지했던 아버지는 그 일이 있은 후 걸핏하면 마지막으로 딸 목소리나 듣고 죽게 해달라고 전화를 해 교무실을 발칵 뒤집어놓았다. 혼비백산 집으로 달려간 은서는 목에 끈을 매고 앉아 술을 마시는 아버지를 보고 또 속았구나 분해했지만, 조금만 잘못돼도 목숨을 잃고 마는 일이라 번번이 집으로 달려갈 수밖에 없었다.

"은서 속엔 뭐가 들었는지 모르겠어요. 작년에 아버지가 자살소동을 벌인 것도 첨엔 아무도 몰랐어요. 아버지가 교무실로 전화를 하기 시작해서 알게 됐지, 안 그랬음 아직도 몰랐을 거예요."

"은서는 야간 자율학습을 아예 안 한다고 표시되어 있던데 그것도 아빠 때문인가요?"

"네, 그런 것도 있지만 집이 수변동 달동네 중에서도 꼭대기거든요. 너무 위험한 곳이라 학교에서도 늦게까지 잡아둘 수가 없어요. 은서가 알바도 많이 하는데 평일에는 못 하고 주말에만 해요."

"아, 그렇군요."

"여하튼 너무 안쓰러운데 해줄 수 있는 건 없고, 보고 있으면 늘 마음이 무거워요. 사실 최 선생님한테는 좀 미안하지만 전 올해 은서 담임이 아닌 게 얼마나 다행인지 모르겠어요."

김찬미 선생의 솔직한 고백이었다.

"아, 참. 은서는 아버지 재워놓고 오느라 등교시간이 들쭉날쭉해요."

인생 처음 담임을 맡은 얼뜨기에게 떨어진 난제 중의 난제, 손은서! 수변동 달동네 꼭대기 집 좁은 마당에서 누런 러닝셔츠를 입은 술주정뱅이가 구석에서 몸을 웅크리고 떠는 아내에게 삽을 휘두르는 장면이 배경으로 희미하게 깔리고, 그 앞에 교복 입은 냉미녀 은서가 팔짱을 낀 채 표정 없이 카메라를 응시하는 장면이 처음부터 내게 '임팩트 강한 섬네일'로 각인되었다.

"난 솔직히 네 상황을 제대로 이해 못 해. 미안해."

순간 은서의 얼굴에 뭔가 옅게 쨍 하고 지나가는 게 느껴졌다. 학년 초 의례적으로 진행했던 개별 상담 시간에서였다.

"샘, 그렇게 말해줘서 고마워요. 전 절 이해하는 척하는 사람이 젤 싫어요. 누가 절 이해할 수 있겠어요."

휴우, 며칠 동안 가루약을 입에 털어 넣고 물을 안 마신 듯 답답하고 찝찝하고 불안하던 게 쑥 내려가며 숨통이 트인 느낌이었다. 그래도 선생님인데, 뭔가 아이의 심금을 울리는 말을 해줘야 할 텐데, 아무리 재고 연습해도 마음에 들지 않았다. 그런데 은서가 보인 의외의 첫 반응이 나를 구했다.

그 후로 은서가 내게 선선히 자기 얘기를 해줄 수 있었던 건 내가 은서를 솔직하게 대했기 때문만은 아니다. 이미 많은 사람, 적어도 교무실 선생님들에게는 자기의 기본적인 상황이 알려졌다는 전제가 있었기에 가능한 일이다. 사람은 내 비밀을 상대가 아는지 모르는지 확인할 때까지가 힘들지, 일단 까발려지고 나면 오히려 대담해져서 하소연이든 자기변명이든 하기 쉬워지는 법이다.

은서는 여러모로 특이한 아이이다. 성적은 전교 꼴찌나 아무도 공부와 관련해서 은서에게 뭐라 하지 않는다. 수업 시간에 절대 졸지 않지만 그렇다고 수업을 듣지도 않는다. 다른 생각에 골몰하는 것 같지도 않다. 몸만 교실에 있을 뿐이다. 항상 교복을 단정하게 입고 화장도 하지 않는다. 날씨가 춥다고 교복 위에 체육복이나 활동복을 걸쳐 입지도 않는다. 웬만하면 모두 사복을 입을 현장학습 날에도 교복 차림이다. 겉모습만으로는 학교 최고의 모범생이다. 눈여겨보지 않으면 흰 캔버스 운동화가 낡아 뒤꿈치가 바닥에 닿는다는 것을 대개 눈치채지 못한다. 친한 친구가 대여섯 명 있는데 하나같이 학교에서 내로라하는 부잣집 딸들이다. 그 애들한테서 무슨 이익을 얻기 위해 일부러 접근해 맺은 친교 같지는 않고, 그룹 내에서 은서가 다른 아이들의 눈치를 보거나 저자세를 보이지도 않는다. 값비싼 옷과 소지품으로 휘감은 아이들 틈에서 그렇지 않은 은서가 오히려 돋보였다. 다른 아이들과의 관계도 대체로는 원만하다. 은서가 신나게 떠들 때와 잠잠할 때의 편차가 커서 가끔 아이들이 은서를 재수 없어할 때가 있고, 부모님과 싸웠다는 이야기를 들을 때 은서가 특히 아이들을 가소로워 하는 것만 빼면.

'튄떡'은 새로 생긴 유명 프랜차이즈답게 외관이 세련되고 깔끔했다. 알바의 여왕 은서가 왜 카페와 맥도날드를 마다하고 '튄떡'을 택했을까 궁금했는데 문을 열자마자 이유를 알 것 같았다. 은서는 깃 끝과 단추에 선명한 빨간색이 들어간 딱 붙는 흰색 폴로 티셔츠에 빨간 앞치마를 두르고, 동그랗고 앙증맞은 빨간 마이크를 착용하고 있었다. 손때 하나 묻지 않은 희고 깨끗한 벽면을 배경으로 정중앙에 보란 듯이 버티고 선 은서 덕분에 '튄떡'은 떡볶이, 튀김, 순대 등의 분식과 간단한 음료를 파는 떡볶이 전문점이 아니라 갤러리나 젊은 사람들을 겨냥한 소형차의 쇼케이스장 입구 같은 분위기를 풍겼다. 단정한 유니폼이 은서에게 교복만큼 잘 어울렸다. 매장은 은서 덕을, 은서는 매장 덕을 보고 있었다.

"어서 오세… 어, 서라 샘!"

점심과 저녁 사이 어중간한 시간이라 내부는 한산했다.

"은서야, 너 내가 떡볶이 좋아하는 거 어떻게 알고 이번엔 또 떡볶이니?"

"샘이 안 좋아하는 게 있어요? 햄버거, 샌드위치, 고로케, 마카롱….."

"그래도 떡볶인 다르지. 떡볶이에 얽힌 추억 하나 없는 사람은 없을걸! 사실 오는 길에 깜짝 놀랐어. 여기가 옛날에 방앗간 떡볶이 자리였거든. 우리 집에서 이곳까지 꽤 먼데 난 거의 매일 이곳으로 떡볶이를 먹으러 왔었어. 그땐 철판에 가득 담긴 떡볶이를 이쑤시개로 집어다 먹고 나중에 먹은 개수만큼 계산을 했는데, 세 개 먹고는 두 개 먹었다고 거짓말하고 그랬었어. 얼마나 떨리던지. 하나 덜 먹으면 될 텐데 왜 그랬을까. 지금 생각해보면 이해가 안 돼."

"하하, 샘도 그러셨어요? 저도 방앗간 떡볶이 먹은 적 있어요.

근데 떡볶이 먹은 만큼 돈 낸 사람은 아무도 없을걸요. 주인아줌마도 알면서 넘어갔을 거고요."

"그런가? 그럼 그때 간 졸인 걸 억울해해야 하나?"

"여기 사장님이 그 방앗간 떡볶이 아줌마 아들이래요. 불러드릴까요? 그때 지은 죄를 사과도 할 겸. 참, 우리 사장님 아직 결혼도 안 했고 그러고 보니 샘하고 어울릴 것도 같은데."

"됐거든. 그나저나 그때 그 떡볶이 맛이면 좋겠는데 먹고 실망할까 봐 좀 걱정이다."

"저도 그 맛을 기대했는데 아니에요. 본사에서 보내주는 양념을 써야 해서 따로 맛을 내지 못하는 것 같아요."

"서울에 있을 때 해 질 녘이 되면 자주 이곳 생각이 났었어. 아무리 근처에서 유명하다는 떡볶이를 구해 먹어봐도 어릴 때 먹은 방앗간 떡볶이 맛이 안 나는 거야. 그런데 여기서도 그 떡볶이를 먹을 수 없다니 좀 서운하긴 하지만, 똑같은 자리에 떡볶이 집이 있다는 것만으로도 왠지 위로가 되네."

"전 여길 떠날 생각이 없으니 샘처럼 그런 건 못 느끼겠네요."

그렇게 말하는 은서의 얼굴이 왠지 쓸쓸해 보였다.

학교에서 일을 다 처리하지 못해 퇴근 후 밤늦도록 집에서 2학기 말 수행평가를 채점하며 책상에 앉아 있는데 갑자기 배가 날카로운 칼끝으로 헤집는 것처럼 아팠다. 배를 부여잡고 바닥에 한참 엎드려 있으면 좀 괜찮다가, 몸을 일으키면 다시 통증이 시작되었다. 식은 땀이 나고 속이 울렁거렸다. 더듬더듬 침대에 가서 누우니 조금 누그러졌지만 이러다간 출근을 못 할 것 같았다. 대충 옷을 챙겨 입고 부모님이 깨지 않게 까치발을 하고 거실을 빠져나갔다.

응급실에 도착해 기본적인 검사를 하고 받은 진단은 '스트레스성 위경련'. 몹시 힘들다 했더니 역시 '스트레스성'이었어. 내가 엄살을 부리는 것이 아님을 증명받는 것 같아서, 그것만으로도 배가 덜 아픈 듯한 신기한 경험을 했다. 주사 맞고 약 처방을 받은 다음, 나중에 따로 내시경을 받으라는 권고를 들은 후 수납하려고 대기실에서 기다렸다.

바로 옆자리에 누가 와서 앉기에 고개를 돌려보니 은서였다.

"너 여기 웬일이니?"

"저야 가끔 오지만, 샘이야말로 여기 왜 오셨어요?"

은서 역시 스트레스성일 테지. 은서는 자주 탈장으로 하혈을 한다고 했다. 한 달에 보름은 생리대 신세를 져야 할 때도 있다고.

"혼자 왔어?"

"네. 아빠는 잠들었고 엄마는 오늘 잔업이라 집에 없어요."

"다른 형제는 없니?"

"언니가 하나 있는데, 서울에서 공부해요."

아, 들은 적 있다. 자매는 모든 면에서 판이하게 달랐다. 은서의 언니는 악바리처럼 공부해서 서울 소재 대학에 장학금을 받고 입학했다고 들었다.

"언닌 집에 가끔 오니?"

"아뇨. 대학 가고는 한 번도 안 왔어요. 안 올 줄 알았어요. 안 와도 돼요."

은서의 언니는 한풀이하듯 공부했다. 아버지가 술 마시고 행패를 부려도 책상에 앉아 책장이 타버릴 듯 노려보았다. 저 미친년이 이제 쳐다보지도 않는다고 아버지가 고래고래 소리를 지르면 냉큼 나서서 쏘아보며 얼른 때리라고 대들었다. 아버지가 술 냄새를 풍기며 뒤통수를 후려갈기면 "이제 오늘 치 맞았으니 됐지? 더는 건드리지 마!" 하고는 다시 책상으로 돌아갔다. 그 퍼런 서슬에는 알코올 중독자 아버지도 질리는지 더 이상 아무 소리도 하지 못했다.

　은서의 언니는 대학만 가면 고향이 있는 쪽으로는 눈길도 주지 않을 거라고 늘 말했었단다. 아버지가 자살미수로 병원에 실려 갔을 때도 은서는 고3인 언니에게 연락도 하지 않고 혼자 모든 걸 처리했다.

　"너만 남겨두고 가버린 언니가 밉지 않아?"

　"언니는 공부를 잘했으니 공부하러 가는 거고, 전 공부를 못하니 여기서 엄마 아빠 지켜야죠. 전 빨리 어른이 되면 좋겠어요."

　은서도 대학은 가고 싶어 했지만 성적도 성적이거니와 형편상 그리 쉬울 것 같지 않다. 엄마가 공장에서 벌어오는 월급이 많지는 않지만, 고정적인 수입이어서 기초수급 대상자에서 제외되었다. 당연히 대학의 기초수급 대상자 전형이나 차상위 계층 전형에 해당되지 않는다. 나는 은서에게 지금부터라도 공부를 열심히 해야 대학에 갈 수 있다는 말을 차마 할 수 없었다.

　"은서야, 너도 언니처럼 집을 벗어나고 싶지 않아?"

　"저까지 가면 엄마도 아빠 옆에 있지 않을 거예요. 그럼 아빠 혼자 어떻게 살아요. 아빠를 지켜야죠."

✳

　문이 열리며 딱 그만큼의 빛이 안으로 쏟아져 들어왔다. 눈이 부셔 오른팔을 들어 올려 가리기도 전에 검은 형체 하나가 빛을 등지고 나타났다. 눈을 가늘게 뜨고 쳐다보니 우리때 선생이 내가 익히 아는 물건들을 들고 떡하니 버티고 서 있었다.

　첫 중간고사 때 경력자와 초짜의 차이가 너무 심하면 아이들이 혼란스러워할 테니 내가 문제를 다 출제하는 게 좋겠다고 해서 며칠 밤을 새가며 출제한 시험지, 그게 아이들의 수준에 맞지 않다며 바로 찢어버리고 우리때 선생이 다시 낸 시험지 (후문 1, 우리때 선생은 초임 기간제에게 첫 시험 출제를 맡겼다고 멍게 교감에게 실컷 닦였다고 함. 후문 2, 시험 치른 후 답이 없는 문제가 두 개나 걸려 나와서 멍게 교감에게 또 닦였다고 함), 자매결연 맺은 외국학교로 연수 학생을 인솔해 갈 교사 선발에 필요해서 정성껏 쓴 내 영어 자기소개서 (후문, 우리때 선생이 자기가 제출해주겠다고 가져가더니 이름만 살짝 바꾸고 거의 그대로 베껴 써서 결국 자기가 인솔 교사로 발탁됨), 젊은 네가 채점하고 코멘트하라며 나이 많은 선생들이 던져준 아이들의 수행평가 과제물 등등.

　나는 우리때 선생의 손아귀에서 그것들을 홱 낚아채 땅에 내동댕이친 다음 악다구니를 쳤다. '내 피와 땀을 쥐어짜 당신 것인 척하니 좋아? 내가 여태 참았던 건 당신이 무서워서가 아니라 당신 때문에 내 인생 전체가 휘둘리고 싶지 않아서야! 이제 더는 못 참겠어. 난 학교 때려치울 거야. 당신은 앞으로도 지금처럼 살다가 죽어! 난 평

생 당신이 행복하지 않기를 빌 거야!'

등에 땀이 나고 목이 마르고 온몸이 짓눌린 느낌으로 잠에서 깨어났다. 옆에 놓인 휴대폰을 끌어당겨 시간을 확인하니 어김없이 새벽 세 시 십 분. 내가 이 학교에서 계속 근무해야 하나 고민하기 시작한 후로 벌써 여러 날 똑같은 꿈을 꾼다.

침대에서 일어나 잠옷 바람으로 휘적휘적 다락에 올라갔다. 어제 배송받은 '레고 슈퍼히어로 어벤져스 퀸젯 도심 추격전 76032'를 끄집어내 하나씩 포장을 뜯고 바닥에 블록을 쏟아 부은 다음 퍼질러 앉았다.

평소 할리우드 블록버스터나 슈퍼히어로 따위에는 관심도 없는 내가, 우연히 친척 아이가 가지고 노는 레고 조각을 들고 옆에서 거들다 재미가 들었다. 아무 생각 없이 뭔가에 집중할 수 있는 게 좋아 하나씩 사들이다 보니 이제는 제법 비싸고 규모가 큰 것에 도전한다. 몇 시간 동안 작은 레고 조각을 꽂았다 뺐다 하면서 헬리콥터인지 제트기인지를 쌓아 만들고 그 안에 일명 미국 대장님까지 앉히노라면 땀이 솟고 정신이 아득해진다. 집중해서 조립하는 동안은 가슴을 채우는 분노나 나 자신에 대한 실망 따위를 전혀 느끼지 못한다. 불과 몇 시간이지만 완벽하게 현실을 잊게 해주는 걸 보면 슈퍼히어로는 슈퍼히어로다.

"또 어디 가니?"

"잠깐 다녀올게."

"밥은?"

"나가서 먹을게."

어린애들 장난감이 자꾸 배달되어 오자 쓸데없는 취미가 생겼다고 잔소리하던 엄마가 이젠 내 눈치를 본다. 어느 날 새벽에 혼이 반쯤 나간 얼굴로 레고 블록을 조립하는 내 모습을 문틈으로 본 모양이었다. 이 나이 먹고 부모님 집에 얹혀사는 것도 모자라 부모님을 노심초사하게 만드는 내 모습이 참 마음에 안 든다.

터덜터덜 걷다 보니 또 '튄떡'이었다. 김유신의 말처럼 나는 어릴 때나 커서나 왜 자꾸 이곳으로 오게 되는 걸까. 내게 제일 만만하고 편한 장소였던 모양이다. 아무리 습관처럼 오게 되는 곳이어도 '튄떡'에서 알바하는 아이가 은서 아닌 다른 학생이었다면 그길로 돌아와버렸을 것이다. 선생으로서 학생에게 지질한 모습을 보이기 싫으니까. 그럼 은서는 다른 학생들과 다른가? 그런 것 같다. 나이는 어리지만 삶이 녹록지 않은 아이라 그런지 알 수 없는 깊이가 있다.

'튄떡'은 내 과거와 현재와 미래가 뒤섞인 혼란의 장소 같기도 했다. 그곳에 가 은서를 만나면 안 그래도 쑤석대던 마음이 더 복잡해지기는 했다. 아이들이 당돌하게 기 싸움을 걸어와도, 우리때 선생이 내가 며칠 밤을 새서 만든 자료를 탐해도, 멍게 교감이 밖에서 반주 한잔 섞어 뒷고기나 먹자고 비릿한 웃음을 흘려도, 모교인 사립학교 기간제를 선택한 것은 임용고시를 다시 치지 않을 명분일 뿐이라 자조하다가도, 내년이면 서른인데 부모님께 부담을 주는 것 같아 괴로워도, 비혼과 독신과 독립을 어떻게 정립하거나 뒤섞어야 할지 도통 답이 없어 막막하다가도 은서만 보면 모든 걸 다시 생각해보게 됐다.

힘들다 불평하고 싶다가도 은서가 팔짱을 끼고 옆에 서서 고작

송 구리 당당

그게 힘드냐는 듯 비웃는 것 같아 짜증이 날 때도 있었다. 당장 '넌 학생이고, 난 선생이야!' 하고 꼰대 짓을 하고 싶기도 했다. 은서라는 비현실이, 나름 힘들게 살고 있는 현실의 나를 아무것도 아니게 만들어버려 며칠 이유 없이 은서를 쌀쌀맞게 대하기도 했다.

그래도 매주 은서네 '튄떡'을 찾았다. 은서에게 잘해줬으면 잘해준 스스로가 대견해서 한 떡, 부담스러워 피했으면 미안해서 또 한 떡! 떡을 잘근잘근 꼭꼭 씹을 때마다 답답한 문제가 조금씩 해결이 되면 좋으련만 그렇지는 않았다. 습관처럼 '튄떡'에 갔고, 가면 은서가 있었고, 떡볶이를 먹으면 배가 불렀다. 다들 이러고 사는 걸까. 어제처럼 오늘을, 오늘처럼 내일을, 그저 떡볶이 한 그릇으로 무사히 하루를 넘기는 것. 과연 이게 내가 바랐던 삶일까.

＊

내년 기간제 교사 재계약 기간이 다가왔다. 올해 영어교과 기간제였던 세 명 중 하나가 최근 법에 저촉되는 일을 저질러 재계약이 물 건너간 상황이라 나는 가만히 있어도 자동으로 기간제 자리가 연장될 형편이었다. 그러나 나는 앞으로 어떻게 해야 할지 도무지 판단이 서지 않았다. 한 해 동안 나는 지칠 대로 지쳐 신경이 너덜너덜해진 느낌이었다. 학생들과의 관계는 조금씩 나아지는 듯했지만 수업 외의 잡무와 동료 선생님들과의 알력이 너무 힘들었다. 무엇보다 내가 그려갈 미래의 모습이 우리때 선생과 별반 다르지 않으리란 생각이 들 때마다 얼른 수렁에서 벗어나자고 나를 다잡아왔다. 그러나 어디로, 어떻게, 왜 가야 하는지 스스로도 갈피를 잡지 못했다. 정리가 필요했다.

마음이 시키는 대로라면 한 해 동안 번 돈을 몽땅 털어 오로라를 보러 가거나 롱샹 성당에 가서 이십 대를 보내고 삼십 대를 맞고 싶었다. 뒤죽박죽 얼기설기 복잡한 심사가 불가사의한 대자연의 현상을 보거나 소박하지만 위대한 종교 건축물을 직접 봐야 정리되는 건 아니다. 그러나 삼십 대라는 큰 고개와 만만찮은 결정을 앞두었으니 막대한 경비 앞에서 허세와 객기를 부리기에 좋은 명분은 될 것 같았다.

그런데 이번에도 은서가 밟혔다. 은서를 만난 후 나는 SNS에 음식 자랑, 옷 자랑, 여행 자랑을 하지 못하게 됐다. 이제 조금 철이 드나 싶다가도 다른 친구들이 화려하게 웃으며 찍어 올린 사진 앞에서는 수시로 흔들렸다. 곧 서른인데, 나는 제대로인 게 하나도 없었다. 태풍 앞의 깃발처럼 펄럭펄럭 사방팔방 휘날리다가 센 한 방만 더 가해지면 찢겨나갈 것만 같았다.

오로라나 롱샹 성당 대신 우리나라 안에서 가능하면 가장 먼 곳으로 가보기로 했다. 비행기를 제외한 세상 모든 대중교통을 동원해 도착한 남쪽 끝 섬에는 언제든 훌쩍 찾아가도 반갑게 맞아줄 고모가 살았다. 추임새 섞어 자기 일인 양 내 얘기를 들어주는 고모 덕분인지 일단 체증은 조금 가시는 느낌이었다. 더 있자고 하기엔 민폐인 것 같아 다음 날 아침 일찍 집에 갈 작정이었는데, 아뿔싸, 안개가 섬을 덮어 배가 뜨지 않는다는 거였다. 오후에는 안개도 풀렸지만 이참에 하루 더 눌러앉게 됐는데, 그게 내겐 신의 한 수가 되었다. 전혀 기대하지도 않았던 이십 대의 마지막 일몰과 삼십 대의 첫 일출을 그곳에서 보게 되었으니까!

벌게지면 일몰이요, 동그랗게 튀어 오르면 일출이라는 것밖에 몰랐지만, 마지막과 처음이라는 의미가 부여되니 모든 면에서 남달랐다. 동서남북이 어떻게 돌아가는지, 그곳에서는 일몰 보는 지점과 일출 기다리는 곳이 불과 몇 킬로미터 거리였다. 모든 게 트인 섬이어서 그런 듯해 신기했다. 인류의 시작과 끝이, 자연의 위와 아래가, 이십 대의 끝과 삼십 대의 시작이, 나의 혼돈이… 서로 연결된 느낌이었다.

나도 모르게 조그마한 희망의 끈이라도 잡고 싶었던 건지 일몰보다 일출에 더 마음이 동했다. 전날 해질 때 본 광경이 마음을 아래로 잔잔히 깔리게 해주었다면, 해를 기다리고 있자니 조금 설렜다. 전혀 기대하지 않던 감정이었다.

옆에서 한 해의 수신을 위안하고 어민의 무사함과 만선을 비는 풍어제가 조촐하게 진행되었고, 섬 출신 음악가가 부르는 희망의 노래가 울려 퍼졌으며, 각자의 소원을 적은 풍선이 진행자의 구령에 맞춰 하늘로 발사되었다. 소원 풍선이 어디까지 날아가는지 보려고 저마다 고개를 뒤로 꺾었다. 평소에는 그냥 머리 위에 있던 하늘이, 풍선이 이끄는 대로 지켜보자니 끝이 없었다.

아직 해가 뜨기 전 쏙쏙 모여드는 사람들에게 주최 측이 소원을 적으라며 풍선을 건넬 때는 좀 유치하다고 생각했었다. 그런다고 뭐 이루어지나? 주변에서는 가족의 건강과 취업과 사랑의 성취를 염원하느라 여념이 없었다. 한참 만에 여섯 글자를 적었다.

'송送 구리 영迎 아연'

처음엔 구리 해보다는 나은 한 해이기를 바라는 심정이었지만, 곧 구리 해만큼 다시 살아보고 싶어졌다. 시간은 계속 흐르니, 어떤 행위를 반복해도 엄밀히 똑같은 일을 하는 건 아니다. 나의 구리 해 일 년이 왜 그렇게 힘들었는지 되짚어보고 싶었다. 이십 대에서 삼십 대로, 기간제 일 년 차에서 이 년 차로 상황이 바뀌면, 똑같지만 똑같지 않은 일들을 내가 어떤 심정으로 어떻게 해낼지 궁금해졌다. 달라진 것 하나 없지만 조금은 바뀐 내가 앞으로 겪어낼 일 년이 처음으로 조금 기대가 됐다. 그거면 족하다. 사는 게 별건가! 다른 건 다 그다음에 생각해보기로 했다. 마음속으로 나의 이십 대를 조용히 떠나보냈다.

구리의 해여, 안녕.

내 이십 대여, 안녕.

돌아오는 배 안에서 갈매기에게 새우 맛 나는 과자를 던져주고 있는데 문자가 한 통 날아왔다.

'대박! 샘 삼십 대 된 거예요? 다 늙었네. 애인도 없이 나이만 먹은 불쌍한 샘을 위해 우리 싸장님이 메뉴에 방앗간 떡볶이를 추가했어요. 드시러 와염~♥'

가슴 떨리는 첫 경험이었다. 번역만 하던 내가 소설이라니. 의욕은 넘쳤지만 미숙했다. 역사, 판타지, 로맨스… 다양한 장르와 소재가 떠올랐지만 풀리지 않았다. 여러 번 뒤집어엎었다.

내게 과연 '떡볶이'는 어떤 의미인지 되새길 필요가 있었다. 떡볶이에 얽힌 추억과 장소와 사람을 떠올렸다. 내게 떡볶이는 작은 사치, 흔한 사교의 도구, 힘든 날의 위안이었다. 국민 간식이라는 명성답게 다른 사람들에게도 별반 다르지 않을 것 같았다. 일상에 어울리는 떡볶이를 특별하게 그리려 한 게 패착이었다. 떡볶이에게 본연의 모습을 허하기로 했다.

그러던 차에 조카 S를 만났다. 한창 꿈에 부풀었던 사회초년생 S는 일 년 새 얼굴에 수심이 가득 생겨 있었다. S가 풀어내는 얘기를 들으며 내가 할 수 있는 일은 별로 없었다. 누구나 지내고 겪는 일이라며 쉽게 말하고 싶지 않았고, 뻔하디뻔한 조언 따위 하고 싶지 않았지만 삶의 내공이 부족한지 충분히 보듬어 안아주지 못했다. 그런데도 S는 오래전에 비슷한 상황을 겪었을 사람에게 얘기를 털어놓았다는 것만으로도 조금은 후련한 심정이 된 듯했다.

S와 헤어진 후 깨달았다. 내가 쓰고 싶은 이야기는 바로 이런 거로구나. 나만 이렇게 힘든가, 내 잘못인가 고민하는 이들에게 S와 나와 우리의 이야기로 응원을 보내고 싶었다. 인생을 많이 산 사람이 건네는 위로도 생각만큼 나쁘지 않다는 걸 청춘들에게 알려주고도 싶었다.

S의 경험을 기본 축으로 했지만 쓰고 보니 내 이야기이기도 했고, 건방지게도 모든 사람의 이야기일 거라는 생각이 들었다. 서투르지만 짧은 이 글을 읽고 사람살이가 크게 다르지 않음에 위안을 얻는 이가 단 한 명이라도 있으면 참 기쁠 것 같다.

끝으로 나의 평생 뮤즈인 아들! 네 응원 덕분에 엄마가 소설 쓸 용기를 냈어. 이제 이 글이 너에게도 조금이나마 위로가 됐으면 좋겠다. 고맙고 사랑해.

송 구리 당당

"떡볶이 소설을 읽어주셔서 감사합니다.
모두, 떡볶이 한 그릇씩 하세요."